Kasie West

Die Nacht der gestohlenen Küsse

Weitere Bücher von Kasie West im Arena Verlag:

Vergiss mein nicht!
Bleib mir treu!
Blaubeertage

Kasie West

Die Nacht der gestohlenen Küsse

Aus dem amerikanischen Englisch von Anne Markus

Arena

1. Auflage 2015

Die Originalausgabe erschien 2014 unter dem Titel *On the Fence* bei
HarperCollins Children's Books, a division of HarperCollins Publishers, New York.

Aus dem amerikanischen Englisch von Anne Markus
Umschlaggestaltung: Frauke Schneider
Gesamtherstellung: Westermann Druck Zwickau GmbH
ISBN 978-3-401-60042-0

www.arena-verlag.de
Mitreden unter *forum.arena-verlag.de*

1.

Der Motor wehrte sich heulend gegen meinen Versuch zu beschleunigen. Zu meiner Linken raste verschwommen die gelbe Mittellinie vorbei, während das Meer rechts von mir ganz und gar ruhig dalag. Es gaukelte mir vor, ich sei noch nicht schnell genug. Die sanften Kurven auf dieser Strecke bettelten geradezu danach, in halsbrecherischem Tempo genommen zu werden. Ich drückte das Gaspedal noch ein paar Zentimeter weiter durch und das Auto schoss vorwärts. Mein Herz schlug schneller und ich konnte nicht anders, als zu lächeln. Der Fahrtwind peitschte durch die Fahrerkabine. Er ließ meine Haare fliegen und trocknete den Schweiß auf meiner Stirn, der von der letzten Trainingseinheit dieses Schuljahrs stammte.

In meinem Rückspiegel blinkten rote und blaue Lichter auf. Es war zwar sinnlos, aber ich nahm den Fuß trotzdem vom Gaspedal. Als ob mir das jetzt noch helfen könnte. Ich hielt nach einer Stelle Ausschau, wo ich rechts ranfahren konnte, und legte mir dabei eine Geschichte zurecht. Als der Polizist, den Strafzettelblock schon in der Hand, mein Fenster erreicht hatte, hatte ich zwei brillante Einfälle parat.

Doch als ich in sein Gesicht sah, waren meine Ausreden vergessen. Ich seufzte und ließ das Fenster herunter.

»Charlotte Reynolds, so trifft man sich wieder«, sagte er.

»Hi, Officer.«

»Das wievielte Mal ist das nun, das dritte?«

»Echt?« Mist. Wie groß war die Wahrscheinlichkeit, dass

man drei Mal von ein und demselben Bullen angehalten wurde? »Mein Dad lässt grüßen.«

Er lachte. »Dein Dad ist ein guter Polizist, aber das wird dir diesmal nicht helfen. Nicht bei fünfundzwanzig Kilometern über der Geschwindigkeitsbegrenzung.«

»Wirklich? Das können doch niemals fünfundzwanzig gewesen sein.«

»Waren es aber. Deinen Führerschein bitte.«

»Darf ich einen Blick auf Ihr Radar werfen, um sicherzugehen, dass Sie sich nicht geirrt haben?«

Er zog bloß seine Augenbrauen hoch. Widerwillig reichte ich ihm meinen Führerschein.

Dad würde mich umbringen.

Zu Hause angekommen, schmiss ich meinen Rucksack unter den Tisch im Flur, noch immer sauer über den blöden Strafzettel. »Irgendjemand zu Hause?«, rief ich. Ich hörte ein Lachen und folgte dem Geräusch in die Küche. Auf der Kücheninsel stand ein Mixer, umgeben von Tabascosoße, einer Flasche Ketchup und Eierschalen. Gage schaute auf und sah mich an.

»Charlie! Du kommst wie gerufen.«

Ich konnte den abscheulichen Smoothie oder was immer sie da gebraut hatten, schon von der Tür aus riechen – es stank nach verfaulten Tomaten. »Oh nein, bitte nicht.«

»Aber ja.« Nathan schlang seinen Arm um meine Schulter und zog mich heran. »Holt noch ein Glas.«

Ein weiteres Glas gesellte sich zum Quartett, das bereits auf der Küchentheke stand. »Bei drei auf ex«, kündigte Gage an und goss das dickflüssige Gebräu aus dem Mixer in die fünf Gläser.

»Gibt's einen Anlass?«, fragte ich und schaute die vier Jungs an, die um den Küchenblock herumstanden. Drei von ihnen waren meine Brüder – Jerom, Nathan und Gage –

und der vierte hätte es genauso gut sein können – Braden. Seit zwölf der sechzehn Jahre, die ich alt war, wohnte er im Nachbarhaus und war ständig bei uns.

»Erstens, um zu beweisen, dass wir es können. Zweitens, um unsere Mägen gegen die Prügel zu stählen, die sie morgen beim Football einstecken müssen.«

»In anderen Worten also, um euch zu Idioten zu machen.«

»Das auch«, sagte Gage und hielt sein Glas hoch. »Auf die Plätze ...«

»Wer's nicht schafft, muss sich das Zeug über den Kopf gießen«, unterbrach ihn Braden.

»Jaja, jetzt macht schon. Ich will noch joggen gehen, bevor es dunkel wird.« Ich roch an meinem Glas. Das hätte ich lieber lassen sollen. Es stank schlimmer als in Gages Kleiderschrank.

»Das bringt sie nie. Charlie kneift«, höhnte Nathan und zeigte auf mich.

»Und du versuchst, Zeit zu schinden.«

Aber er hatte recht. Ich hatte nicht vor, das Zeug zu trinken. Die anderen allerdings auch nicht. Darum ging es ja in dem Spiel. Wir machten das nicht zum ersten Mal. Na ja, nicht genau das hier, im Laufe der Jahre hatte es die verschiedensten Varianten gegeben. *Bei drei springen alle in den Pool. Bei drei brüllen alle: »Ich bin ein Loser« (mitten im Einkaufszentrum). Bei drei leckt jeder an dem Menschen, der rechts neben ihm steht.* Es war reines Pokerspiel. Wenn einer die Aufgabe erfüllte, mussten alle anderen zur Strafe irgendetwas noch Idiotischeres tun. Wenn niemand irgendetwas tat, war alles bestens.

Der Einzige, der mir im Moment Sorgen bereitete, war Braden. In den Gesichtern meiner Brüder konnte man wie in einem Buch lesen. Heute Abend würde keiner von ihnen das Gebräu trinken, das hatte ich schon in dem Moment gewusst, als ich in die Küche kam – es stand in ihren Gesichtern geschrieben, die sie vor Ekel verzogen hatten. Aber Braden hatte ein Pokerface, selbst nach all den Jahren war er immer noch schwer einzuschätzen.

Angst? Nur seine Lippen bewegten sich.

Ich schüttelte den Kopf und sah ihm forschend in die Augen. Sie waren nussbraun, wobei sie manchmal mehr ins Grünliche, manchmal mehr zu einem Braun tendierten. Im Moment schien der Stich ins Grüne zu überwiegen und ich versuchte, daraus schlau zu werden. Würde er das Zeug trinken?

»Okay, macht die Augen zu«, befahl Jerom. »Nehmt eure Gläser.«

Ich schloss meine Augen. Ich hatte keine Lust, mir die Brühe über den Kopf zu gießen und heute Abend zweimal duschen zu müssen – einmal vor und einmal nach dem Joggen.

»Eins ...«

Braden räusperte sich neben mir. Damit bluffte er doch nur, oder? Das hieß also, dass er nicht vorhatte, die Pampe zu trinken.

»Zwei ...«

Er stieß mich mit dem Ellenbogen an. Mist, er versuchte, mich reinzulegen. Das bedeutete also, dass er es *doch* trinken würde.

»Drei.«

Lieber trinken, als das Zeug in meinen Haaren und auf meinen Klamotten zu haben. Ich leerte das Glas mit drei langen Zügen, fast ohne zu würgen.

»Charlie!«, jammerte Nathan. »Echt jetzt?«

Alle anderen hatten ihre vollen Gläser noch in der Hand.

»Ha! Über den Kopf damit! Ihr alle.« Ich schaute zu Braden, der ziemlich zufrieden mit sich wirkte, obwohl er im

Grunde verloren hatte. Ich musste es irgendwann lernen, ihn zu durchschauen – dann könnte ich mir den ekligen Geschmack, der mir jetzt auf der Zunge klebte, das nächste Mal ersparen. Mein Magen war auch nicht gerade begeistert. »Lecker, schmeckt wie Gemüsesaft.«

»Igitt, Charlie, date nie einen Typen, der Gemüsesaft mag«, sagte Gage.

Ich verdrehte die Augen. Seit ich sechzehn geworden war – und damit das Date-Verbot meines Dads offiziell nicht mehr galt –, gaben mir meine Brüder andauernd Tipps, welche Eigenschaften einen Jungen in ihren Augen zu einem No-Go machten. Wenn man all das addierte, was sie in den letzten sechs Monaten so zusammengetragen hatten, dann gab es wahrscheinlich niemanden auf der Welt, mit dem ich noch hätte ausgehen dürfen.

»Und warum nicht?«, erkundigte ich mich.

»Weil man keinem Typen trauen kann, der Gemüse trinkt. Außerdem ist eine Tomatensaftfahne so was von vulgär.«

Dank der Tabascosoße fing allmählich mein ganzer Mund an zu brennen. Dann schlug der Pfeffer so richtig durch, sodass ich würgen musste. »Igitt. Was habt ihr da reingetan?« Ich drehte mich um und spülte meinen Mund unter dem voll aufgedrehten Wasserhahn aus. »Eure Köpfe sind ja immer noch sauber«, bemerkte ich und prustete das Wasser dabei in alle Richtungen. Ich hörte, wie sie sich das scheußliche Gebräu unter Gestöhn und Gejammer über die Köpfe gossen. Den Geschmack, den ich im Mund hatte, war es allerdings nicht wert. Ich gurgelte und spuckte noch einmal aus. »Okay, hat Spaß gemacht. Morgen beim Football! Dann seid ihr alle am Arsch!« Auf dem Weg aus der Küche verpasste ich Braden einen kräftigen Stoß. Er lachte, weil er genau wusste, dass ich den Drink nur seinetwegen runtergekippt hatte.

»Warte!«, rief Jerom. »Ich komme mit joggen.«

»Ich warte aber nicht, bis du geduscht hast.« Ich beugte mich vor und band mir die Schnürsenkel fester.

Er strich sich die Haare zurück. Die Tabascosoße verlieh seinen schwarzen Haaren einen rötlichen Ton. »Wer hat was von duschen gesagt? Ich gehe nur eben meine Schuhe holen.«

Vom Gestank, den Jerom beim Joggen ausdünstete, wurde mir kotzübel. Wahrscheinlich weil er mich daran erinnerte, was ich im Magen hatte. Der schwüle Sommerabend half auch nicht gerade. Hitze und dazu hohe Luftfeuchtigkeit gehörten nicht zu meinen Lieblingsbedingungen beim Joggen.

Ich lenkte mich ab, indem ich versuchte, die Bäume im Park näher zu bestimmen. Bei den großen Bäumen handelte es sich um Eukalyptus, das wusste ich. Sie wuchsen überall an der Küste, sie mochten wohl die salzige Luft. Selbst dort, wo wir wohnten, sechzehn Kilometer vom Meer entfernt, wuchsen und gediehen sie.

»Acht Wochen Sommerferien«, sagte Jerom und unterbrach meine vergeblichen Versuche, weitere Bäume zu erkennen. »Dann geht's zurück in den Knast.«

»Erinnere mich bloß nicht daran. Wenigstens hast du ja ein bisschen Freiheit.«

»Du glaubst, College bedeutet Freiheit?«

»Äh ... ja!«

Er lachte. »Okay, ja, irgendwie stimmt das schon. Ich habe aber trotzdem Seminare und Fußballtraining, so frei, wie es sein könnte, ist es nicht.«

»Hast du Nathan vorgewarnt? Ich glaube, er freut sich nämlich schon auf seine Freiheit.«

»Ja, na klar. Wenn es keine strengen Regeln gäbe, an die er sich halten kann, wüsste Nathan doch gar nichts mit sich anzufangen.«

»Stimmt auch wieder.«

Jerom warf mir einen Blick zu, er war ein bisschen außer Atem. Es tat gut zu wissen, dass ich meinem großen Bruder immer noch davonlaufen konnte. Ich atmete ganz ruhig.

»Und bei dir?«, fragte er. »Irgendwelche Vorurteile in Sachen elfte und zwölfte Klasse, die ich ausräumen muss?«

»Ich bitte dich, ich bin praktisch schon seit zwei Jahren in der Oberstufe, wenn man bedenkt, dass ich meine gesamte Highschool-Karriere mit Nathan, Gage und Braden verbracht habe.«

»Auch wieder wahr. Möglicherweise haben sie dir damit nicht gerade einen Gefallen getan. Möglicherweise hätten sie dich lieber noch in den Niederungen schmoren lassen sollen, bevor sie dich zu sich hochgeholt haben.«

»Möglicherweise sollte ich dich an dem Hügel da abhängen.« Ich zeigte nach vorne. Am Fuß des Hügels begann Kilometer Fünf unserer Laufrunde. In meinem Magen gurgelte es, er rebellierte gegen den Vorschlag, aber da sagte Jerom auch schon »Die Wette gilt« und ich konnte keinen Rückzieher mehr machen.

Als wir den Hügel hinaufkeuchten, fiel mir zum ersten Mal auf, dass es nicht nur schwül war; dunkle Wolken hingen über uns. Regenwolken. Die ersten fünfzig Meter oder so lag Jerom in Führung, aber der Anstieg war lang. Ich sparte mir meinen Spurt auf, bis ihm die Luft ausging, und überholte ihn dann. Oben angekommen, stützte ich mich mit den Händen auf die Knie, jetzt ziemlich außer Atem, und versuchte, wieder zu Luft zu kommen.

»Dein Stürmer-Dasein hat dich verweichlicht«, spottete ich. »Die Mittelfeldspieler aus aller Welt würden dich auslachen.«

»Wenn du das sagst.«

»Sieht nach Regen aus«, bemerkte ich und warf wieder

einen Blick auf den Himmel. »Lass uns mal hoffen, dass wir morgen spielen können.«

»Oh, morgen spielen wir. Kann bloß sein, dass daraus Schlamm-Football wird.« Er schaute auf seinen Ärmel und schnippte etwas roten Glibber weg. Bei dem Anblick drehte sich mir der Magen endgültig um und ein saurer Geschmack stieg mir in der Kehle auf. »Warte kurz.« Ich lief an den Straßenrand und übergab mich in die Büsche. Allein dem Geruch nach hätte ich das wiederholen können, aber ich flüchtete schnell.

»Wie eklig«, sagte Jerom.

Ich wischte mir den Mund mit dem Handrücken ab. »Tja, die rohen Eier zusammen mit der Tabascosoße waren wohl nicht so der Hit. Aber jetzt fühle ich mich wesentlich besser.« Und das stimmte. »Weiter geht's.« Ich rannte wieder los und steuerte den Weg an, der um den Park herum und dann zurück in unser Viertel führte.

»Ist dir schon mal der Gedanke gekommen, dass du es vielleicht übertreibst?«, fragte Jerom, als er wieder an meiner Seite war.

»Und das von Mr. Fußballstipendium, der damit auf die UNLV geht?« Ich konnte mich noch gut daran erinnern, als Jerom die Zusage für das Stipendium bekommen hatte. Obwohl Nevada seine Traumuni gewesen war, hatte ich heimlich auf ein College in der Nähe gehofft. Es fiel mir schwer, mich von einem meiner Brüder zu trennen. Ich wollte sie in meiner Nähe wissen. Umso mehr freute ich mich, dass er zumindest während der Sommerferien nach Hause kam. »Nein, ich glaube nicht, dass ich es übertreibe. Um der Beste zu sein, muss man sein Bestes geben, richtig?«

»Kann schon sein.«

»Kann schon sein? Du fängst doch dauernd davon an. Der Spruch hing jahrelang an deiner Zimmertür. Komm mir also nicht mit ›Kann schon sein‹. Abgesehen davon hatte das«, ich zeigte nach hinten auf die Büsche, »nichts damit zu tun, dass ich es übertrieben habe. Und das weißt du auch. Ich bin nicht mal müde. Das war der Drink, den ich mal lieber nicht hätte trinken sollen – und dessen Reste immer noch auf deinem T-Shirt kleben. «

»Schon gut, schon gut.« Wir joggten ein paar Meter weiter. »Warum eigentlich?«

»Warum was?«

»Warum hast du ihn getrunken? Du wusstest doch, dass wir es nicht tun würden.«

Aber ich hatte nicht gewusst, dass Braden es nicht tun würde. »Wie das eine Mal, als ich mir sicher war, dass du nicht einfach so irgendeine Fremde küssen würdest? Hast du aber. Ihr alle habt es getan, sogar Nathan, weswegen ich den nächsten vier Menschen, die uns über den Weg liefen, erzählen musste, dass ich mich in meinen Hund verliebt hätte und ob sie wüssten, wo ich dagegen Hilfe finden könnte.«

Er lachte so heftig, dass er für eine Minute stehen bleiben musste. »Die Strafe war saukomisch, aber die Aufgabe vorher war doch leicht. Deswegen haben wir es ja alle gemacht. Wo lag das Problem? Mochtest du den Typen nicht, den wir dir zum Küssen ausgesucht hatten?«

»So ungefähr.« In Wahrheit war der Typ, den sie für mich ausgesucht hatten, ganz süß gewesen. Mein Problem war nur, dass er meine Annäherungsversuche vermutlich nicht so toll gefunden hätte. Da war ich mir ziemlich sicher. Meine Brüder waren cool. Attraktiv. Die meisten Mädchen fanden sie sexy, groß, wie sie waren, gut gebaut und mit ihren sturmwolkengrauen Augen. Ich konnte mir vorstellen, dass die Mädels, die sie an jenem Tag geküsst hatten, immer noch davon sprachen.

Ich dagegen war ... ziemlich jungenhaft. An jenem Tag

damals im Einkaufszentrum, dem Küss-den-nächsten-Fremden-der-dir-über-den-Weg-läuft-Tag, trug ich meinen Jogginganzug vom Basketballtraining, meine Haare waren fettig und zu einem Pferdeschwanz zusammengebunden und meine Lippen ganz rissig. Ich hatte nicht vor, irgendeinen Fremden zu küssen, der sich anschließend wahrscheinlich übergeben hätte. »Er wäre nicht damit klargekommen, wie umwerfend ich bin«, sagte ich schließlich, obwohl mir bewusst war, dass Jerom eine bessere Antwort erwartete.

»Nur wenige kommen damit klar, wie umwerfend du bist.«

Seit seinem Lachanfall waren wir nur gegangen, aber jetzt zog ich das Tempo wieder an. »Vermutlich war das als Beleidigung gemeint, aber ich fasse es mal als Zustimmung auf. Jetzt aber los. Nicht nachlassen.«

»Ja, Coach.«

Als wir zu Hause ankamen, war ich völlig verschwitzt und meine Beine fühlten sich wie Gummi an, aber ich konnte frei durchatmen und Adrenalin pulsierte durch meinen Körper. Das war einer der Gründe, warum ich joggen ging – dieses Hochgefühl, das ich davon bekam.

Nachdem ich am Abend in mein Bett gefallen war, schlief ich sofort ein und schlief wie eine Tote – kein einziger Traum. Das war der andere Grund, warum ich joggen ging.

2.

Anscheinend hatte es die ganze Nacht geregnet – nicht, dass ich irgendetwas davon mitbekommen hätte – und der gesamte Park stand unter Wasser. Es war, wie Jerom gesagt hatte: perfekt für Schlamm-Football. Mein Team bildete einen Kreis und Jerom warf mir einen Blick zu. »Ihr müsst eure Gegenspieler abschütteln, sie werden nicht lockerlassen. Und Charlie, es könnte helfen, wenn du dich diesmal nach außen drehst und nicht nach innen.«

»Kümmere du dich um deine Technik, ich kümmere mich um meine«, sagte ich.

»War ja bloß ein Vorschlag.«

»Ich weiß, wie man spielt.«

»Genau, Jerom. Charlie weiß, wie man spielt«, spottete Gage und stieß mich an. »Spar dir deine klugen Kommentare.«

»Gage.« Von allen meinen Brüdern verstand ich mich mit ihm am besten und er war der Einzige, dem ich einen solchen Spruch durchgehen ließ. Hauptsächlich weil er mir gleich darauf ein breites Grinsen schenkte und ich ihm nie lange böse sein konnte.

»Gut, dann los.« Jerom klatschte in die Hände und wir nahmen unsere Aufstellung ein. Fünf Minuten vor Schluss stand es sieben zu sieben. Meine Socken waren vom Schlamm durchnässt und meine Hände rutschten von meinen Knien ab, als ich in die Hocke ging, aber ich hatte fest vor, diesen Ball zu fangen. Die Jungs leiteten den nächsten Spielzug ein und ich rannte los. Jerom warf mir einen perfekten Pass zu. Ich fing den Ball und preschte vor. Irgendjemand packte mich von hinten am T-Shirt. Ich schüttelte ihn ab und rutschte dabei beinahe auf dem nassen Rasen aus.

Als keine Abwehrspieler mehr zwischen mir und den orangefarbenen Hütchen standen, fing ich an, mein eigenes Spiel zu kommentieren. »Sie hechtet über die Pfütze und sprintet in die Endzone. Touchdown!« Ich drehte mich um und reckte den Ball wie eine Trophäe in die Höhe. »Yeah! Wir sind die Besten!«

»Hör auf anzugeben«, schimpfte Braden und richtete sich mühsam vom Boden auf. »Das nervt.«

»Schlechter Verlierer«, murmelte ich. Er war genau wie meine Brüder – er hasste es zu verlieren. Er nahm mich in den Schwitzkasten und rubbelte mir mit seinen Knöcheln über den Kopf.

Ein Hauch von nassem Gras, Schweiß und Erde stieg mir in die Nase. »Iih. Du stinkst. Bleib mir vom Leib.«

»Das nennt man den Duft des Sieges.«

»Wohl eher den Gestank des Verlierers.«

Er ließ mich direkt über einer Pfütze los und gab mir einen kleinen Schubs, sodass ich das Gleichgewicht verlor. Ich landete auf meinen Händen und mein ganzes Gesicht wurde mit Matschspritzern übersät.

»Du bist so was von tot.« Ich sprang von hinten auf seinen Rücken und bohrte dabei meine Knie in sein Kreuz.

Er gab einen Laut, halb Brüllen, halb Lachen, von sich. Nachdem ich von seinem Rücken runtergerutscht war, lief ich an den Spielfeldrand, suchte nach seinem Sweatshirt und wischte mir damit das Gesicht ab. Dann kehrte ich aufs Spielfeld zurück. Ein paar Jungs standen zusammen, darunter auch zwei meiner Brüder – Nathan und Jerom. »Wieso stehen wir hier alle in der Gegend rum? Lasst uns das Spiel zu Ende bringen.«

Jerom und Nathan bedeuteten mir mit ihren Blicken, still zu sein. Erst als ich näher kam, bemerkte ich, dass einer der Jungs, Dave, telefonierte.

»Krisengespräche mit deiner Freundin sind jetzt tabu. Wir sind mitten im Spiel«, sagte ich. Dave schaute auf, sah aber durch mich hindurch.

»Charlie, pst«, flüsterte Nathan. »Da stimmt etwas nicht.«

Mehrere Jungs kamen dazu. »Was ist los?«, fragte Braden hinter mir.

Ich zuckte mit den Schultern. »Keine Ahnung, ich soll die Klappe halten.« Über Bradens Schulter konnte ich Gage sehen, der an der Startlinie stand und wieder und wieder den Ball in die Höhe warf. Unsere Blicke trafen sich und er breitete die Arme aus, als wollte er sagen: »Was dauert das denn so lange?« Ich schüttelte bloß den Kopf.

Irgendwann beendete Dave das Gespräch und sagte: »Ich muss gehen. Meine Großmutter.«

»Hast du deiner Großmutter klargemacht, dass wir mitten in einem Spiel sind?«, fragte ich.

»Sie ist gestorben.«

»Oh.«

Ein Stöhnen und Beileidsbekundungen machten die Runde. Dave sah aus, als stehe er unter Schock, seine Augen waren ganz glasig.

»Wie alt war sie denn?«, fragte ich.

Er strich sich abwesend mit der Hand über die Schulter. »So um die siebzig. Ich bin mir nicht sicher.«

»Was ist passiert?«

»Sie hatte Krebs, seit einem Jahr etwa. Wir wussten, dass das kommen würde. Nur nicht genau, wann.«

»Das ist furchtbar.« Ich rieb mir die Hände und schaute mich um. Alle standen da, keiner wusste so recht, was er sagen sollte. »Sollen wir das Spiel zu Ende bringen?«

Braden stieß mir einen Ellenbogen in die Seite.

»Was ist? Das wird ihn ablenken. Es sind nur noch fünf Minuten. Wir können doch jetzt nicht abbrechen.«

»Charlie«, mahnte Jerom mit seiner offiziellen Großer-Bruder-Stimme; gleichzeitig nahm Nathan mich an einem Arm und Braden am anderen und beide zogen mich von der Gruppe fort.

»Was ist denn schon so groß ...« Ich konnte meinen Satz nicht beenden, weil Braden mir den Mund zuhielt.

»Gerade wir sollten Verständnis dafür haben«, sagte Nathan im Flüsterton. »Zeig ein bisschen Mitgefühl.«

Ich biss Braden in den Finger und er nahm seine Hand weg. Dann befreite ich mich aus ihrem Griff. »Was genau soll ich verstehen, wenn eine Frau an einer Krankheit stirbt, die sie sowieso schon lange hatte?«

Braden streckte seine Hand aus, wahrscheinlich wollte er mir wieder den Mund zuhalten. Ich machte einen Schritt von ihm weg.

»Pssst!«, zischte Nathan und warf einen Blick über die Schulter. »Du müsstest doch verstehen, wenn ...«

»Na schön. Von mir aus. Richte Dave aus, dass es mir leidtut.« Und damit drehte ich mich um und rannte los, bog in den Weg ab, der um den Park herumführte, und lief dann weiter. Warum sollte ich dafür Verständnis haben, was Dave gerade durchmachte? Weil jemand in seinem Leben gestorben war, so wie jemand in meinem Leben gestorben war? Das ließ sich überhaupt nicht vergleichen. Meine Mom war einunddreißig gewesen, als sie starb. Ich hatte überhaupt keine Chance gehabt, sie richtig kennenzulernen. Ich hatte gerade mal sechs Jahre mit ihr. Sechs Jahre, an die ich mich nicht einmal mehr erinnern konnte.

Ich verspürte einen Druck auf der Brust, der es mir schwer machte zu atmen, und das machte es mir wiederum schwer zu laufen. Und das machte mich wütend. Rennen fiel mir nie schwer. Ich zwang mich weiterzulaufen, bis ich wieder normal atmen konnte. Es dauerte eine Weile.

Als ich zu Hause ankam, stand die Sonne bereits hoch am Himmel und ich war schweißgebadet. Braden wartete in unserem Vorgarten. Seine kastanienfarbenen Haare waren noch nass vom Duschen und wirkten fast schwarz. Er war ein bisschen größer als meine Brüder, was ihn schlaksiger erscheinen ließ, doch seine breiten Schultern ließen den Sportler erkennen. »Hey, geht's dir wieder besser?«, fragte er.

»Riechst du wieder besser?«, konterte ich mit einem Lächeln.

»Ist das ein Ja?«

»Mir geht's gut. Anscheinend bin ich bloß ein unsensibler Penner, aber das wussten wir ja schon.«

Braden zuckte zusammen. Er hasste das Wort Penner. So nannten wir alle seinen Dad – na ja, so nannte Braden ihn und wir gaben ihm recht. Für Braden war das Wort ausschließlich für seinen Dad reserviert und für jeden anderen erschien es in seinen Ohren als eine zu große Beleidigung.

»Geht es Dave gut?«

»Jerom hat ihn nach Hause gefahren, alles okay.«

»Was ist mit Jerom los? Zwei Jahre im College und plötzlich macht er einen auf Vaterfigur?«

»Dein Bruder war schon immer ein guter Zuhörer.«

Ach ja? Und woher wollte Braden das wissen? Ich zeigte auf die Einfahrt vor seinem Haus und den weißen Firmentransporter, der dort parkte. »Hat dein Dad heute früher Feierabend?«

Er fuhr mit der Hand durch die Luft, als wollte er die Frage wegwischen, die es anscheinend nicht wert war, beantwortet zu werden. Dann wandte er sich wieder mir zu. »Und was hast du jetzt vor?«

»Duschen.« Ich ging zur Haustür, drehte mich unterwegs aber noch mal um. »Wir sehen uns.«

Er hielt mich auf: »Wir gehen heute Abend essen. Meine Mom hat Geburtstag. Vermutlich sollte ich noch schnell ins Einkaufszentrum fahren und ein Geschenk für sie suchen.«

»Wahrscheinlich keine schlechte Idee.«

Meine Hand lag schon auf der Klinke, als er fragte: »Fällt dir irgendetwas ein, was ich ihr kaufen könnte?«

»Das fragst du mich?«, gab ich zurück. »Wie lustig.«

»Ich könnte die Meinung eines Mädchens gebrauchen.«

»Dann solltest du dir wohl besser eins suchen.«

»Egal, Meinung hin oder her, hast du Lust mitzukommen?«

»Ins Einkaufszentrum?« Ich drehte mich um. Er hatte diesen Blick. Braden mochte zwar ein Pokerface haben, aber meistens durchschaute ich ihn doch und im Moment hatte er Mitleid mit mir. Mitleid machte mich wütend. »Braden, mir geht's bestens, okay?« Und anscheinend konnte ich ja auf Jerom zählen, wenn ich jemanden brauchte, bei dem ich mein Herz ausschütten konnte.

Er warf die Hände in die Luft und ergab sich. »Na gut.« Sein Blick schien zu sagen: *Vielleicht hast du ja tatsächlich ein kaltes, kaltes Herz, Charlie.*

Dem konnte ich nur zustimmen.

3.

An diesem Abend war Nathan mit Kochen dran und zog gerade punktgenau irgendeine Art Nudelauflauf mit Hackfleisch aus dem Ofen, als mein Dad draußen vorfuhr. *Schleimer.* Als Dad aus der Garage in die Küche kam, sah er sich nach mir um und entdeckte mich am Tisch. Aus zusammengekniffenen Augen schaute er mich an. Ich fragte mich, wer von meinen Brüdern gepetzt hatte und warum sich Dad so sehr darüber aufregte. Himmel, was hatten sie denn alle? Wäre ich wegen Daves Grandma in Tränen ausgebrochen, wäre mein Leben gerade um einiges einfacher. Vielleicht musste ich mal näher am Wasser bauen.

Dad war ein netter Kerl und ließ sich normalerweise problemlos um den Finger wickeln, aber wenn er in voller Polizistenmontur war und diesen Blick aufgesetzt hatte, machte er mir Angst. Er hängte seine Schlüssel an dem Haken neben der Tür auf, dann öffnete er den Verschluss seines Holsters, wobei die schwere Taschenlampe gegen die Wand schlug. »Charlie ...«, sagte er mit müder Stimme.

»Es tut mir leid.« Ich durchbohrte meine Brüder mit einem tödlichen Blick. Gage machte große Augen und spielte den Unschuldsengel.

»Das sollte es auch, aber diesmal wird das nicht reichen.«

»Diesmal?« Hatte ich denn schon einmal einem Angehörigen einer toten Großmutter gegenüber kein Mitgefühl gezeigt?

Dad kam an den Tisch und knallte mir den rosafarbenen

Durchschlag meines Strafzettels vor die Nase. Oh. Das war schlimmer als fehlendes Mitgefühl. Hier ging es darum, dass ich das Gesetz übertreten hatte.

Ich versuchte es mit Ausreden. »Ich hatte keine Ahnung, wie hoch die erlaubte Geschwindigkeit war, und ich hatte ihn nicht gesehen. Er hatte sich in einer Seitenstraße versteckt. Ist das nicht verboten? Wie jemanden zu einer strafbaren Handlung zu provozieren? Nathan? Ist das nicht verboten?«

Nathan verkniff sich ein Lächeln und brachte einen Krug mit eisgekühltem Wasser an den Tisch. Nathan würde nächstes Jahr aufs College gehen. Sein ultimatives Ziel – Rechtsanwalt werden.

Dad sah mich mit strengem Blick an. »Warum hast du mir nichts davon gesagt?«

»Es tut mir leid.« Ich hätte ehrlich sein sollen. Es war immer schlimmer, wenn er so etwas von anderen erfuhr.

»Das ist der zweite Strafzettel innerhalb von zwei Monaten. Und da zähle ich die noch gar nicht mit, aus denen du dich rausgemogelt hast, indem du meinen Namen ins Spiel gebracht hast.«

Ich zog meinen Kopf ein, um die Röte zu verbergen, die mir ins Gesicht stieg, weil ich erwischt worden war. Es fehlte gerade noch, dass sich meine Brüder über mich lustig machten, weil ich rot wurde. Dad hatte recht. Ich war einige Male angehalten worden. Ich hatte jedes Mal seinen Namen benutzt.

»Kannst du dir vorstellen, wie peinlich das ist, wenn eins meiner Kinder einen Strafzettel wegen erhöhter Geschwindigkeit bekommt? Und wenn ich von diesen Strafzetteln durch einen Kollegen erfahre?«

»Es tut mir leid.«

»Aber noch schlimmer als die Verlegenheit, in die du mich

gebracht hast, ist die Summe, die jetzt auf meinem Bankkonto fehlt.« Mit Nachdruck fuhr sein Finger über den rosa Durchschlag und blieb unter einer Zahl stehen, die er dazugeschrieben hatte: *$264,00.*

Meine Augen wurden groß.

»Richtig, das ist eine ganze Menge Geld.«

Ich nickte.

»Und du wirst dafür aufkommen.«

»Was?«

»Du hast mich schon verstanden. Ich glaube nicht, dass du beim letzten Mal irgendetwas begriffen hast, weil nämlich ich deinen Strafzettel bezahlt habe. Deshalb wirst du nun nicht nur für diesen Strafzettel aufkommen, sondern auch für den letzten *und* die hundert Dollar pro Monat extra, die mir die Versicherung deswegen abknöpfen wird.«

»Aber so viel Geld hab ich nicht.«

»Dann such dir einen Job.«

»Wie denn? In sieben Wochen fängt das Basketballcamp an und danach ist wieder Schule und Fußballtraining.«

»Dad«, meldete sich Gage zu Wort und machte dabei erneut von seinem bestechenden Lächeln Gebrauch – diesmal zu meiner Verteidigung. »Charlie ist doch noch ein kleines Mädchen. Zwing sie nicht, arbeiten zu gehen. Das überlebt sie nicht.«

Okay, das war nicht gerade die Art von Verteidigung, auf die ich gehofft hatte.

»Gage, halt dich da raus«, erwiderte mein Dad.

Er salutierte. »Jawohl, Officer.«

Dad warf Gage einen finsteren Blick zu, aber wie wir alle konnte er Gage nicht lange böse sein. Stattdessen wandte er sich also wieder mir zu. »Sieh zu, dass du dir etwas einfallen lässt, denn meine Entscheidung ist endgültig.« Damit verließ er die Küche und ging in sein Zimmer, um sich umzuziehen.

Meine Brüder starrten mich an und dann, als hätten sie bis drei gezählt, fingen alle gleichzeitig an zu lachen.

»Ja, saukomisch«, fauchte ich. »Als ob keiner von euch jemals von der Polizei angehalten worden wäre.«

Nathan hob seine Hand. »Noch nie.« *Natürlich nicht.*

»Zweimal«, sagte Jerom.

Ich schaute Gage an. Von allen meinen Brüdern stand er mir nicht nur am nächsten, sondern war mir auch mit Abstand am ähnlichsten. »Ein paar Mal«, gab er zu, »aber um die Strafzettel bin ich immer herumgekommen. Du musst ein bisschen mehr auf Unschuldsengel machen, Charlie. Den Bullen gegenüber darfst du nicht patzig werden. Das mögen die nicht.«

»Woher weißt du denn, dass ich patzig war?«

Wieder lachten sie alle, wurden diesmal aber vom Klingeln eines Handys unterbrochen, das zum Aufladen auf der Küchentheke lag. Gage sprang auf und schlitterte zur Küchentheke, um das Gespräch anzunehmen, bevor die Mailbox anging.

Dad kam zurück und mit seinem Klamottenwechsel schien auch seine Gemütsverfassung gewechselt zu haben. Er küsste mich auf den Kopf. Vielleicht bedeutete das ja, dass er sich die ganze Sache mit dem Job noch einmal anders überlegen würde. »Am besten fängst du gleich morgen früh an, dich umzusehen«, sagte er. Dann schaute er Gage an und blaffte: »Handy aus.«

Ich sank noch tiefer in meinen Stuhl und nahm mir ein paar Löffel von Nathans Auflauf-Kreation. Mein Dad sprach das Tischgebet (zwanzig Jahre im Polizeidienst hatten ihn Gottesfurcht gelehrt). Dann hauten wir alle rein. Bei uns war das Abendbrot das reinste Wettessen. Wer nicht schnell genug war, bekam keine zweite Portion mehr. Mir war gerade sowieso nicht nach einer zweiten Portion zumute.

Ich lag auf meinem Bett, die Füße gegen das Kopfende gestützt, und warf einen Tennisball gegen die Wand, wieder und wieder. Es klopfte einmal kurz an meine Zimmertür und jemand, der vermutlich Gage war, kam unaufgefordert hinein. Er war der Einzige, der nie eine Antwort abwartete. Ich legte den Kopf in den Nacken und erhaschte gerade noch einen kurzen Blick auf Gage – verkehrt herum –, bevor er einen Hechtsprung machte und auf meinem Kopf landete.

Ich knurrte missbilligend und er rollte sich von mir runter.

»Hm, ein Job also, was?«

»Erinnere mich bloß nicht daran.«

»Ich finde, der heutige Tag sollte als der Tag in die Geschichte eingehen, an dem Dad ein Machtwort gesprochen hat und einer seiner Sprösslinge sich einen Job suchen muss.«

»Echt jetzt. Was ist aus ›Dein Job ist die Schule‹ oder ›Der Sport muss dir dein Studium finanzieren – also betrachte ihn als deinen Job‹ geworden?«

»Anscheinend hat ihn eine gewisse Rennfahrerin umgestimmt.« Gage neigte dazu, immer alles von der positiven Seite zu betrachten (das Einzige, was wir nicht gemeinsam hatten). Er schwieg kurz und sagte dann: »Dir einen Job zu suchen, ist doch viel besser als Hausarrest. Hättest du Ausgehverbot, würde all die Drinnen-Luft, an die du überhaupt nicht gewöhnt bist, deine Poren austrocknen und dann würdest du verwelken und sterben.«

Okay, vielleicht nicht im eigentlichen Sinn *positiv,* aber nicht weit davon entfernt.

Er strich sich eine Haarsträhne aus der Stirn. »Na gut, falls es dir irgendetwas bringt, biete ich dir gerne meine Talente in Sachen Jobsuche an.«

»Und die wären?«

»Ich kann dich begleiten und dir Geschäfte zeigen, in denen du dir dann Bewerbungsformulare besorgst. Dir dabei helfen, deinen Namen in die kleinen Kästchen einzutragen. Du weißt schon, derlei unschätzbar wertvolle Dinge halt.«

»Was sollte ich bloß ohne dich anfangen?«

»Es tut weh, es sich überhaupt vorzustellen, aber es könnte mit ausgetrockneten Poren und Verwelken zu tun haben.«

4.

Ich kam mit einem Bewerbungsformular in der Hand aus *Urban Chic* und wartete, bis Gage seine Unterhaltung mit einer Rothaarigen und ihrer etwas zu kurz geratenen Freundin beendet hatte. Währenddessen lauschte ich der Brandung des Ozeans, der nur drei Blocks von uns entfernt war, holte tief Luft und atmete die Meeresluft ein. Von unserem Haus aus waren es nur zehn Minuten bis in die Altstadt, aber die Luft schmeckte hier anders.

»Bist du mitgekommen, um mir zu helfen oder um Mädels anzubaggern?« Nach der Art zu urteilen, wie die Verkäuferin hinter der Ladentheke mich gemustert hatte, war ich mir ziemlich sicher, dass aus mir keine zukünftige *Urban-Chic*-Mitarbeiterin werden würde. Mir war das nur recht. In dem Laden gab es viel zu viele Pailletten, die das Licht der Leuchtstoffröhren reflektierten; ich war sicher, dass ich dort drin nach spätestens fünf Minuten perverse Kopfschmerzen bekommen würde.

»Ich kann beides gleichzeitig«, versicherte mein Bruder mir. »Das ist Teil meiner Begabung.«

Der einzige Grund, warum ich mich für die Altstadt entschieden hatte, um mich nach einem möglichen Job umzusehen, war der, dass es dort jede Menge Läden gab, die dicht nebeneinanderlagen. So musste ich nicht durch die ganze Stadt fahren, um Bewerbungsformulare einzusammeln. Und im Gegensatz zum Einkaufszentrum würde hier hoffentlich niemand vorbeikommen, den ich kannte. Die Altstadt befand sich in Strandnähe; hier kauften größtenteils Touristen und reiche Leute ein. Die Geschäfte gehörten hauptsächlich Ortsansässigen und hatten die altstadttypischen Produkte im Angebot – es gab jede Menge Antiquitätengeschäfte und Vintage-Klamottenläden. Und obwohl ich das Viertel mochte, hoffte ich doch aus tiefstem Herzen, keinen Job zu finden. Vielleicht war das auch der Grund, warum ich einfach nur Jeans und T-Shirt trug und meine von der Dusche noch nassen Haare zu einem Pferdeschwanz gebunden hatte.

»Date nie einen Typen, dessen Jeans nicht über die Knöchel reichen«, sagte Gage und zeigte auf einen Jungen zwanzig Meter vor uns. Er schüttelte sich.

»Aber er kann damit durch Pfützen gehen, ohne sich dabei die Hose nass zu machen. Vorausschauend.«

Ich fragte mich oft, warum meine Brüder die No-Go-Liste für mich führten. Es war ja nicht so, dass ich gar nicht hätte erwarten können, bis der Startschuss zum Dating ertönte.

Gage lachte und lotste mich nach rechts. »Das sieht doch nach einem netten Laden aus.« Bis jetzt waren seine Arbeitsplatzvorschläge davon beeinflusst gewesen, ob ein Mädchen in der Nähe war. Vor diesem Laden befand sich rein zufällig ein Springbrunnen, vor dem ein Mädchen und (möglicherweise) ihre kleine Schwester standen und Münzen ins Wasser warfen.

»Meinst du, dass da zweihundertvierundsechzig Dollar an Kleingeld drin sind?« Ich schaute zu, wie sich die Wasseroberfläche über den Münzen kräuselte. »Ich bräuchte ja bloß einmal die Woche herzukommen und das Geld aus den Brunnen einzusammeln.«

»Na, jetzt wirst du endlich kreativ«, lobte Gage. »Die Idee hat wirklich etwas für sich. Oder besser: mich.« Dann räusperte er sich und sprach ein bisschen lauter. »Meine *Schwes-*

ter« – er stellte immer sicher, dass attraktive Mädchen über unser Verwandtschaftsverhältnis im Klaren waren – »und ich haben gerade versucht zu erraten, wie viel Geld wohl in diesem Springbrunnen sein könnte.«

»Eine Million Dollar«, verkündete das kleine Mädchen.

»Siehst du, bitte sehr«, sagte Gage und schaute mich an. »Problem gelöst.«

Das dunkelhaarige Mädchen in ihren tiefsitzenden Jeans stieß ihre Schwester an, klimperte mit den Wimpern und kicherte. Bevor ich mich noch übergeben musste, ging ich in den Laden hinter ihr und sah mich darin um.

Der Laden roch nach alten Menschen – nach Büchern und Brot und Parfüm. Er war vollgestopft mit ... allem möglichen Zeug – verspiegelten Schachteln, bunten Lampen, kleinen Hundestatuen. Wer kaufte denn bitte Hundestatuen?

Ein Mädchen, blond, mit rosa gefärbten Haarspitzen, stand vor einem Regal und ordnete Nippes in eins der Fächer.

»Hi. Könnte ich ein Bewerbungsformular bekommen?«, fragte ich.

»Na klar.« Sie ging zur Ladentheke und zog einen Zettel darunter hervor. »Im Moment stellen wir gerade niemanden ein, aber ein Versuch kann ja nicht schaden, richtig?«

»Richtig.«

Sie biss sich auf die Lippe. »Zwei Häuser weiter ist ein Geschäft. Eine kleine Modeboutique. Die Besitzerin heißt Linda. Dort solltest du es mal versuchen. Sag ihr, dass Skye Lockwood dich geschickt hat.«

»Okay, danke. Ich heiße Charlie.«

»Nett, dich kennenzulernen.«

Ich winkte ihr zu und verließ den Laden.

»Wie lief's?«, fragte Gage.

»Kein Bedarf.«

»Mist. Na ja, ich hab bereits drei Telefonnummern abgestaubt; wenigstens bekommt einer von uns hier heute etwas auf die Reihe.«

»Danke. Äußerst motivierend.« Ich zeigte die Straße entlang. »Das Mädel hat mir allerdings geraten, es in einem Klamottenladen zu versuchen, zwei Häuser weiter.«

Wir gingen die Straße entlang und kamen an einem Puppenladen vorbei. »Oh, den darfst du auf gar keinen Fall auslassen«, sagte Gage. Mir fiel auf, dass das Mädchen, das in dem Geschäft arbeitete, fantastisch aussah – natürlich. Beim nächsten Mal, wenn ich mich auf Jobsuche machte, würde ich meinen Bruder zu Hause lassen. Er zog die Tür auf und eine Ladenglocke kündigte unser Kommen an. Als wir eintraten, bemerkte ich, dass dieser Laden entweder kurz davor war dichtzumachen oder demnächst neu eröffnen würde. Überall auf dem Boden standen offene Kartons und wurden gepackt ... ausgepackt?

»Oh«, sagte das Mädchen, als sie uns sah. »Hi, tut mir leid, aber wir haben geschlossen. Xander muss vergessen haben, die Tür abzuschließen.« Sie reichte uns einen Flyer. »Aber falls ihr nach einer Puppe sucht – das hier ist unsere Website. Wir stellen auf mobil um.«

»Mobil?«

»Ausstellungen und Messen.« Sie machte sich wieder an die Arbeit und stopfte Zeitungspapier in einen Karton.

»Brauchst du Hilfe beim Packen?«, fragte Gage.

Ich griff Gage am Arm und zerrte ihn aus dem Laden.

»Hast du ihre Augen gesehen?« Er legte seine Hand aufs Herz und wankte.

Ich verdrehte meine Augen. »Letzter Laden«, sagte ich und zeigte auf die Kleiderboutique, die Skye gemeint haben musste. »Dann bin ich reif für etwas zu essen.«

»Ich warte draußen.« Während er sprach, zeigte er auf ein

Tanzstudio nebenan. Ein Mädchen, etwa in unserem Alter, trainierte vor den Spiegeln.

»Ich schwör's, Gage. Du bist so ... typisch Kerl!« Ich riss die Tür auf. Drinnen war es totenstill. Es roch nach Räucherstäbchen, ich konnte die Quelle aber nicht ausmachen. Es gab ein paar kopflose Schaufensterpuppen, die Minikleider trugen. Runde Kleiderständer standen in der Mitte des Ladens und die Wände waren mit weiteren Kleiderständern gesäumt. An der hinteren Wand befanden sich große Kästen, in denen kleine Glasfläschchen ausgestellt waren. Mir war nicht ganz klar, ob sie zum Verkauf angeboten wurden oder bloß als Dekoration dienten. In der Ecke entdeckte ich eine Stehlampe, die mit einem Schal umwickelt war. Sie war nicht eingeschaltet.

»Hallo?«, rief ich laut. Niemand antwortete. Als ich gerade wieder gehen wollte, kam eine Frau mittleren Alters aus dem Hinterzimmer. Sie hielt eine Kaffeetasse in der Hand. Ihr schrilles Oberteil sah aus, als käme es direkt aus Indien, und ihre Beine steckten in einer dunklen Jeans mit weitem Schlag.

»Oh. Hallo.« Sie stellte ihre Kaffeetasse auf die Ladentheke, legte ihre Handflächen zusammen und verbeugte sich: »Willkommen.«

»Äh. Danke.«

Sie trat ein paar Schritte vor und ich sah, dass sie barfuß war. »Womit kann ich dienen?«

Meinte die das ernst? Ich versuchte, mich an den Namen des Ladens zu erinnern. Crazy Lady Basar? War ich versehentlich an eine Geistheilerin oder an eine Massagetherapeutin geraten? Die Schaufensterpuppen und Kleiderständer sprachen eigentlich eine andere Sprache, allerdings war ich auch keine Modeexpertin.

Ich hielt meine Zettel in die Höhe. »Ich wollte mir bloß

ein Bewerbungsformular holen. Äh ... Skye Lockwood hat gesagt, dass Sie eventuell eine Aushilfe suchen.«

»Ach ja, hat sie das gesagt? Ich habe keine Bewerbungsformulare. Hier bin nur ich. Das hier ist mein Laden.«

»Okay. Na gut, dann vielen Dank jedenfalls.« Ich machte mich auf den Weg zur Tür.

»Aber«, sagte sie, als ich schon fast draußen war, »ich habe heute um ein Zeichen gebeten und nun bist du da.«

»Ein Zeichen?« Ich schielte zum Fenster hinaus und hoffte, dass Gage hereinkommen würde, um mich zu retten. Er lehnte an der Fensterscheibe des Nachbarhauses und starrte verträumt in die Tanzschule. Keine Hilfe zu erwarten. »Ich ...« Ich trat einen Schritt zurück. »Einen schönen Tag noch.«

»Du willst einen Job, oder?«

Nicht wirklich. »Ja.«

»Na ja, ich hab daran gedacht, mich zu vergrößern, neue Kunden zu gewinnen. Und wenn Skye für dich bürgt, bist du vielleicht genau das Mädchen, auf das ich gewartet habe.«

Ich verriet ihr nicht, dass ich Skye gerade eben erst kennengelernt hatte. »Ich bin ziemlich sicher, dass ich nicht das Mädchen bin, auf das irgendjemand wartet. Ich hab keine Erfahrung, ich hab noch nie in meinem Leben eine Kasse bedient. Und beim Verkaufen von Kleidern wäre ich vermutlich auch nicht sehr gut. Ich meine, schauen Sie mich doch nur an.«

Das tat sie. Kritisch begutachtete sie mein verblichenes T-Shirt mit dem Logo der McKinley High, meine Jeans, die ich bei Target gekauft hatte, und meine abgelaufenen Turnschuhe. »Du suchst also nach einem Job, hast aber gehofft, dass du keinen finden würdest? Lass mich raten. Zwingen dich deine Eltern dazu?«

»Ja. Mein Dad.«

»Wie heißt du denn?«

»Charlie.«

»Charlie, ich bin Linda. Ich glaube, ich kann dir das beste Angebot des ganzen Viertels machen. Dienstag und Donnerstag von achtzehn bis zwanzig Uhr und vier Stunden am Samstagmorgen. Das macht wie viel? Acht Stunden pro Woche? Damit beschwichtigst du deinen Dad und brauchst trotzdem so gut wie gar nicht zu arbeiten.«

Ich nickte langsam. Das klang nicht allzu heftig. Selbst wenn es bedeutete, dass ich mit Crazy-Barfuß-Lady zusammenarbeiten musste.

Sie lief zu einem kleinen Ständer mit Ohrringen, der neben der Kasse stand, und rückte ein Paar der Schmuckstücke gerade. Dann sah sie mich erwartungsvoll an.

»Wie hoch wäre denn der Stundenlohn?« In anderen Worten: Wie lange würde ich brauchen, um diese Strafzettel abzubezahlen und die Sache hinter mich zu bringen?

»Zehn Dollar pro Stunde müssten drin sein, also alle vierzehn Tage so ungefähr hundertfünfzig Dollar, nach Abzug der Steuern. Aber ...«

War ja klar, dass da irgendwo ein Haken sein musste.

»... du müsstest dich ein bisschen präsentabler kleiden. Falls du nichts hast, würde ich dir dein erstes Gehalt vorschießen, damit du dir ein paar Outfits kaufen kannst. Die ersten zwei Wochen arbeitest du dann allerdings nur dafür.«

Oh Mann. Verdammte Klamotten! Ich warf einen Blick auf die Schaufensterpuppen, die sehr viel mehr Bein zeigten, als mir lieb war. »Kleider trage ich nicht.«

»Natürlich nicht. Ich würde dich keinesfalls in ein solches Kleid stecken. Es passt überhaupt nicht zu deiner Aura.«

Meiner Aura? Ich hatte nicht gewusst, dass meine Aura in Sachen Kleidung eine Meinung hatte.

»Welcher Tag ist heute?«, fragte sie.

»Mittwoch.«

»Okay, warum kommst du morgen nicht etwas früher, bevor deine Schicht beginnt? Dann kannst du den Papierkram erledigen. Vergiss nicht, deinen Führerschein mitzubringen ... Du bist doch sechzehn, oder?«

»Ja.«

»Gut. Danach finden wir ein paar Sachen, die dir stehen könnten. Ich helfe dir beim Aussuchen.«

Morgen. Ich muss morgen anfangen zu arbeiten?! »Okay.«

Sie lächelte, holte tief Luft und verbeugte sich wieder. »Das fühlt sich richtig an.«

Ich nickte und ging rückwärts aus dem Laden. So fühlte sich »richtig« an?

»Wie war's?«, fragte Gage.

»Ich hab einen Job.«

»Wirklich?« Er schaute nach oben auf den Namen des Geschäfts. »Lindas Basar.«

»Genau.«

»Und war's irgendwie bizarr?« Er wackelte mit den Fingern.

»Du hast ja keine Ahnung.«

5.

Mein Dad sah überrascht aus, als ich ihm eröffnete, dass ich einen Job gefunden hatte. Als hätte er erwartet, dass ich mit leeren Händen nach Hause kommen würde. Ich konnte es ihm nicht mal übel nehmen. Auch ich war überrascht.

»Danke für dein immenses Zutrauen, Dad.«

»Es ist nicht so, dass ich dir nicht zugetraut hätte, einen Job zu finden, ich hätte bloß nicht gedacht, dass du das wirklich durchziehen würdest.«

»Jaja.«

»Brauchst du irgendetwas?« Er musterte mich von oben bis unten. »Äh ... eine Uniform oder so?«

Wenn ich mit meinen Brüdern zusammen war, benahm sich mein Dad völlig normal; aber nur mit mir allein wurde er merkwürdig. Und er war immer einen Tick hinterher. Ich konnte mich noch gut daran erinnern, wie mein Dad eines Tages zu mir kam, als ich dreizehn war. Auf seiner Oberlippe hatten sich Schweißperlen gebildet. »Charlie«, hatte er gesagt. »Meine Kollegin Carol meinte, dass du vielleicht einen BH brauchst.« Er hatte so schnell geredet, dass ich ihn beinahe nicht verstanden hätte. Dann waren wir beide knallrot angelaufen. »Ich könnte mit dir einen kaufen gehen«, hatte er hinzugefügt. »Vermutlich gibt's Geschäfte, in denen sie dir dabei helfen, deine, äh, Größe zu finden ... und so.«

Mit immer noch puterrotem Gesicht hatte ich ihm versichert, dass ich bereits einen BH besaß. Im Jahr davor hatte ich irgendwann, als ich mich vor der Sportstunde umzog, entdeckt, dass alle außer mir schon einen trugen. Dad gegenüber hatte ich behauptet, dass ich Geld für Stollenschuhe brauchte, und war damit einen BH kaufen gegangen. Auch wenn ich sie nicht gekannt hatte, waren das die Momente, in denen ich mich nach meiner Mom sehnte.

»Linda – meine neue Chefin – hilft mir mit den Klamotten und was man sonst noch so braucht.«

Er nickte und schien erleichtert zu sein. »Gut, gut.« Dann nahm er mich in die Arme, was nur selten vorkam. »Ich bin so stolz auf dich.« Mein Dad war so groß, dass meine Wange auf seiner Brust landete. Er roch nach Kaugummi mit Zimtgeschmack.

»Kein Grund, sentimental zu werden. Es sind nur acht Stunden pro Woche.«

»Ich bin auch stolz auf dich«, säuselte Gage und schlang seine Arme um uns beide, sodass wir alle drei das Gleichgewicht verloren und aufs Sofa fielen.

»Gage«, schimpfte mein Dad und rappelte sich auf.

Gage nahm den freien Platz ein. Einen Arm legte er um meinen Hals, den anderen unter meine Kniekehle und schob mich zusammen. Ich trat um mich und versuchte, mich zu befreien. »Ergib dich«, forderte er.

»Macht nichts kaputt«, mahnte mein Dad und ging aus dem Zimmer. »Oh, und Glückwunsch, Charlie.«

»Danke«, rief ich. Mit meinem abgeknickten Hals klang ich ein bisschen wie Kermit der Frosch. Ich kniff Gage, so fest ich konnte, in die Seite und er jaulte auf, ließ aber nicht los. Ich strampelte und wand mich und biss sogar zu, schaffte es aber einfach nicht, mich loszumachen. Meine Brüder fanden, ich schummelte, wenn ich biss, aber sie waren auch doppelt so stark, also musste ich irgendwie anderweitig für gleiche Voraussetzungen sorgen.

»Ergib dich«, wiederholte er.

Ich stieß mich mit meinem freien Fuß vom Boden ab und beinahe wäre es mir gelungen, uns beide vom Sofa zu bugsieren, aber er schob mich wieder zurück.

»Charlie, du alter Sturkopf, gib doch einfach zu, dass du in meiner Gewalt bist. Du hast keine Chance, hier rauszukommen.«

Ich landete einen Schlag gegen seine Kehle, woraufhin er kurz würgen musste, doch dann zog er einfach nur meinen Arm zu sich heran und hielt ihn fest. Die Haustür öffnete und schloss sich wieder und Braden sagte: »Hey, Leute.«

Abgelenkt schaute Gage hoch. Ich befreite mein Bein und rammte ihm mein Knie in die Magengrube. Er taumelte zurück, ich hechtete vor und drückte sein Gesicht in das Polster.

»Du bist skrupellos«, nuschelte er ins Kissen.

»Hab ich von dir gelernt.« Ich ließ von ihm ab und stand auf. »Hey, Braden. Wie war das Geburtstagsessen mit deiner Mom?«

»Langweilig, wie immer.«

Ich hob fragend den Kopf und wartete auf die Fortsetzung. Braden war Einzelkind, also stets im Mittelpunkt des Interesses ... und der Erwartungen. Manchmal hatte ich das Gefühl, dass er nur deshalb so häufig zu uns rüberkam, weil er das Chaos suchte. Um darin zu verschwinden. Ich schaute ihn an, aber er beließ es dabei, schnappte sich die Fernbedienung vom Beistelltisch und schaltete den Fernseher an. »Ich war fest davon überzeugt, dass ihr euch das Baseballspiel anschaut.«

»Moment! Wie spät ist es?« Ich checkte die Uhr auf dem DVD-Player. »Mist. Es ist schon halb vorbei.« Ich sicherte mir meinen Platz auf dem Sofa.

Es war, als hätten die Geräusche des Spiels meine Brüder aus ihren Verstecken gelockt, denn schon bald war das

Wohnzimmer voll, alle brüllten auf den Fernseher ein und auf dem Sofatisch sammelten sich offene Chipstüten und Coladosen.

Bei uns zu Hause gab es keinen besonderen Lieblingssport. Wir mochten jeden Sport.

Dad kam runter und gab Gage ein Zeichen, dass er rüberrutschen sollte, was bedeutete, dass ich näher an Braden heranrücken musste. Er legte seinen Arm auf die Sofalehne, um mehr Platz zu schaffen. Der Geruch seines Deos verübte einen heimtückischen Anschlag auf meinen Geruchssinn. »Mmmh, welch ein Duft.«

Er zog mich in den Schwitzkasten und hielt mich eine ganze Weile fest. »Jetzt steckst du fest.«

Ich machte den Mund auf und wollte schon zubeißen, doch das hatte er wohl geahnt, denn er stieß mich lachend von sich. Ich legte meine Beine auf Gages Schoß und schnappte mir das Glas mit Erdnüssen vom Sofatisch.

»Nein!«, brüllte Braden direkt an meinem Ohr in Richtung Fernseher.

Ich stieß ihn mit dem Ellenbogen an.

»'tschuldigung«, sagte er zerstreut.

Gage klopfte geistesabwesend mit seiner Hand auf mein Knie. *Poch. Poch. Poch.* Ich trat kurz zu und er stoppte. Aber dann kippte Braden direkt neben meinem Ohr seine Cola herunter. Gab es auf dieser Welt ernsthaft jemanden, der noch lauter schluckte als er? Ich stand auf und fing an, die leeren Coladosen auf dem Tisch einzusammeln.

Braden streckte seine Hand aus und schob mich ein Stück zur Seite, damit er freie Sicht auf den Bildschirm hatte.

»Oh, stehe ich etwa im Weg?«

»Ja, das tust du. Also beweg dich oder ich mach dir Beine.«

»Ach ja? Wie denn?«

Er trat mir mit dem Fuß in die Kniekehle, woraufhin mein Bein einknickte, was zur Folge hatte, dass ich das Gleichgewicht verlor und die Coladosen auf dem Fußboden landeten.

Ich hockte mich auf den Boden und sammelte sie wieder ein, dann trug ich sie in die Küche. An der Tür warf ich einen Blick über die Schulter. Alle Augen waren auf den Bildschirm gerichtet. Wärme erfüllte mein ach so kaltes Herz. Wie sehr liebte ich doch diese Jungs. Sie waren mein Leben und ich konnte mir nichts Schöneres vorstellen, als dass wir alle zusammen waren, einfach nur zusammen waren und nichts taten. Ich musste ein bisschen zu lang in dieser Vorstellung geschwelgt haben, denn Braden sah auf, schaute mich an und schnitt eine »Was ist denn mit dir los?«-Grimasse: Hochgezogene Augenbraue und schiefer Mund.

Ich rümpfte die Nase und verschwand in der Küche.

6.

Ich hoffte aus tiefstem Herzen, dass die Jungs mich nie, nie bei der Arbeit besuchen kommen würden. Das jedenfalls wünschte ich mir am nächsten Tag, als ich vor dem wohl schrecklichsten Garderobenspiegel aller Zeiten stand – er zeigte einen aus drei verschiedenen Winkeln gleichzeitig –, und das Zigmillionste Outfit für Linda anprobierte. Ich sah lächerlich aus.

Wir standen hinter ein paar großen geblümten Wandschirmen im hinteren Teil des Ladens, sodass wenigstens die Passanten, die draußen am Geschäft vorbeigingen, nicht Zeuge meiner Demütigung werden konnten.

»Die Sachen stehen dir alle gut«, sagte Linda und zog eine Bluse zurecht, die für meinen Geschmack etwas zu weit ausgeschnitten war. Ich war hohe T-Shirt-Kragen gewöhnt. Und ich hatte immer gedacht, dass man Jeans aus Gründen der Bequemlichkeit anzog. Diese Jeans hier fühlte sich an, als versuchte sie, meine Schenkel an Ort und Stelle zu halten.

»Das ist der Grund, warum Models so groß sind. An großen Menschen sehen Klamotten nämlich immer gut aus. Das ist furchtbar ungerecht.«

»Okay, mit den Verkleidungsspielchen bin ich ein für alle Mal durch. Welches von denen soll ich Ihrer Meinung nach kaufen?«

»Tja, das hängt von dir ab, Charlie. Welches davon spricht zu dir?«

Ich musste husten, da mich eine fette Duftwolke des Räucherstäbchens erwischte, das Linda für diese »Erfahrung« angezündet hatte. Ich fächerte mir mit der Hand Luft zu. »Keines der Kleidungsstücke redet mit mir.«

Sie legte ihren Zeigefinger auf meine Stirn. Ich hatte ziemlich schnell bemerkt, dass Linda nicht wirklich damit vertraut war, was man landläufig als Diskretionsabstand bezeichnete. Nicht, dass in meiner Familie irgendjemand Rücksicht auf so etwas genommen hätte, aber zumindest Fremde gewährten mir für gewöhnlich ein Mindestmaß an Distanz ... »Finde deine spirituelle Mitte. Spüre deine Aura«, sagte sie, mit ihrem Finger immer noch auf meiner Stirn.

»Weder ich noch meine Aura haben irgendeine Ahnung, wie man Klamotten aussucht. Welche gefallen Ihnen?«

»Okay, da hast du natürlich recht. Wir selbst können uns nie objektiv beurteilen. Jemand von außen kann wahrscheinlich viel besser sagen, was uns gut steht.« Sie musterte sämtliche Kleidungsstücke, die ich anprobiert hatte.

Aus dem rechten Augenwinkel nahm ich eine Bewegung wahr und drehte mich um.

»Mama Lou, wie alt ist das Essen hier?« Skye, das Mädchen mit den rosa gefärbten Haarspitzen, das mich zu Linda geschickt hatte, kam mit einer Take-out-Box vom Chinesen in der Hand aus dem Hinterzimmer. Sie kippte sie nach vorne, damit wir die Nudeln darin begutachten konnten. Ich hatte gar nicht gewusst, dass sie auch hier war. »Oh. Hi, Charlie. Süßes Outfit.« Sie zeigte mit ihrer Gabel auf mich.

Ich zupfte am Saum des unbequemen Tops und fragte mich, ob der Stoff durchsichtig war. Er fühlte sich so dünn an. »Danke.«

Linda sah überrascht auf. »Skye, wann bist du denn reingekommen?«

»Gerade eben. Hab die Hintertür genommen.« Sie ließ sich

auf eine runde Ottomane neben den Spiegeln fallen und nahm eine Gabel voll Nudeln in Augenschein.

»Ich bin mir nicht sicher, wie alt das Essen ist. Mindestens ein paar Tage.«

Skye roch daran und schob es sich in den Mund.

Linda begann, die Klamotten, die ich anprobiert hatte, in zwei Stapel aufzuteilen. »Die kaufst du jetzt.« Sie zeigte auf den einen Stapel. »Die hier später.« Sie nickte in Richtung des anderen Stapels. Der Spiegel vergewisserte mir, dass das Top nicht durchsichtig war, aber es fühlte sich schrecklich luftig an. Und es hatte ein Blumenmuster. Ich konnte mit ziemlicher Sicherheit sagen, dass ich noch nie zuvor irgendetwas getragen hatte, das ein Blumenmuster gehabt hatte. Na ja, vielleicht, als ich fünf war.

»Und das trägst du jetzt«, sagte sie und meinte damit die Klamotten, die ich anhatte.

»Äh ... ich glaube nicht, dass meine Aura schon bereit für Blümchen ist.«

Sie lachte, als hätte ich einen Witz gemacht, warf mir dann aber ein gestreiftes Shirt zu, das ich mir schnell überzog.

»Lass mich das kurz zusammenrechnen, dann kannst du mit der Arbeit anfangen.«

Innerhalb einer Stunde all die Sachen anzuprobieren, hatte sich bereits wie harte Arbeit angefühlt. Es war anstrengend gewesen und ich hoffte, dass ich es nie wieder tun musste. Ich schaute noch einmal in den Spiegel. Ich sah nicht wie ich selbst aus.

»Du siehst toll aus«, versicherte mir Skye mit dem Mund voller Nudeln.

Als ich hinter den Wandschirmen hervorkam, lächelte Linda. »So hübsch.« Sie seufzte, als hätte sie eben irgendeine Art Wunder vollbracht und wäre mit dem Ergebnis äußerst zufrieden. Wenigstens so lange, bis ihr Blick an meinem Gesicht und meinen Haaren hängen blieb. Ich konnte ihr ansehen, dass sie etwas sagen wollte, aber es war das eine, jemanden zu bitten, etwas anderes anzuziehen; jemandem allerdings zu sagen, sein Gesicht könnte ein paar Veränderungen vertragen, war etwas anderes.

Sie stellte sich hinter die Kasse und ich beobachtete, wie die Summe auf dem winzigen Bildschirm größer und größer wurde.

»Skye«, rief Linda. »Ich hab noch eine neue Lieferung Haarfärbemittel bekommen.«

Skye sprang von ihrem Hocker auf und schoss auf den Kasten in der Ecke zu. »Grün. Schön! Ich komme nach Ladenschluss vorbei, dann kannst du mir helfen.«

Linda half ihr beim Haarefärben? Skyes Eltern mussten echt die Ruhe weghaben. Na ja, Skye sah älter aus als ich. Vielleicht wohnte sie ja gar nicht mehr bei ihren Eltern.

Linda stopfte den Kassenbon in ihre Schublade, wahrscheinlich, damit sie mir die Summe später von meinem Gehalt abziehen konnte. »Klingt gut«, sagte sie. »Jetzt aber ab mit dir. Ich muss Charlie einarbeiten.«

»Bin ja schon weg.« Skye ging nach hinten und plötzlich schoss mir ein Gedanke durch den Kopf.

»Sind Sie mit Skye verwandt?«

»Oh nein. Ihre Mutter hat die Familie verlassen, als sie noch klein war.« Ein mitleidiger Ausdruck schob sich über Lindas Züge, als sie in den hinteren Teil des Ladens starrte, durch den Skye eben nach draußen verschwunden war. »Sie braucht nur eine Extraportion Liebe. Das ist alles.«

Mir stockte der Atem. War das Lindas Sicht auf alle Mutterlosen dieser Welt? Dass ihnen etwas fehlte? Ich sagte nichts, aber das war auch nicht nötig. Linda füllte das

Schweigen, indem sie mir zeigte, wie man Oberteile zusammenfaltete, die Kleidung auf den Ständern nach Größe sortierte und Hosen korrekt aufhängte.

Die zwei Stunden vergingen ziemlich schnell. Ich zog mich um, streifte meine normalen Klamotten wieder über. Dann holte ich mir die Tüte mit den neuen Sachen und meine Autoschlüssel. Linda sagte: »Bis Samstag um zehn also, Charlie.« Sie zögerte, dachte nach. »Ist das ein Spitzname?«

»Kurz für Charlotte. Aber Charlie passt besser zu mir.«

»Das stimmt.« Sie zeigte auf die Tüte mit den Kleidungsstücken. »Weißt du, du kannst sie auch zu Hause tragen. Alles waschmaschinentauglich.«

»Oh, also ...« Ich zuckte mit den Schultern. »Wenn meine Brüder mich in den Klamotten sehen, ziehen sie mich bis ans Ende meiner Tage damit auf.«

»Wir haben alle unser eigenes Leben, Kindchen.«

Nicht bei uns zu Hause. Bei uns mischte sich jeder in alles ein. Es war schon schwer genug, die Jungs auf Abstand zu halten, ohne ihnen noch zusätzlich Munition an die Hand zu geben. »Vermutlich.«

Sie hatte einen Schlüsselbund in der Hand und folgte mir zur Tür. Offensichtlich wollte sie hinter mir abschließen. »Und was ist mit deiner Mutter? Ich bin mir sicher, dass sie dich liebend gerne in den neuen Sachen sehen würde.«

Der mitleidsvolle Blick, den Linda Skye zugeworfen hatte, als sie davon sprach, dass sie keine Mutter hatte, schoss mir durch den Kopf. Den Blick kannte ich gut, ich hatte ihn oft gesehen. Es war der Blick, der stets auf den Satz folgte: »Meine Mom ist gestorben, als ich sechs war.« Das war mein Standard-Satz. Gewöhnlich folgte darauf eine Beileidsbekundung und dann dieser Blick. Manchmal blieb er für Monate, jedes Mal, wenn sie mich sahen, schauten mich die Leute so an. Es war schwer zu sagen, was schlimmer war:

der Blick oder wenn er schließlich irgendwann ausblieb, weil die Erinnerung an meine Geschichte in den Tiefen des Gehirns verblasste. Wieso konnten sie vergessen und ich nicht?

Das letzte Mal, dass mir jemand diesen Blick zugeworfen hatte, war inzwischen schon eine ganze Weile her. Die meisten Leute wussten Bescheid. Fast mein ganzes Leben lang hatten wir im selben Haus gewohnt und waren immer auf dieselben Schulen gegangen.

Ich öffnete den Mund, um der Frage auszuweichen, als mir plötzlich rausrutschte: »Meine Mom ist wie ich. Von Mode hat sie keine Ahnung.« Mein Gesicht wurde ganz heiß, und ohne mich noch mal zu Linda umzudrehen, lief ich nach draußen. Hatte ich eben wirklich vorgegeben, meine Mom wäre noch am Leben? Nicht nur das – ich hatte ihr auch noch *meinen* Sinn für Mode verliehen. Und das stimmte nicht einmal. Ich hatte genug Fotos von ihr gesehen, um zu wissen, wie umwerfend sie immer ausgesehen hatte. Das Bild, das ich jedes Mal vor Augen hatte, wenn ich an meine Mutter dachte, zeigte sie in einem langen gelben Sommerkleid am Strand, während sie aufs Wasser schaute.

Aber über die Fotos hinaus wusste ich nicht viel. Früher hatte ich meinen Dad über sie ausgefragt, aber als ich älter wurde, begriff ich, wie traurig er wurde, wenn er meine Fragen beantwortete, also hörte ich damit auf. Ich hörte auf zu fragen, bevor ich dazu kam, die wirklich wesentlichen Fragen zu stellen. Ob ich wohl je den Ehrgeiz oder den Mut aufbringen würde, wieder damit anzufangen?

7.

Es war das erste Mal seit langer Zeit, dass ich mitten in der Nacht aufwachte und erschrocken hochfuhr. Meine Hände zitterten und ich verschränkte meine Arme vor der Brust, um auch dort das Beben zum Stoppen zu bringen.

Der Albtraum fing immer gleich an: Meine Mutter brachte mich ins Bett, küsste mich auf die Stirn und verabschiedete sich von mir. Regen prasselte gegen die Fensterscheiben, als wollte er versuchen, sie zum Bleiben zu bewegen, und mein Herz passte sich dem schnellen Rhythmus an. Danach variierte der Traum. Manchmal war es ein Autounfall; ihr Auto kam von der Straße ab und rutschte eine Böschung hinunter. Dieser Albtraum ergab Sinn, denn so war es tatsächlich passiert. Am häufigsten träumte ich diese Version.

Aber manchmal war es auch ganz anders: Hände, die aus Regen bestanden, rissen meine Mutter aus dem Türrahmen meiner Zimmertür und ließen sie im nächsten Moment zerfließen; ein starker Wind fegte das Dach von unserem Haus und zog sie in die Nacht hinaus. Heute Nacht hatte sie in einem weißen Pyjama vor unserem Haus gestanden und der Regen selbst hatte blutige Streifen in ihren Körper geschnitten, bis sie auf dem nassen Gras zusammenbrach, ihr weißer Schlafanzug nun rot, ihre schlaffe Hand in meinem Blickfeld, leblos.

Wegen meines neuen Jobs war meine nachmittägliche Laufrunde ausgefallen, sodass ich körperlich weniger erschöpft war als sonst. Für dienstags und donnerstags musste ich mir einen neuen Zeitplan zum Joggen überlegen. Mein Dad wollte nicht, dass ich abends alleine lief, und ich konnte meine Brüder selten überreden mitzukommen.

Ich lag auf dem Rücken, starrte an die Decke und fragte mich, welchen Traum mir mein Hirn wohl als Nächstes präsentieren würde, wenn ich wieder einschlief. Morgen Vormittag wollten wir auf dem großen Asphaltplatz der Grundschule Basketball spielen. Ich wünschte, es wäre bereits so weit.

Mein Wecker zeigte drei Uhr an, doch meine angeschlagenen Nerven hielten mich vom Schlafen ab. Ich rollte mich aus dem Bett und ging nach unten. Erst lief ich in der Küche auf und ab, dann ging ich nach draußen. Bevor ich vor vier Jahren die wunderbare Wirkung des Laufens entdeckt hatte, hatte ich viele Stunden in der Stille unseres Gartens verbracht.

Ich ging um den Pool herum und starrte dabei in das dunkle Wasser.

Zwei Scheinwerfer schwenkten durch die Dunkelheit, als der Pick-up von Mr Lewis nebenan die Einfahrt hinauffuhr. Ich war überrascht, wie spät er nach Hause kam. Ein paar Minuten später gingen oben die Lichter an und in diesem Augenblick setzte auch das Gebrüll ein.

Ich trat zurück, um mir einen besseren Blick auf den oberen Stock zu verschaffen. Ein paar weitere Lichter flammten auf, dann knallte die Gartentür zu. Während ich durch die Lücken des Zauns spähte, der unsere Gärten trennte, trat Braden durch die Hintertür in den Garten. Er trug Boxershorts und ein hastig übergezogenes T-Shirt, beides war ganz verdreht.

»Psst«, rief ich ihm durch den Zaun zu. »Braden.«

Er sah sich um und schaute dann direkt in meine Richtung. Er konnte mich nicht sehen, aber er wusste wohl, dass jemand in unmittelbarer Nähe war.

»Gage?«, fragte er.

»Nein, ich bin's, Charlie. Was ist los bei euch?«

Er kam näher. »Wo bist du?«

Ich streckte meine Hand über den Zaun und er kam zu mir. »Geht's dir gut?«

Er setzte sich mit dem Rücken gegen den Zaun. Ich tat es ihm nach. »Mein Dad ist bloß gerade nach Hause gekommen ... gefahren ... sternhagelvoll. Fast wünschte ich, euer Dad hätte ihn erwischt, dann hätte er ihn einbuchten können.«

»Warum muss er dich und deine Mutter aufwecken, wenn er so drauf ist?«

»Weil ihm anscheinend all das einfällt, was er an uns verabscheut, wenn er betrunken ist, und er dann das überwältigende Verlangen verspürt, uns dies mitzuteilen.«

»Das ist furchtbar.« Die Nachtluft war warm und ich ließ sie in meine Lungen strömen. Ich zog an einem Faden, der aus dem Saum meiner Pyjamahose hing. »Du kommst also nach draußen, wenn er so ist?«

»Normalerweise schon. Ich hab gemerkt, dass er sich irgendwann beruhigt, wenn ich verschwinde. Meine Mom kapiert das selbst nach all den Jahren noch nicht.«

Wir schwiegen, man konnte nur noch das gedämpfte Brüllen aus dem Haus hören. »Ist sie ... er tut ihr doch nichts ... oder?«

»Nein«, sagte Braden düster.

Ich lehnte meinen Kopf an den Zaun. Seine Eltern waren entweder schlafen gegangen oder hatten aufgehört, sich anzuschreien, denn ich konnte sie nicht mehr hören.

Bradens Stimme klang heller, als er mich fragte: »Und was führt dich in dieser wunderschönen Nacht nach draußen?«

»Konnte nicht schlafen.«

»Im Ernst? Die beste Schläferin im ganzen Universum konnte nicht schlafen? Wieso?«

»Der blöde Job hat mir meinen Zeitplan durcheinandergebracht. Ich konnte gestern Abend nicht laufen gehen.«

»Ach ja, dein Job. Ich hab schon von dem Wunder gehört. Wie war's?«

»Die reinste Folter. Ich zähl schon die Tage, bis ich die fünfhundert Dollar zusammenhabe, um mit der Strafe durch zu sein.«

»Aber hatte dein Dad nicht irgendwas von hundert Dollar pro Monat gesagt, die du zusammenbringen sollst? Für die Versicherung oder so?«

Ich stöhnte. »Du hast recht. Vermutlich muss ich noch ein paar Hundert mehr verdienen und auf Strafmilderung hoffen. Ich glaube, wenn die Schule erst mal anfängt, habe ich ein gutes Argument gegen einen Nebenjob in der Hand.«

»Ich bin mir sicher, dir fällt schon was ein.«

Wir hüllten uns für eine Weile in Schweigen und gerade, als ich schon dachte, er sei am Zaun eingeschlafen, fragte er: »Spielst du morgen mit?«

»Na klar. Und du?«

»Ja. Spielst du nach den Sommerferien in der Schulmannschaft?«

Ich nickte, auch wenn er mich nicht sehen konnte. »Sicher. Ich kann's gar nicht erwarten, bis es losgeht. Da wir schon beim Thema Müdigkeit sind. Schule, Basketball, Fitnessstudio, Hausaufgaben, Bett – also das ist mal ein Terminkalender, der meinem Körper gefällt.«

»Wieso?«

Mist. Das Problem, mit ihm zu reden, ohne ihn zu sehen, lag darin, dass ich unvorsichtig wurde. Es fühlte sich gar nicht an, als ob ich mit irgendetwas anderem als mit dem weiten Himmel sprechen würde. »Ich schätze eben einfach meinen Schlaf. Und nicht diesen Um-drei-Uhr-früh-aufwachen-Mist.«

»Ja, so ein Scheibenkleister«, versuchte er, mich nachzuahmen (was ihm nicht besonders gut gelang). Jedes Mal, wenn ich statt eines schlimmen Schimpfwortes ein etwas milderes gebrauchte, machte er sich über mich lustig, indem er mit seinem eigenen Schlimm-zu-weniger-schlimm-Wortaustausch aufwartete. Ich ließ mich von seinen Sticheleien nicht dazu bringen, es anders zu machen. Ich hatte mehr Angst vor Dad, der uns verboten hatte zu fluchen, als davor, dass Braden mich deswegen auslachte.

»Ich wusste, dass du das sagen würdest«, erwiderte ich.

»Ach ja, echt? Du wusstest, dass ich ›Ja, so ein Scheibenkleister‹ sagen würde?«

»Na gut, zumindest irgend so etwas in der Art.«

»Du glaubst, du kennst mich so gut, hm?«

»Jup. Jede einzelne noch so nervige Angewohnheit.«

Er lachte kurz auf. »Tja, das beruht auf Gegenseitigkeit. Wahrscheinlich kenne ich dich sogar besser.«

»Du glaubst, du kennst mich besser als ich dich?«

»Ja«, sagte er im Brustton der Überzeugung. »Weil ich dich nämlich jeden Tag sehe, und wenn ich dich mal nicht sehe, dann bekomme ich von Gage jede hirnlose Geschichte zu hören, die ihr wieder angestellt habt.«

»Und du glaubst, dass Gage mir nicht die ganzen hirnlosen Geschichten erzählt, die ihr ohne mich anstellt?«

»Okay, die Wette gilt.« Das war seine Wettkampfstimme. Als er die Worte aussprach, wurde mir erst klar, wie gut ich sie kannte. Seine Stimme war mir so vertraut. Überrascht stellte ich fest, dass ich dabei sogar seinen Gesichtsausdruck vor mir sehen konnte. Im Moment hatte er wahrscheinlich ein triumphierendes Lächeln auf den Lippen. »Wir werden ja sehen, wer mehr über den anderen weiß. Jeder ist abwechselnd mit Fakten über den anderen dran. Wem zuerst nichts mehr einfällt, der verliert.«

»Die Wette gilt. Ich fange an. Du hast sumpfbraune Augen.«

Er lachte. »Oh, wow, du fängst ja echt mit dem absoluten Basiswissen an.«

»Jup. Ich sagte doch, dass ich alles weiß. Das ist ein Teil von ›alles‹.« In Wahrheit war ich mir natürlich nicht sicher, ob ich alles über Braden wusste. Als Gages bester Freund war er mir so vertraut wie ein Bruder, aber in gewisser Weise war er mir auch ein Rätsel. Aber ich nahm an, dass es ihm mit mir genauso ging. Ich war also zuversichtlich, dass ich ihn mindestens ebenso gut kannte wie er mich.

»Sumpfbraun? Im Ernst? Das hört sich echt fies an.«

»Ja, sie sind sumpfbraun.« Seine Augen waren umwerfend – braun mit einem Stich ins Grüne. Als hätten sie sich nicht für eine Farbe entscheiden können. »Du bist dran.«

»Na gut. Du hast stahlgraue Augen.«

»Aha, durchschaut. Du stiehlst meine Fakten.«

»Ja, wir müssen schon immer die gleichen Fakten präsentieren. Wenn ich deine Augenfarbe nicht gewusst hätte, du meine aber wohl, dann hätte ich bereits verloren. So. Jetzt bist du dran.«

Ich nickte. »Okay. Verstehe. Wir entwickeln gerade Spielregeln. Der nächste Punkt kommt also von dir.«

»Richtig. In Mathe bist du grottenschlecht.«

Ich tat so, als würde ich empört nach Luft schnappen. »Unverschämtheit ... aber wahr.« Okay, ich musste mir also ein Fach einfallen lassen, in dem Braden schlecht war. Das war ein Problem. Braden war nämlich ein ausgezeichneter Schüler. Ich hätte natürlich mit dem Fakt auftrumpfen können, dass er in keinem Fach schlecht war, aber nach diesem Seitenhieb gönnte ich ihm das Lob nicht. »Oh! Ich hab's.

Musik. Du singst grottenschlecht. Und hier der Beweis: Bei der Weihnachtsfeier in der siebten Klasse hast du dich freiwillig für das Solo gemeldet. Du kanntest den Text nicht. Und die paar Wörter, an die du dich erinnern konntest, hast du total schief gesungen.« Ich lachte, als ich mich an diesen Moment erinnerte, der war zum Fremdschämen gewesen. »Ich glaube, wir müssten das noch irgendwo auf Video haben …«

»Autsch.« Wahrscheinlich fasste er sich gerade an die Brust, verzog dabei aber gleichzeitig den Mund zu einem schiefen Lächeln. Schief lächeln konnte Braden nämlich gut. »Nur um das klarzustellen, dein Bruder hat mich als Freiwilligen für dieses Solo vorgeschlagen, als ich nicht da war. Dafür habe ich ihm nachträglich eine ordentliche Abreibung verpasst. Aber es stimmt, im Singen bin ich grottenschlecht.«

»Ich bin dran«, sagte ich und beschwor vor meinem inneren Auge ein Bild von Braden herauf, um auf etwas Neues zu kommen. Beinahe hätte ich mich für die Narbe an seiner rechten Augenbraue entschieden, aber das erschien mir plötzlich zu intim. Vielleicht sollte ich das gar nicht wissen. Ganz besonders, weil sie kaum zu sehen war. »Du hasst es zu verlieren.«

»Gilt nicht.«

»Was meinst du damit?«

»Ich meine, du hasst es auch zu verlieren. Solche Fakten heben sich gegenseitig auf. Na ja, genau genommen kannst du es absolut nicht ertragen zu verlieren und ich verliere nur irgendwie ungern, also hast du wahrscheinlich recht. Ich muss mir also etwas einfallen lassen, was du nicht so gern tust.«

»Wie du meinst, Mister Irgendwie-Ungern! Du weißt genau, dass du es genauso hasst zu verlieren wie ich. Und den

Beweis dafür liefere ich dir, wenn ich dich in diesem Spiel hier schlage und wie ein Baby zum Flennen bringe.«

Bei ihm im Haus ging erneut das Gebrüll los und wir verfielen in Schweigen. Er seufzte. »Ich schätze, ich sollte mal wieder reingehen und versuchen, ihn ins Bett zu verfrachten.«

»Funktioniert das?«

»Manchmal.«

»Viel Glück.«

»Ja.« Nachdem er ein paar Schritte gegangen war, hörte ich ihn flüstern: »Wir sind noch nicht fertig mit dem Spiel. Ich werde dich schlagen.«

»Niemals«, erwiderte ich mit einem Lächeln.

Am folgenden Morgen, als Braden durch die Gartentür kam und die Küche durchquerte, in der ich gerade frühstückte, taten wir beide so, als hätte es gestern Nacht nicht gegeben. Ich schnappte mir den Basketball, auf den ich meine Füße gestellt hatte, und warf ihn nach seinem Kopf, als er an mir vorbeilief. Braden drehte sich um und kam zur Küchentheke zurück, an der ich saß. Er zog seinen Finger durch die Erdnussbutter auf meinem Toast und steckte sich den Batzen beim Gehen genüsslich in den Mund.

»Eklig!«, rief ich ihm hinterher. Ich wusste nicht recht, warum wir beide so taten, als sei nichts geschehen, war aber erleichtert, dass er unser mitternächtliches Gespräch am Zaun nicht erwähnt hatte. Dadurch fühlte es sich fast so an, als hätte es in einer anderen Welt stattgefunden.

8.

Am Samstagmorgen war bei der Arbeit mehr los, als mir lieb war, ich sah aber niemanden, den ich kannte, und das war schon mal gut. Linda brachte mir bei, wie man die Kasse bediente, und am Dienstag war sie tatsächlich so wahnsinnig, mich für eine Stunde im Laden alleine zu lassen und essen zu gehen. Ich warnte sie, dass sie selbst schuld war, wenn ich das gesamte Wechselgeld in der Kasse herausgeben würde. Sie vertraue mir und meinen Mathekenntnissen, entgegnete sie. Ich verschwieg ihr, wie schlecht ich in Mathe war.

Nachdem ich dreißig Minuten mit der Kasse allein verbracht hatte, kam Skye durch die Hintertür in den Laden gerannt. Ihre Haare waren jetzt platinblond mit grünen Strähnchen. Sie trug eine flatternde lange Bluse – ganz ähnlich der Bluse, die Linda mir aufgezwungen hatte und die ich mich bis jetzt noch nicht getraut hatte anzuziehen – und hielt ein Paar Stiefel in der Hand. »Mama Lou!«, rief sie. Sie kam schlitternd auf dem Parkett zum Stehen und schaute mich an: »Hi, Charlie. Wo ist Linda?«

»Essen gegangen.«

Sie ließ die Schultern hängen und hielt einen ihrer Stiefel hoch. »Siehst du das?«

Ich war mir nicht ganz sicher, was ich sehen sollte. Klar, ich sah den großen schwarzen Stiefel, den sie hochhielt, es musste also irgendetwas geben, das mir ins Auge fallen sollte, aber außer dem Stiefel selbst konnte ich beim besten Willen nichts entdecken. »Äh ... nein?«

»Ich hab im Secondhandladen den linken Stiefel anprobiert. Das hier ist der rechte Stiefel. Mir ist überhaupt nicht aufgefallen, dass genau in der Mitte zwei Schnürhaken fehlen. Totaler Anfängerfehler.«

Ich musste lachen, so aufgeregt war sie.

»Du weißt nicht zufällig, wie man das reparieren kann, oder?«

Mir war immer noch nicht ganz klar, wovon sie sprach. »Isolierband?«

Sie lachte.

»Linda kann Schuhe reparieren?«

»Keine Ahnung. Ihr fällt immer etwas ein, wenn ich Probleme habe. Wie lange ist sie denn schon weg?«

»Ungefähr eine halbe Stunde.«

»Vielleicht warte ich.« Sie schlenderte zu einem der Kästen rüber und besprühte sich mit einem der Glasfläschchen, von denen ich dachte, dass sie nur Deko waren.

Ich zog ein paar Blusen zurecht, die auf den Ständern hingen. »Ich glaube, ich hab dich vor ein paar Tagen auf der Straße gesehen, zusammen mit jemandem, der einen Gitarrenkoffer in der Hand hielt.«

»Henry. Mein Freund. Er spielt hier im Ort in einer kleinen Band. Na ja, ich sollte sie nicht mehr klein nennen, denn sie touren jetzt durch ganz Kalifornien. Ziemlich toll das. Sie spielen aber trotzdem noch manchmal hier.« Sie nahm sich ein anderes Glasfläschchen und kam zu mir. »Darf ich mal deinen Arm benutzen? Ich möchte die Düfte nicht mischen.«

Ich streckte ihr meinen Arm hin und sie drehte ihn mit der Handfläche nach oben und sprühte dann ein bisschen auf mein Handgelenk.

Sie legte ihren Arm an meinen. »Du bist echt braun.«

»Meine Mutter war Mexikanerin.« Ich biss mir auf die Zunge und hoffte, dass sie das »war« nicht mitbekommen hatte. Ich wollte es nicht erklären müssen. Ganz besonders nicht, nachdem ich Linda schon mehr oder weniger weisgemacht hatte, dass meine Mutter noch lebte.

»Ach so. Na, dann ist es ja klar.« Sie lächelte, roch dann an meinem Handgelenk und verzog missbilligend das Gesicht. »Nein danke.« Sie stellte das Fläschchen zurück und seufzte dann. »Ich glaube, ich werde es doch mal mit dem Isolierband versuchen. Das könnte bei diesen Stiefeln richtig gut aussehen.«

»Kannst du sie dann auch ausziehen?«

Sie lachte. »Irgendwann einmal.« Sie machte sich auf den Weg zur Hintertür.

Ich fragte mich, warum sie immer von dort in den Laden kam. Ganz offensichtlich hatte sie einen Schlüssel, aber hätte sie nicht genauso gut die Ladentür nehmen können, wenn sie aus ihrem Geschäft zwei Häuser weiter kam?

»Danke für die Idee, Charlie.« Sie zögerte einen Moment. »Du siehst übrigens richtig süß aus.«

Sie verschwand und ich schaute an mir herab – Jeans zu einer satinartigen schwarzen Bluse mit ein bisschen Spitzenbesatz um den Kragen herum. Ich war in meinen Tennisschuhen zur Arbeit gekommen und Linda hatte sofort eine Freundin angerufen, die ein paar schwarze Sandalen vorbeigebracht hatte. Anscheinend hatte ich mit meinen Schuhen eine Fashionsünde begangen. Mir kam es nur darauf an, dass die Sandalen bequem waren.

Nach einer Weile kehrte Linda mit bunten Broschüren und Werbeprospekten in der Hand in den Laden zurück.

»Wofür sind die denn?«

Sie breitete sie neben der Kasse auf der Ladentheke aus. »Werbung für Make-up.« Sie hielt eine Broschüre in die Höhe. »Ich glaube, ich werde ab sofort auch ein paar Designer-Make-up-Marken anbieten. Vor ein paar Tagen kam ein

Mädchen vorbei und wollte wissen, ob ich Interesse hätte. Ich denke, das wird das Geschäft ein bisschen aufpeppen. Was meinst du?«

»Bei so was hab ich gar keine Meinung. Ich tappe völlig im Dunkeln. Aber vermutlich kann es nicht schaden, eine größere Auswahl zu haben.«

»Genau. Das zieht hoffentlich ganz neue Kundschaft an, und wenn die erst mal im Laden ist, kauft sie garantiert auch was. Ich habe darüber schon länger nachgedacht. Das Mädchen will vorbeikommen und eine Produktvorführung machen. Sie überlegt, jede Woche Schminkkurse anzubieten, um Kunden anzulocken. Du darfst für den Kurs das Schminkmodel sein.«

Sie sagte das so beiläufig, dass ich zunächst gar nicht begriff.

Als mir aufging, was sie gesagt hatte, erstarrte meine Hand über dem Prospekt, den ich mir gerade nehmen wollte. »Moment mal, was?«

»Du brauchst bloß dazusitzen. Du musst gar nichts sagen.«

»Auf keinen Fall. Ausgeschlossen. Sie sollten das Skye machen lassen. Sie war gerade hier.«

»Das würde ich, aber Skye arbeitet samstags. Außerdem glaube ich, dass du dafür besser geeignet bist.«

»Auf welchem Planeten? Auf keinen Fall.«

Sie holte Luft und schloss die Augen. Dann ließ sie ihre Hände ungefähr zwei Zentimeter von ihrem Körper entfernt vom Kopf bis zur Taille hinuntergleiten, bevor sie die Augen wieder öffnete, als sei nichts passiert. »Lass dir die Sache einfach durch den Kopf gehen. Ich gebe dir einen Provisionsanteil von dem, was wir einnehmen, wie viel auch immer das sein mag.« Sie wedelte mit ihren Händen vor meinem Gesicht herum, als wollte sie irgendwelchen unsichtbaren Staub entfernen, in der Hoffnung, ihrem Vorschlag freie

Fahrt in mein Gehirn zu verschaffen. »Denk einfach drüber nach.« Sie drückte mir einen der Werbeflyer in die Hand.

Wieder zu Hause, lief ich den Gehweg entlang und betrachtete dabei das Mädchen vorne auf der Broschüre. Sie war mit Make-up zugespachtelt. Sie trug mehr Make-up, als ich je im echten Leben auf einem Gesicht gesehen hatte. Meiner Meinung nach sah sie alles andere als schön aus. Ich seufzte und öffnete die Haustür.

Braden packte mich am Arm, schob mir ein Zombie-Strike-Gewehr in die Hand, zerrte mich ins dunkle Wohnzimmer und drückte mich an die Wand. »Du bist jetzt in meinem Team«, flüsterte er keine fünf Zentimeter von meinem Gesicht entfernt. Eine rötlich braune Haarsträhne fiel ihm ins Gesicht und er strich sie sich aus dem Auge. »Drei Treffer und du bist tot.« Er schnappte sich den Prospekt und die Tüte mit meinen Arbeitsklamotten und warf sie zwei Meter weiter aufs Sofa. Der Werbeprospekt für das Make-up schaffte es nicht ganz und flatterte vor der Couch auf den Fußboden.

»Bereit?«, fragte er und baute sich wieder vor mir auf. Er war so dicht an meinem Körper, dass seine Hüfte meine Seite streifte. Mir lief ein Schauer über den Rücken.

Er legte seinen Kopf schief und kam mit seinem Gesicht dichter an mich heran. Ich erstarrte. Dann roch er an meinen Haaren und an meinem Nacken. »Wonach riechst du?«

Für eine Sekunde konnte ich ihm keine Antwort geben. Mein Atem schien mir im Hals stecken geblieben zu sein. Dann schob ich mein Handgelenk zwischen unsere Gesichter, die zu dicht beieinander waren: »Irgend so ein Parfüm von der Arbeit. Skye hat mich damit eingesprüht.« Meine Stimme klang gepresst und ich ließ meine Hand wieder fallen.

Braden runzelte die Stirn. »Was hast du?«, fragte er. Sein

Blick zuckte kurz zu meinen Lippen und dann zurück zu meinen Augen. Mein Herz fing an, schneller zu schlagen. Was war bloß los? Ich hob die Arme und schob sie zwischen unsere Oberkörper. Ich brauchte ein bisschen Platz.

Vermutlich machte die Arbeit mich komisch.

Linda, mit ihrem ganzen Gerede von Auras, Make-up und Mode, war nicht gut für mich. »Nichts.« Ich schaute über seine Schulter in den halbdunklen Flur und war mir sicher, dass meine Brüder uns mittlerweile gehört haben mussten. Wir waren wahrscheinlich kurz davor, aus dem Hinterhalt angegriffen zu werden. »Wer ist mit von der Partie?«

»Alle.«

»Mein Dad auch?«

»Nein, der ist bei der Arbeit.«

Ich streifte meine Schuhe ab, um mich nicht zu verraten, hakte mich bei ihm unter und schlich an der Wand entlang. »Die machen wir so was von fertig«

Braden strahlte von einem Ohr zum anderen. »Ich wusste doch, dass es eine gute Entscheidung war zu warten, bis du nach Hause kommst.«

»Darauf kannst du Gift nehmen.«

»Dann lass uns die mal in den *Popo* treten.« Jetzt äffte er mich schon wieder nach.

Eine leise Stimme von der anderen Seite des Flurs sagte: »Ich hätte euch beide schon dreimal umbringen können. Hör auf, mit meiner Schwester zu flirten, und konzentriert euch aufs Spiel. Ich gebe euch zehn Sekunden Vorsprung.«

Bei seinen Worten setzte mein Herz einen Schlag lang aus. Aber schließlich war das Gage. Er machte ständig Witze. Außerdem flirtete er ohne Ende. Wahrscheinlich ging er einfach davon aus, dass alle so waren. »Halt die Klappe«, fauchte ich und zog Braden hinter mir her durch den Flur. Zehn Sekunden waren nicht lang.

9.

Am selben Abend in meinem Zimmer betrachtete ich das Mädchen auf dem Prospekt noch ein bisschen eingehender. Make-up war eigentlich gar nicht so schlimm. Beim Sport war es nicht so praktisch – Schweiß und Make-up vertrugen sich nicht besonders gut –, aber ab und zu hatte ich Wimperntusche getragen. Und Labello war mein bester Freund. Das zusätzliche Geld, das ich mir verdienen würde, wenn ich Linda half, klang verheißungsvoll. So konnte ich die Schulden bei meinem Dad schneller abbezahlen und den Job früher kündigen. Aber ich würde niemals mit dem Zeug im Gesicht nach Hause kommen. Damit konnte ich mich sonst den Rest meines Lebens aufziehen lassen. Ich seufzte und stopfte den Prospekt in meine Schreibtischschublade.

Am Donnerstag erschien ich bei der Arbeit, legte den Prospekt vor Linda auf die Ladentheke und fragte: »Es ist doch nicht wasserfest, oder?«

»Was?«

»Das Make-up. Ich möchte es problemlos abwaschen können, wenn ich fertig bin.«

»Ich wette, deine Mom würde es ganz toll finden, dich so geschminkt zu sehen.«

Das war der Grund, warum es nicht gut war zu lügen. Ich hatte ehrlich geglaubt, dass das Thema nie wieder aufkommen würde. Das hier war viel schlimmer als die Mitleidsblicke, mit denen sie mich angeschaut hätte. Ich zuckte mit den Schultern.

Sie schaute wieder auf den Prospekt. »Mit einem guten Gesichtsreiniger kannst du dich problemlos abschminken.«

Ich nickte langsam und war mir immer noch nicht sicher, ob ich das wirklich machen wollte. »Und ich muss nicht reden?«

Linda riss jubelnd die Hände in die Höhe, als ob sie davon ausging, dass ich mich längst entschieden hatte. »Nein. Du bist bloß das Model. Das wird toll. Samstagmorgen findet der erste Kurs statt.« Sie zog ein Formular unter der Ladentheke hervor. Offensichtlich war sie die ganze Zeit davon ausgegangen, dass ich einwilligen würde. »Weil du noch minderjährig bist, müsste mir deine Mom – oder dein Dad – diese Einverständniserklärung unterschreiben. Aus Haftungsgründen. Amber hat keine Lizenz, deshalb schminkt sie während des Kurses niemanden außer dir. Außerdem steht hier, dass du mich im Falle einer allergischen Reaktion – wobei ich mir da bei dir keine Sorgen mache – nicht verklagen kannst.«

Ich nickte, nahm das Formular entgegen und ließ meinen Blick kurz über den Wortlaut gleiten, ohne auch nur eine Zeile zu lesen.

»Du solltest deiner Mom sagen, dass sie zum Zuschauen kommen soll.«

Jedes Mal, wenn sie meine Mom erwähnte, zog sich mein Magen zusammen. Ich sollte die Sache einfach hinter mich bringen und ihr die Wahrheit sagen. Stattdessen kam jedoch etwas völlig anderes aus meinem Mund: »Das schafft sie nicht. Meine Mom muss am Samstag arbeiten.« In letzter Zeit hatte mein Mund seinen eigenen Kopf. Ich hielt das Formular hoch. »Aber ich lass sie das hier unterschreiben.«

»Klingt gut. Dann lass uns mal mit der Arbeit anfangen.«

In der darauffolgenden Nacht konnte ich aus zwei Gründen nicht schlafen: Erstens, weil ich nicht laufen gewesen war, und zweitens, weil das Formular, auf dem ich die Unterschrift meiner Mutter gefälscht hatte, mich fertigmachte. Es lag in meiner Schreibtischschublade und brüllte mich regelrecht an. Ich hätte meinen Dad bitten sollen, es zu unterschreiben. Das hätte er garantiert gemacht. Na gut, er hätte es *wahrscheinlich* gemacht. Nachdem er jede Menge Fragen gestellt hätte.

Mir fiel wieder ein, wie mein Dad eines Tages mit einer Flasche Haarspülung nach Hause gekommen war und sie vor mir auf den Schreibtisch gestellt hatte. »Brauchst du so was? Meine Kollegin Carol meinte, das wäre was für dich.« Ich starrte die Flasche an. Natürlich wusste ich, was das war, ich hatte genug Werbung im Fernsehen gesehen, auch wenn ich noch nie eine Spülung benutzt hatte. Er hatte ausgesehen, als hätte er ein schlechtes Gewissen, weil er mich irgendwie im Stich gelassen hatte. Es war ja nicht seine Schuld, dass er sich nicht auskannte. Für ihn wäre es viel einfacher gewesen, wenn er vier Jungs gehabt hätte. Das wusste ich und ich wusste auch, dass es ihm klar war. »Nein, nicht nötig. Meine Haare verknoten sich nicht so sehr. Aber trotzdem danke. Ich probier's mal aus.« Und das tat ich. Unglaublich, dass ich so lange ohne ausgekommen war.

Ich fragte mich, ob er jetzt genauso ein schlechtes Gewissen haben würde, weil er mir kein Make-up gekauft hatte. Ich seufzte und starrte meinen Schreibtisch an, als ob das Formular, das Linda mir mitgegeben hatte, ein Loch durch die Schublade brennen würde. Um ein Uhr nachts rollte ich mich endgültig aus dem Bett und knipste meine Nachttischlampe an. Was war bloß los mit mir? Ich hatte mir eingeredet, dass die Einverständniserklärung reine Formsache war. Ich würde schon keine allergische Reaktion bekommen, es war also völlig unnötig. Und mein Dad würde nie dahinterkommen. Es war ja nicht so, dass das Formular an eine Regierungsbehörde geschickt wurde, um überprüft und abgesegnet zu werden. Es würde in dem hässlichen Metallschreibtisch im Lagerraum von Lindas Basar zu den Akten gelegt und nie wieder hervorgezogen werden.

Ich machte mich auf den Weg nach unten. Von der Küche aus konnte ich direkt hinüber zu Braden sehen. Das Licht in seinem Zimmer war an. Ich schnappte mir mein Handy und simste ihm: *Lust auf ein Zaungespräch?*

Jup.

»Hey«, sagte er, als wir, getrennt durch den Holzzaun, voreinander standen.

»Hi.« Ich wartete darauf, dass er zuerst anfing zu reden, auch wenn ich diejenige gewesen war, die den Vorschlag gemacht hatte. Mir war meine Impulsivität plötzlich peinlich. Anstatt mich mit dem Gesicht zum Zaun zu stellen und seine Silhouette durch die Ritzen anzusehen, nahm ich meine Sitzposition von neulich ein, mit dem Rücken am Zaun, und schaute zum Mond hinauf. Es war so viel einfacher, mit dem Mond zu sprechen als mit Braden. Wenigstens über das, was mir wirklich auf dem Herzen lag. Ich hörte, wie er es mir nachtat.

»Du bist heute aber lange auf«, bemerkte ich.

»Ja«, erwiderte er ohne Erklärung.

Mein Nacken tat weh und ich massierte ihn. »Hast du schon mal etwas Dummes gemacht und dich hinterher total mies deswegen gefühlt?«

»Ja.« Wieder verzichtete er auf eine Erklärung. »Was hast du verbrochen?«

So getan, als gebe es das Loch in meinem Leben nicht. »Jemanden angelogen.«

»Wen?«

»Meine Chefin.«

»Worüber?«

»Über ...« Warum sorgte der Mond dafür, dass ich Braden all meine Geheimnisse preisgeben wollte? »... etwas richtig Dummes, aber jetzt weiß ich nicht mehr, wie ich ihr die Wahrheit sagen soll.«

»Was für ein Mensch ist deine Chefin?«

»Sie ist seltsam. Ich glaube, sie hat eine dieser spirituellen Weltreisen gemacht oder so und denkt jetzt, sie hätte irgendeine Art inneren Frieden erlangt. Und seitdem hat sie es sich zur Lebensaufgabe gemacht, verletzte Seelen zu heilen.«

Braden zog manchmal an seiner Unterlippe, wenn er nachdachte, und ich konnte hören, wie er das gerade tat, als er sagte: »Und sie glaubt, dass deine Seele verletzt ist?«

Die Wolken um den Mond herum leuchteten hell. »Nein. Nicht meine. Na gut, ja, meine auch, aber nicht nur meine, sondern jedermanns Seele. Sie glaubt, dass jeder eine verletzte Seele hat.«

»Alle außer ihr.«

»Ja, ganz genau.«

»Du hast sie also angelogen, um sie aus dem herauszuhalten, was nur dich etwas angeht?«

»Ja.«

»Dann mach dir keinen Kopf deswegen. Dein Leben geht sie doch sowieso nichts an. Wenn's keine große Sache ist, vergiss es einfach.«

Ich hab bloß einen toten Menschen wieder lebendig gemacht, nichts weiter, keine große Sache. »Ja, wahrscheinlich hast du recht.«

»Das ist ja echt mal was Neues.«

»Was?«

»Dass ich recht habe.«

»Haha.« Und dann wurde es still. So still, dass ich seine Atemzüge hören konnte, tief und lang. Mit jedem Atemzug, so kam es mir vor, entspannten sich meine Schultern ein bisschen mehr.

»Wenn es aber etwas Wichtiges ist ...« Er ließ die Worte in der Luft hängen und meine Schultern verspannten sich sofort wieder. »Dann wird es dich innerlich auffressen.«

Ich wusste, dass das stimmte. Die Lüge kochte sich bereits eine Mahlzeit aus meinen Innereien. »Na ja, solange sie mit meinen weniger wichtigen Organen anfängt, hab ich ja noch ein bisschen Zeit.«

Er lachte.

»Du isst ganz schön viele Möhren.«

»Äh ... was?«

»Du magst Karotten. Das ist ein Fakt. Du weißt schon, unser Spielchen, mit dem ich dir beweise, dass ich mehr über dich und dein langweiliges Leben weiß als du über meins.«

»Aber Karotten sind gar nicht mein Lieblingsessen.« Seine Stimme hatte so selbstzufrieden geklungen, als hätte er gerade verkündet, dass ich verloren hatte.

»Das habe ich auch nicht gesagt. Ich habe bloß gesagt, dass du viele isst. Vielleicht stehen sie in dem Steckbrief in deinem Tagebuch ja nicht unter ›Mein Lieblingsessen‹, aber du magst sie.«

»Nein, sie stehen unter ›Lieblingsgemüse‹.«

»Wusste ich's doch.«

»Okay, ich bin dran ... Du isst ununterbrochen Choco Krispies. Geräuschvoll.«

»Das sind halt laute Knusperflocken.«

Die nächsten paar Minuten verbrachten wir damit, die anderen Punkte aufzulisten, die in unserem frei erfundenen »Lieblingssachen«-Steckbrief standen. Seine: Farbe – Blau, Schulfach – Geschichte, Essen – Steak und Tag – Samstag.

Meine: Rot, Sport, Pizza und Freitag (davor war es Samstag gewesen, bis mir die Arbeit dazwischenkam).

»Ich hab noch einen«, verkündete er. »Du kannst Mädchen, die Glitzerschrift quer überm Hintern tragen, nicht ab.«

Ich lachte. »Wer hat dir das denn verraten?« Ich hatte nie laut ausgesprochen, dass mich das persönlich ärgerte.

»Weil ich deinen Blick sehe, wenn ein Mädel mit der Aufschrift *Juicy* auf dem Hintern vor uns läuft. Ist ziemlich lustig.«

»Ja, das stimmt. Bin kein Fan davon.« Ich hielt den Zeigefinger in die Höhe, auch wenn er mich nicht sehen konnte. »Date nie ein Mädchen, das das Bedürfnis verspürt, den eigenen Hintern zur Werbetafel zu machen.«

Er brummte leise.

»Was?«

»Ich glaube, das ist das erste Mal, dass du je eine Meinung dazu geäußert hast, wen ich daten soll. Was sollte ich sonst noch vermeiden?«

»Ich kenne deinen Typ nicht, Braden.« Die typischen Girlies befanden sich so weit außerhalb meines Freundeskreises, dass ich gar nicht erst versuchte, sie zu verstehen. »Ich hab keine Ahnung, was ein Mädchen undatebar macht. Um ganz ehrlich zu sein, bin ich mir nicht mal sicher, ob ein Mädel mit einem glitzernden Versprechen auf dem Hintern nicht vielleicht doch was taugt, schließlich hab ich noch nie länger als eine Minute mit so einem Mädchen geredet.«

»Ich bin mir sicher, dass Gage irgendwann eins mit nach Hause schleppt, dann kannst du dir ja ein Bild machen.«

Ich lachte. »Wohl wahr.«

»Was meintest du damit eigentlich?«

»Womit?«

»Dass du *meinen* Typ nicht kennst?«

»Ich verbringe meine Zeit mit Sportlerinnen.«

»Und?«

Ich schwieg und war ein bisschen überrascht. Wollte er damit sagen, dass er mit meinen Mitspielerinnen ausgehen würde, wenn ich ihm ein Date verschaffte? Es war eine ganze Weile her, seit Braden eine Freundin gehabt hatte, aber ich war mir ziemlich sicher, dass seine letzte sich mehr mit Nagellack ausgekannt hatte als mit Verteidigungsstrategien. »Und ... vermutlich hab ich keine Ahnung, auf was für einen Typ Mädchen du stehst.«

Er lachte in sich hinein. »Das fällt mir schwer zu glauben.«

Meine Wangen prickelten und auf meinen Armen bildete sich eine Gänsehaut. Ich ließ nicht zu, dass mein Verstand eine der Richtungen einschlug, die sich aus seinen Andeutungen zu ergeben schienen. Das hatte überhaupt nichts zu bedeuten. Wirklich nicht. Es bedeutete bloß, dass ich ihn gut kannte, also genau wusste, mit welchem Typ Mädchen er sich verabreden würde. Und das wusste ich auch. Ein Mädchen, das sich um ihre Haare kümmerte und wusste, wie man sich süße Klamotten aussuchte, und das nicht ständig Turnschuhe trug.

Braden räusperte sich. »Kannst du das kontern oder hab ich gewonnen?«

Ich brauchte eine Sekunde, bis ich wieder darauf kam, worum es überhaupt gegangen war. Ich musste bis zum Glitzerschrift-quer-überm-Po-Kommentar zurückgehen. »Glaubst du im Ernst, dass du so leicht gewinnst?« Bedeutete das also, dass ich mir als Konter etwas einfallen lassen musste, was er an Jungs nicht mochte? Ich stellte mir Braden in der Schule vor. Auch wenn er zu den Sportlern gehörte, schloss er niemanden aus. »Okay, weil ich Mädchen, auf deren Hintern *Juicy* steht, nicht wirklich hasse – ich halte so etwas bloß für einen modischen Fehlgriff –, werde ich mit Slippern kontern.«

»Slipper?«

»Du findest, Jungs sollten keine Slipper tragen.«

Er gab ein rauchiges Lachen von sich. »Den muss ich gelten lassen.«

»Aber ...«

»Aber was?«

»Aber es stimmt nicht ganz. Wenn es nichts mit schlechtem Geschmack zu tun hat, was stört dich dann an Slippern?«

»Es sind nicht so sehr die Slipper, sondern die Typen, die Slipper tragen.«

»Ach ja?« Das war mir neu. »Was ist damit?«

»Normalerweise sind das reiche arrogante Snobs, die glauben, die Welt schulde ihnen etwas. Burschenschaft-Typen.«

»Wow. Das liest du alles aus einem Paar Schuhe? Verallgemeinerst du da nicht ein bisschen, Braden?«

»Kann schon sein. Sieh dich bloß vor nutzlosen Schuhen vor, Charlie. Was jemand an seinen Füßen trägt, sagt eine Menge über ihn aus.«

Ich schaute auf meine nackten Füße und wackelte mit den Zehen. Ich fragte mich, ob diese Regel auch auf Mädchen zutraf oder bloß auf Jungs. »Ist gespeichert. Ich darf also keine Jungs daten, die Gemüsesaft trinken, Slipper tragen oder zu kurze Jeans ...«

»Von wem stammt die Hochwasserhosenregel?«

»Gage.«

»Guter Einfall.« Ich konnte das Lächeln in seiner Stimme hören, als er fragte: »Wie viele Regeln hat er dir denn auferlegt?«

»Viel zu viele. An die Hälfte kann ich mich nicht mehr erinnern.« Die meisten davon waren Witze gewesen, das war mir klar, aber ich konnte mir nur schwer vorstellen, dass irgendein Typ je den lächerlichen Richtlinien meiner Brüder gerecht werden konnte.

»Keine Sorge, ich hab mir Notizen gemacht. Ich werde das mit auf die Liste setzen.«

Ich lachte.

Braden gähnte herzhaft. »Okay, ich geh dann mal lieber ins Bett, sonst machst du mich morgen beim Fußball noch fertig.«

Ich lächelte. Ich war überrascht, wie sehr meine Stimmung gestiegen war, wenn man mal den Zustand bedachte, in dem ich in den Garten gekommen war. »Achte darauf, dass du die richtigen Schuhe trägst.«

»Immer doch.«

10.

»Da kommt sie.« Linda zeigte zur Tür und auf das Mädchen, das davorstand. In die Tasche, die letztere in der Hand hielt, hätten locker zehn Fußbälle hineingepasst. Das sollte alles Make-up sein? »Übrigens, sie ist ein *bisschen* gesprächig.«

Die Tür schwang auf und das Mädchen mitsamt der Riesentasche kam herein. Sie schien ungefähr in meinem Alter zu sein. »Hallo!«, rief sie, als sie auf uns zukam. »Ich hätte mich beinahe verfahren, obwohl ich schon mal hier war und die Altstadt so klein ist. Aus irgendeinem Grund hatte ich gedacht, der Laden käme nach der 5th Street statt nach der 4th Street, und das hat mich so aus dem Konzept gebracht, dass ich schon Angst hatte, ich würde meinen Termin verpassen. Ich hab Flyer verteilt und wir sollten heute Morgen volles Haus haben. Ich freue mich schon wahnsinnig. Der Tresen da sieht gut aus. Ich packe dort mal aus. Sie haben doch einen Bürohocker mit Lehne, wie wir besprochen hatten, oder?«

Ein bisschen gesprächig? Ihren Monolog musste sie mit einem Mittelwert von ungefähr fünfhundert Wörtern pro Minute heruntergerattert haben. Sie sah mich an. »Du bist bestimmt Charlie. Ich heiße Amber. Oh, wunderbar, du bist ganz und gar ungeschminkt, keine falschen Wimpern oder sonst irgendetwas. Und ich darf sogar deine Augenbrauen in Form bringen? Das wird toll.« Sie trat näher und begutachtete mein Gesicht. »Deine Haut und deine Wangenknochen sind wie für das hier gemacht. Wir werden heute jede Menge Make-up verkaufen.«

Musste sie nicht wie der Rest von uns mal Luft holen? Ich hatte nämlich während ihres Redeschwalls keinen einzigen Atemzug ausmachen können. Taucher konnten lernen, sieben Minuten lang die Luft anzuhalten. Waren Schnellsprecher auf Olympianiveau da ähnlich?

Linda lachte, als ob sie sich über Amber amüsierte.

»Also, wir haben ungefähr noch eine halbe Stunde Zeit, bis der Kurs beginnt. Wenn wir einige Kleiderständer an die Seite rücken, könnten wir hier in der Mitte ein paar Stühle aufstellen. Die Stühle sind doch angekommen? Ich hab gestern extra noch mal angerufen, um sicherzustellen, dass sie heute Morgen geliefert werden. Ich sehe keinen.«

»Die sind hinten«, beschwichtigte Linda.

»Ich gehe sie schon mal holen«, bot ich an. Ich brauchte eine Pause. Das Mädchen war anstrengend.

»Tausend Dank. Ich bereite das Make-up vor.«

Es waren noch nicht einmal fünf Minuten vergangen, seit der Kurs begonnen hatte, und mir war bereits klar, dass mir das nie wieder passieren würde. Amber war gerade dabei, der Gruppe zu erklären, wie man Augenbrauen korrekt zupft, und mein Gesicht brannte vor Schmerz. Bis jetzt hatte ich es geschafft, nicht laut aufzuschreien, aber ob mir das weiterhin gelingen würde, war alles andere als sicher. Meine Nase juckte und meine Augen tränten.

»Charlies Augenbrauen haben von Natur aus eine schöne Form, wir sollten hier also nicht übertreiben. Nur ein bisschen zurechtzupfen.« Ich fragte mich, was für Qualen man dann wohl erst bei »gründlich in Form bringen« zu erleiden hätte. Ich verfiel in einen Dämmerzustand und schaltete alles um mich herum komplett aus. In Gedanken ging ich ein Basketballspiel nach dem anderen durch und sofort entspannten sich meine Schultern. Noch fünf Wochen bis zum

Camp. Ich war mir sicher, dass mein Dad mir dann erlauben würde, den Job hinzuschmeißen. Es war einfach nicht praktikabel, ihn zu behalten, wenn ich erst eine Woche weg war und dann sofort mit der Schule anfing. Das würde er ganz sicher verstehen. Außerdem hätte ich bis dahin … Ich rechnete mir die Summe im Kopf aus und wusste sofort, dass es nicht reichen würde, um die Strafzettel zu bezahlen. Trotzdem, er würde mich rauslassen. Er musste einfach.

Es war schwer zu sagen, wie viel Zeit bereits verstrichen war. Vermutlich hätte ich Ambers Wörter zählen und es damit ausrechnen können. Sie hatte während all der Zeit nicht eine Sekunde lang aufgehört zu reden. Zu guter Letzt trat sie doch noch zurück und verkündete: »Und das ist der Tageslook mit der Produktlinie von Max.«

Ein paar der Zuschauer machten: »Ooh«, allerdings wusste ich nicht, ob das ein gutes oder schlechtes Zeichen war.

»Nächste Woche präsentieren wir den Abendlook. In Ihrer Broschüre finden Sie Bestellformulare und bitte scheuen Sie sich nicht, mir irgendwelche Fragen zu stellen. Die meisten Produkte habe ich vorrätig. Ich werde die Produkte auch hier im Laden ausstellen, falls Sie heute nicht alles kaufen können, was Sie auf Ihrer Liste haben.«

Ich fragte mich, wie lange ich noch sitzen bleiben musste, bis ich nach hinten gehen und mein Gesicht waschen konnte. Während ich wartete, zuckten meine Beine und ich wippte mit den Füßen auf und ab. Ich saß hier schon viel zu lange. Ein paar der Kursteilnehmer kamen nach vorne, um mit Amber zu sprechen, und zeigten auf verschiedene Details in meinem Gesicht, als existierte ich gar nicht. Nicht, dass ich in der Lage gewesen wäre, ihre Fragen zu beantworten, aber trotzdem fühlte es sich komisch an.

Linda kam zu uns und tätschelte meine Schulter. »Das hast du so gut gemacht und du siehst großartig aus.«

Ich zuckte mit den Schultern.

»Bleib noch eine Minute sitzen, ich gehe schnell nach hinten und hole meine Kamera, damit ich für deine Mom ein Foto machen kann.«

Mein Magen zog sich vor lauter Gewissensbissen zusammen.

Als Linda nach hinten ging, sagte Amber: »Danke, Charlie. Du bist ein perfektes Make-up-Model. Deine Gesichtszüge sind dafür wie gemacht. Ich fasse es einfach nicht, wie riesig deine Augen mit Mascara aussehen.«

Riesige Augen waren etwas Gutes, oder?

Amber widmete ihre Aufmerksamkeit der Kundenschlange, die sich gebildet hatte, die Auftragslisten in der Hand, und arbeitete sich durch die Menge. Linda kam mit ihrer Kamera zurück und schoss mehrere Fotos von mir. »Ich lass eins davon gegenüber ausdrucken. Pass kurz auf den Laden auf.«

»Das ist wirklich nicht nötig«, wehrte ich ab.

Doch sie machte nur eine wegwerfende Handbewegung und marschierte los.

Endlich lichtete sich die Schlange und die Kundinnen verließen schwatzend den Laden, hübsche lila Tütchen in der Hand, die mit kleinen Tüchern aus Seidenpapier ausgekleidet waren. Amber rief: »Vergessen Sie nicht, Ihren Freundinnen Bescheid zu sagen, und kommen Sie nächste Woche für den Abendlook«, als eine nach der anderen durch die Tür nach draußen ging.

Nachdem alle weg waren, kamen zwei Mädchen, die genauso aufgedonnert wie Amber aussahen, zu uns nach vorne. »Du warst echt gut, Amber.«

»Und, wie fandet ihr es? Ganz einfach, oder? Ihr beide könntet euch euren eigenen Laden suchen. Vielleicht kann eine von euch einen Laden in der Innenstadt klarmachen.

Der Verdienst hier sollte auf jeden Fall für meine Herbstgarderobe reichen.«

»Äh, Linda meinte, du hättest vielleicht einen guten Gesichtsreiniger für mich?«, fragte ich, bevor sie und ihre Freundinnen sich noch zu sehr in ihr Gespräch über Klamotten vertieften.

»Du willst es abwaschen?«, staunte eine von ihnen.

»Na ja, ich hab gleich ein Spiel, da ist das nicht wirklich praktisch.«

Amber lächelte, griff in ihre Tasche und zog eine grüne Packung heraus. »Das hier sind Reinigungstücher. Eins sollte reichen.«

Ich nahm die Packung entgegen. »Danke.«

»Oh, und wenn du möchtest, Charlie, ich kann dir alles Make-up, das ich heute benutzt habe, zum Einkaufspreis überlassen.«

»Äh ... ich hab bis jetzt noch kein Gehalt bekommen.«

Sie nahm sich einen der dicken Make-up-Kataloge, schlug die erste Seite auf, auf der ein Foto von ihr abgebildet war, und kreiste ihre Telefonnummer ein. »Na gut, ruf mich an, falls du es dir anders überlegst. Ich kann dir alles besorgen.« Sie reichte mir den Katalog.

Linda kam zurück und ich deutete in Richtung Toiletten. Sie nickte.

Ich ging nach hinten.

»Charlie«, rief Amber. Ich drehte mich um. »Wir gehen Mittagessen, wir drei.« Sie zeigte auf ihre beiden Freundinnen. »Kommst du mit?«

Ich konnte mir nichts Schlimmeres vorstellen, als mit drei Mädchen zusammenzuhocken, die ich kaum kannte, und mir permanent den Kopf darüber zerbrechen zu müssen, was ich zur Unterhaltung beisteuern könnte. »Ich hab heute schon etwas vor. Nächstes Mal?«

»Nächsten Samstag.« Sie lächelte. »Ich lass keine Ausrede gelten.«

Auf dem Weg nach hinten zog ich ein Reinigungstuch aus der Box und fing sofort an, mein Gesicht damit zu bearbeiten. In der Toilette stellte ich mich ans Waschbecken. Mir stockte der Atem, als ich mich im Spiegel sah. Das Bild erinnerte mich an das Foto, das bei uns im Flur hing – meine Mom an ihrem Hochzeitstag. Mein Herz zog sich zusammen. Ich rieb noch heftiger.

»Was machst du?«, fragte Gage, als er in mein Zimmer platzte – nachdem er einmal kurz geklopft hatte.

Ich drehte schnell das Foto um, das Linda von mir gemacht hatte, und knallte es auf den Tisch. »Nichts.«

»Äh, okay. Ich bin mir nicht sicher, ob ich es überhaupt wissen will, so wie du reagierst. Ich halte mich da lieber raus. «

»Ja, das solltest du auch. Was willst du?«

Er ließ sich rückwärts auf mein Bett fallen. »Morgen spielen wir im Woodward Park Frisbee-Golf. Bist du dabei?«

»Na klar.« Ich warf einen Blick auf die Uhr. »Hey, hast du Lust, mit mir laufen zu gehen?«

»Wann?«

»Jetzt.«

»Nein, aber danke der Nachfrage.«

»Deine Selbstlosigkeit haut mich um.«

»Es ist zehn Uhr abends. Wenn ich jetzt laufen gehe, bin ich die ganze Nacht auf.«

Wenn ich jetzt nicht *laufen gehe, bin ich es.* »Bitte, Gage. Dafür würde ich dich immer und ewig lieben.«

»Hmmm, ich bin mir ziemlich sicher, dass ich darauf sowieso schon Anspruch habe, aber wie wäre es mit einem anderen Bestechungsmittel? Zum Beispiel könntest du mir zeigen, was das da ist.« Er deutete auf das Foto auf meinem Schreibtisch.

Nie. Mals. »Vergiss es. Eigentlich muss ich gar nicht laufen gehen.« Ich versenkte das Foto in meiner Schreibtischschublade.

»Hm. Wirklich? Dann betrachte ich es ab sofort als meine Lebensaufgabe herauszufinden, was du da versteckst.«

»Ziemlich blöde Lebensaufgabe.«

»Stimmt. Aber ich hab so ein Kribbeln hier« – er zeigte auf sein Herz –, »das mir verrät, dass es sich lohnt.«

»Verschwinde, bevor ich dir noch in den Hintern trete.«

Auf dem Weg nach draußen packte er mich an meinem Pferdeschwanz, zog mich mitsamt meines Schreibtischstuhls nach hinten und legte den Stuhl dann vorsichtig auf dem Boden ab.

»Du bist so ein Idiot«, sagte ich, während ich von meiner neuen Sitzposition aus zu ihm aufsah.

Regen trommelte gegen meine Fensterscheibe. Roter Regen. So heftig, dass sich oben an der Scheibe ein Riss bildete. Langsam wanderte er in einer messerscharfen Linie nach unten. Ich schaute zu, wie die weiße Linie mein Fenster in zwei gleich große Hälften teilte. Und dann zerbarst es plötzlich, Glassplitter prasselten in mein Zimmer.

Mit einem Ruck fuhr ich hoch.

Wenn es mir gelang, mein Unterbewusstsein zu kontrollieren, bräuchte ich nie mehr zu träumen. Dieses Problem musste doch auf irgendeinem Weg zu lösen sein. Hypnose oder so. Oder vielleicht einfach nur ein Laufband. Wie hoch standen die Chancen, dass mir mein Dad so ein Ding kaufen würde?

Unten machte ich mir eine heiße Schokolade und schaltete den Laptop an. Ich googelte *Trauminterpretation* und suchte nach dem Wort *Regen.* In meinen Träumen kam immer Regen vor. Ich las: *Regen ist eine Metapher für Tränen, Weinen oder Traurigkeit.* Aha, was auch immer. Ich konnte mich nicht erinnern, wann ich das letzte Mal geweint hatte. Ich suchte nach dem Stichwort *wiederkehrende Träume.*

> *Träume sind Botschaften, Dinge, die uns unser Unterbewusstsein mitteilen will. Wiederkehrende Träume können wichtige Botschaften sein. Oft erscheinen sie in Form von Albträumen. Wiederkehrende Träume stehen unter Umständen für ein reales Problem, das man verdrängt oder das noch nicht gelöst worden ist. Indem man das Problem aufarbeitet oder bewältigt, kann man über den wiederkehrenden Traum hinwegkommen.*

Ich las den Absatz noch einmal. Wie viel konnte man auf so einen dämlichen Online-Traumdeuter überhaupt geben? Diesen Müll hätte ich mir genauso gut selbst ausdenken können. Ich klappte den Laptop zu, ging zur Gartentür und schaute hinüber zu Bradens Haus. Es war zwei Uhr morgens; völlig ausgeschlossen, dass er wieder wach war. Es wäre furchtbar egoistisch, wenn ich ihm eine Nachricht schicken würde. Das war mir klar – und trotzdem nahm ich mein Handy und starrte lange Zeit auf seinen Namen.

Ich entschied mich dagegen, legte das Handy weg und ging nach draußen. Sein Schlafzimmerfenster war dunkel. Das ganze Haus war dunkel. Vielleicht würde er ja von alleine hinauskommen, wie beim ersten Mal. Das wäre dann nicht egoistisch von mir. Ich reckte den Hals, um zu sehen, ob das Auto seines Dads in der Einfahrt stand.

Moment.

Hoffte ich etwa, dass sein Dad betrunken nach Hause kommen und Braden nach draußen verscheuchen würde?

Der Gedanke war ja noch egoistischer, als ihm eine Nachricht zu schicken.

»Tut mir leid«, flüsterte ich. »Ich hoffe, er kommt nie wieder in so einem Zustand nach Hause.« Ich legte meine Handflächen auf den Zaun, als hätte ich Braden ebendiese Botschaft geschickt. Dann setzte ich mich auf den Boden. Die Erde fühlte sich warm unter meinen Fingern an. »Ich träume von meiner Mom«, erzählte ich dem Mond. »Wie kann man einen Menschen vermissen, den man nie gekannt hat?«

Wenn Braden jetzt hier draußen wäre, womit würde er kontern? Wovon träumte er? Davon auszuziehen? Wie Gage war er ein Jahr älter als ich. Nach den Ferien würde er in die Zwölfte kommen. Und was dann? Tief in meinem Herzen wusste ich, dass er in dem Moment, in dem er die Robe und den Hut nach der Abschlussfeier abgegeben hätte, verschwinden würde. Was für einen Grund hätte er zu bleiben – bei einem Zuhause wie seinem? Bei dem Gedanken wurde mir das Herz schwer. Ich hoffte, dass seine Freundschaft mit unserer Familie, mit Gage ... mit mir ihn vielleicht zum Bleiben bewegen würde.

11.

Ich weiß, wie das geht, ich kann das«, sagte ich und schüttelte Bradens Hand von meinem Arm. »Behandle mich nicht wie ein kleines Kind.«

»Ich versuche dir ja nur die Technik beizubringen, Charlie.«

»Ach, entschuldige, bist du neuerdings Frisbee-Golf-Trainer und hast vergessen, uns davon zu erzählen?«

Er stöhnte. »Du bist so ein Sturkopf.«

»Hätte ich um deine Hilfe gebeten, hätte ich sie auch angenommen.«

Jerom mischte sich ein. »Das ist ja das Problem. Du bittest nie um Hilfe.«

»Weil ich keine Hilfe brauche. Jetzt macht Platz, bevor ich euch das Ding noch über den Schädel ziehe.«

Braden trat demonstrativ einen weiten Schritt zurück.

Ich checkte die Positionen der Bäume um uns herum, wobei ich hoffte, dass ich keinen davon treffen und Braden damit recht geben würde. Die Natur hatte in diesem Park für jede Menge Hindernisse gesorgt. Links von uns bellte ein Hund und rannte dann an uns vorbei, um einen Tennisball zu fangen; sein Besitzer pfiff nach ihm.

Ich blendete sämtliche Ablenkungen aus, richtete mich auf und warf den Frisbee. Er landete anderthalb Meter vom Korb entfernt. Sehr viel näher als Bradens Frisbee, der mindestens drei Meter von meinem entfernt auf dem Boden lag. »Da hast du's.«

Er verdrehte die Augen, als hätte er sich gewünscht, dass das Schicksal mir eine Lehre erteilte, und wäre nun frustriert, weil ebendas nicht geschehen war. Vielleicht hätte er die Augen stattdessen lieber öffnen sollen, denn dann hätte er erkannt, dass das Schicksal möglicherweise versucht hatte, *ihm* eine Lehre zu erteilen.

Gage und Braden tauschten Blicke, und nach Gages hinterhältigem Grinsen zu urteilen, planten sie heimlich, es mir in irgendeiner Weise heimzuzahlen.

»Ich bin dran«, sagte Gage. Er wollte gerade werfen, als Nathan ihn stoppte.

»Du übertrittst deine Markierung.«

Wir schauten alle auf seinen Fuß, der mehrere Zentimeter über die Markierung ragte, an der er hätte stehen müssen.

»Nathan, jetzt sei nicht so pingelig«, moserte Gage.

»Na schön, wenn du meinst, schummeln zu müssen, lass dich nicht aufhalten.«

Gage knurrte und zog seinen Fuß zurück. Er warf seinen Frisbee. Die Scheibe segelte nach rechts in ein Gebüsch. Nathan lachte.

»Du hast mich rausgebracht, Nathan.«

»Selbst schuld, wenn du das zulässt, Hohlkopf.«

Gage stapfte davon, um seinen Frisbee zu suchen. Als er mit dem T-Shirt voller Blätter wieder aus dem Gebüsch kam, hielt er neben seinem eigenen Batik-Frisbee noch einen zweiten knallroten hoch. »Ich habe eine verlorene Seele gefunden.«

»Name und Telefonnummer des Besitzers sollten hinten drauf stehen«, sagte Jerom.

Gage drehte ihn um. »Mal sehen. Dieser Frisbee gehört einer Miss Lauren Fletcher.«

»Ein Mädchen, das Frisbee-Golf spielt?«, fragte Jerom. »Wie sexy.«

Gage verzog verächtlich den Mund. »Also, ich weiß ja nicht. Ein Mädchen, das Frisbee-Golf spielt? Wahrscheinlich ein Pferd von einer Frau. Irgend so eine aggressive, klobige Emanze.«

Die Jungs lachten und schienen gar nicht mitzubekommen, dass ich direkt neben ihnen stand ... und Frisbee-Golf spielte. Vielleicht sahen sie mich ja auch so. Vielleicht sahen mich die meisten Jungen so.

Nathan nahm Gage den Frisbee ab und stopfte ihn in seine Sporttasche. »Zumindest sollten wir ihr ihren Frisbee wiedergeben.«

»Tu dir keinen Zwang an«, entgegnete Gage.

Erst als wir fast am Ende des Golfparcours waren, dämmerte mir, was Braden und Gage vorhin heimlich ausgeheckt hatten. Als wir an einem schlammigen Teich vorbeigingen, der vergebens versuchte, auf malerischen See zu machen, packte mich Braden an den Armen und Gage griff nach meinen Füßen. Ich strampelte und wehrte mich, aber sie hielten fest.

»Pass auf, Jerom«, kündigte Braden an. »Jetzt demonstriere ich dir, wie man jemanden korrekt in einen Teich wirft.«

»Ich hab mich schon immer gefragt, ob mit meiner Technik irgendetwas nicht stimmt«, erwiderte Jerom und kratzte sich seinen ungepflegten kleinen Bart, den er sich auf dem Kinn hatte stehen lassen. »Bitte gib mir ein paar Tipps, wie ich mich verbessern kann.«

»Tja, zunächst«, meldete sich Gage zu Wort, wodurch es mir gelang, ein Bein freizubekommen und ihn gegen die Brust zu treten. Er schnappte nach Luft, packte aber wieder mein Bein. »Zunächst schwingst du dein Opfer. Ungefähr so.« Ich wurde in einem großen Bogen hin- und hergeschwungen.

»Okay, ja, verstehe.«

»Die werden uns vom Platz schmeißen, wenn ihr sie hineinwerft«, gab Nathan zu bedenken.

»Ja, bitte hört auf Nathan«, bettelte ich. Jedes Mal, wenn ich nach unten schaukelte, kam das Schilf, das in dem Teich wucherte, bedrohlich in mein Gesichtsfeld.

Gage lachte. »Wer soll uns schon rausschmeißen? Die Parkaufseher?«

»Dann«, fuhr Braden fort, »wenn dein Opfer den höchsten Punkt der Schwungkurve erreicht hat, lässt du los.«

Und genau das taten sie. Mit einem Klatschen landete ich in dem flachen Wasser und zerquetschte das Schilf unter mir. Ein paar Enten ergriffen die Flucht, während ich mich in die schlammige Brühe sinken ließ, die die Sommersonne in einen warmen Sumpf verwandelt hatte. Der Modder quoll zwischen meinen Fingern hervor, als ich mich vom Boden hochdrückte.

»Ihr seid beide hervorragende Lehrer«, sagte Jerom. »Danke, dass ihr mich so großzügig an eurem Wissen teilhaben lasst.«

Ich stand auf. Schlammklumpen tropften an mir herab und plumpsten spritzend zurück in ihr Zuhause. »Wer braucht schon Heilbäder, wenn er doch auch eine Frisbee-Golf-Schlammkur haben kann?« Ich strich mir mit der Hand von meiner Schulter bis runter zum Handgelenk, um den restlichen Schlamm abzustreifen. Dann wiederholte ich die Prozedur am anderen Arm. Als ich aus dem Teich geklettert war, lief ich schnurstracks auf Gage zu und wollte ihn an meine schwesterliche Brust ziehen. Er ahnte, was ich vorhatte, und rannte davon. Während ich Gage nachsetzte, gelang es mir, Braden zu überrumpeln, indem ich kurz kehrtmachte und von hinten meine Arme um ihn schlang. »In welchem Auto sind wir heute eigentlich gekommen?«, fragte ich und schmiegte meine Wange an seinen Rücken. »Ach ja, richtig. Ich nehme den Beifahrersitz.« Ich spürte, wie er aufstöhnte.

»Du hast doch reichlich Platz im Kofferraum«, schlug Nathan vor.

Überrascht ließ ich Braden los. »Nathan!«

Er grinste schuldbewusst. »War nicht ernst gemeint.«

Ich lächelte. Als müsste er das noch sagen. Gage schlich sich heimlich an, achtete jedoch sorgsam darauf, einen ausreichenden Sicherheitsabstand zu mir einzuhalten.

Die Spieler, die nach uns dran waren, beobachteten die ganze Szene lachend, bevor sie sich erkundigten: »Äh, können wir hier schon weiterspielen?«

»Ja«, sagte ich. Das Wasser schwappte immer noch bei jedem Schritt in meinen Schuhen. »Tut euch keinen Zwang an. Wir gehen.«

Du willst schon gehen?«, fragte Braden mit gespielter Ungläubigkeit. »Aber es fehlen nur noch zwei Löcher. Komm schon, Charlie, wir können doch jetzt nicht aufhören.«

Ich wusste, dass das eine Anspielung auf die Sache mit Dave war und wie ich reagiert hatte, als er beim Footballspiel den Anruf wegen seiner Grandma bekam. *Touché.* »Okay, lasst uns weiterspielen.«

»Ich hab doch bloß Spaß gemacht.« Er legte seinen Arm um meine Schulter.

Ich schüttelte ihn ab. »Nein, ich will aber weiterspielen. Ihr habt recht. Wir sind fast fertig.«

»Aber aus deinen Shorts tropft Schlamm«, warf Braden ein. »Und das weckt einige wirklich fiese Assoziationen.«

»Halt die Klappe. Wer ist dran?«, fragte ich, als die Spieler, die jetzt vor uns waren, das Loch fertig gespielt hatten. Ich nahm mir einen Frisbee und marschierte zum Wurfpunkt.

Braden öffnete den Kofferraum seines Autos, nachdem wir fertig waren.

»Echt jetzt, du Penner?«, murrte ich. »Da lege ich mich nicht rein.«

Er warf mir einen verärgerten Blick zu und zog eine Decke aus dem Kofferraum. »Ich wollte dir bloß was holen, worauf du sitzen kannst.« Er gab mir die Decke.

»Oh. Danke.« Ich nahm sie entgegen und hüllte mich darin ein. »Tut mir leid.« Ich hätte ihn nicht als Penner bezeichnen sollen, nicht einmal im Scherz; ich wusste, wie ihn das Wort traf.

Die Jungs zwängten sich ins Auto, aber Jerom hielt mich zurück und deutete mit seinem Kinn auf Braden, der bereits hinter dem Steuer saß. »Ist es denn so schwer, einem Kerl ab und zu mal das Gefühl zu geben, sich nützlich zu machen?«

»Was?«

»Hätte es dich umgebracht, wenn du dir seine Tipps einfach angehört hättest?«

Ich warf einen Blick auf Braden, dann schaute ich wieder zu Jerom. Warum sollte sich Braden nützlich fühlen wollen? Fühlte er sich irgendwie unnütz? Hatte er irgendein Problem, über das er mit Jerom gesprochen hatte, der ja ein »wirklich guter Zuhörer« sein sollte? Ein Anflug von Eifersucht stieg in mir hoch, weil Jerom vielleicht etwas über Braden wusste, was ich nicht wusste. »Ja. Das hätte mich umbringen können.«

Er verdrehte die Augen und lief zum Beifahrersitz.

12.

Als ich am nächsten Dienstag zur Arbeit kam, strahlte Linda über das ganze Gesicht und schien kaum an sich halten zu können.

»Was gibt's?«, fragte ich.

»Zieh dich um, und wenn du fertig bist, verrate ich es dir.«

Wahrscheinlich fand sie es seltsam, dass ich in meinen ausgeleierten T-Shirts zur Arbeit kam und meine Arbeitsklamotten im Rucksack mitbrachte. Was meine Brüder von mir dachten, zählte für mich aber immer noch mehr als ihre Meinung. Ich lebte eben nicht in meiner eigenen kleinen Welt … oder was auch immer sie gesagt hatte. Ich wohnte in einem Haus mit lauter Jungs, die sich mit Vorliebe über mich lustig machten. Nachdem ich mich umgezogen hatte, ging ich nach vorne und sah sie erwartungsvoll an.

»Okay, schließ die Augen«, sagte sie.

Ich tat ihr den Gefallen und machte die Augen zu.

»Bist du bereit? Du kannst sie wieder öffnen.«

Das tat ich. Sie hielt einen Scheck über eine Summe von hundertfünfzehn Dollar in die Höhe, der auf meinen Namen ausgestellt war.

»Was ist das?«

»Dein Anteil am Schminkkurs.«

Ich nahm den Scheck und starrte auf den Betrag. Und ich hatte mir schon vorgenommen, Linda zu eröffnen, dass ich nicht mehr weitermachen wollte. Wenn ich allerdings über hundert Dollar verdiente, indem ich einfach nur dasaß, konnte ich damit leben. Es bedeutete, dass ich meinen Dad schneller ausbezahlen konnte.

»Wir waren so erfolgreich, dass wir mindestens noch zwei weitere Seminare anbieten, und danach schauen wir mal, wie es läuft.« Sie holte einen Flyer aus dem Schrank und reichte ihn mir. Rechts oben in der Ecke war ein Foto von mir abgebildet, auf dem ich komplett geschminkt war.

»Moment. Was ist das?«

»Dein Foto. Ich dachte, du wärst damit einverstanden. Es ist das Foto, das wir letzten Samstag gemacht haben.«

»Ich dachte, Sie hätten bloß ein paar für meine ... Familie ...« Meine Mom wollte ich auf keinen Fall mehr erwähnen. Die Lüge fraß mich regelrecht auf. »... ausgedruckt. Zur Ansicht.«

»Haben sie ihr gefallen?«

»Ja. Die Fotos waren super.« Das war doch nicht gelogen, oder?

»Ich muss mich bei dir entschuldigen. Ich hätte dich fragen sollen. Sie sind nur so gut geworden, dass ich sie Amber angeboten habe.«

Ich richtete meinen Blick wieder auf das Foto. Es war ja bloß ein dummer Werbeprospekt. Wenn ich Glück hatte, würde mich nie jemand darauf erkennen. Meine Freunde und Brüder gehörten nicht gerade zum Kundenkreis, der Make-up kaufte.

Die Nacht darauf konnte ich nicht schlafen. Meine Gedanken drehten sich im Kreis. Es war erst Mitternacht, also früher, als ich sonst normalerweise aufwachte, und als ich aus dem Fenster guckte und sah, dass in Bradens Zimmer Licht schien, schickte ich ihm eine Nachricht: *Bist du wach?*

Ja, bis gleich, schrieb er fast augenblicklich zurück.

Kurz nachdem ich unsere Tür hinter mir zugezogen hatte,

hörte ich die Gartentür bei ihm ins Schloss fallen. Wir kamen beide gleichzeitig beim Zaun an. Er lehnte sich mit der Schulter an die Latten und ich konnte sein Deo riechen. Ein würziger, frischer Duft.

»Was gibt's?«, fragte er.

»Ich kann nicht schlafen.« Ich setzte mich, lehnte mich mit dem Rücken an den Zaun und hörte ihn dasselbe tun.

»Warst du heute nicht laufen?«

»Nein.«

»Kommst du eigentlich jede Nacht hier raus, wenn du nicht laufen warst?«

»Nein. Außer den zwei Nächten mit dir war ich nur noch ein einziges anderes Mal hier draußen.«

»Du hättest mir Bescheid sagen sollen.«

»Es war zwei Uhr morgens.«

»Na und?«

»Ich mag ja egoistisch veranlagt sein, aber da hätte selbst ich mich schlecht gefühlt.«

Er lachte.

Ich hatte keine Ahnung, warum ich ihm eine SMS geschickt und gefragt hatte, ob er rauskommen wollte. Es war nicht so, dass es irgendetwas Wichtiges zu besprechen gab. Ich fand es einfach nur beruhigend zu wissen, dass ich nicht ganz alleine in der Mitternachtswelt war. Meine Brüder schliefen wie die Toten. Wie kam es, dass sich mein Gehirn nicht abschalten ließ? Ich hatte ein schlechtes Gewissen, wenn ich meine Brüder nach meiner Mom fragte. Ich wollte nicht diejenige sein, die allen anderen die Stimmung verdarb, nachdem sie bereits damit abgeschlossen hatten. Vielleicht hatten sie besser damit fertigwerden können, weil sie echte Erinnerungen besaßen, während mein Verstand sich selbst etwas zusammenreimen musste. Warum war mein Hirn nur so besessen davon?

»Wieso joggst du eigentlich so viel?«

»Um mich fürs Basketballtraining fit zu halten. Sonst sind die ersten Wochen die reinste Qual.«

»Du läufst also zehn, zwölf Kilometer am Tag, um dir zwei Wochen Leiden zu sparen? Sieht eher so aus, als würdest du für einen Marathon trainieren und nicht für ein Basketballspiel.«

»Na ja, ich kann dann auch besser schlafen.«

»Die meisten Menschen brauchen sich nicht auszupowern, um schlafen zu können.«

»Stimmt. Die nehmen einfach Schlaftabletten.«

Er lachte kurz auf, so wie immer, wenn irgendjemand etwas sagte, womit er nicht gerechnet hatte. »Ja, vermutlich ist deine Methode natürlicher.« Eine lange Schweigepause entstand. »Du bist echt gut darin, Fragen auszuweichen, aber was ich eigentlich wissen wollte, ist: Warum kannst du nicht schlafen?«

Er war nichts weiter als eine körperlose Stimme, sagte ich mir. Mit körperlosen Stimmen konnte ich reden. Oder mit dem Mond. Mit dem Mond konnte ich immer reden. Mein Blick wanderte zum Himmel. Dort stand er, nur halb erleuchtet, und kümmerte sich um seine eigenen Angelegenheiten.

Irgendwann gestand ich: »Ich habe Albträume.«

Er schien zu spüren, dass es besser war, so wenig wie möglich zu sagen, denn er wartete einfach ab. »Von meiner Mom und der Nacht, in der sie ums Leben kam. Mein Gehirn hat offenbar Spaß daran, sich jedes erdenkliche Szenario auszumalen, selbst völlig unmögliche. Das ist so ziemlich die einzige Erinnerung, die ich aus der Zeit habe, als ich noch klein war ... diese Nacht. Wobei – ich weiß nicht einmal, ob irgendetwas davon überhaupt echt ist oder ich mir das nur ausgedacht habe.« Ich hatte noch nie jemandem von meinen Albträumen erzählt, nicht einmal Gage, der mehr als die meisten anderen darüber wusste, was in meinem Gehirn so vor sich ging. Es fühlte sich seltsam befreiend an, als hätte ich alles beim Mond abgeladen, damit der sich damit befassen konnte.

»Was passiert in deinen Träumen?«

»Alles Mögliche – Regen, berstende Fensterscheiben und Autos. Und meine Mom natürlich.«

»Das tut mir leid.«

»Ich hasse es. Joggen bedeutet für mich traumlose Nächte.«

»Na ja, das ergibt sehr viel mehr Sinn als die Ausrede mit dem Basketballtraining.«

»Beim Basketball hilft's aber auch.«

»Das glaub ich dir aufs Wort.« Nachdem mehrere Minuten verstrichen waren, sagte er: »Du hast mit vier Fahrrad fahren gelernt. Ich war total eifersüchtig, weil ich immer noch Stützräder hatte.«

Ich war erleichtert, dass er zu unserem Spiel übergegangen war, und sagte: »An deine Stützräder kann ich mich noch erinnern.«

»Ach ja? Denn sofort, nachdem du es gelernt hattest, habe ich den gesamten Samstag damit verbracht, ohne Stützräder Fahrrad fahren zu üben. Du warst es, die mich dazu getrieben hat.«

Ich lächelte und versuchte, mich an etwas aus seiner Kindheit zu erinnern, um kontern zu können. »Weißt du noch, als du deiner Lehrerin in der ersten Klasse erzählt hast, dass mein Dad in Wahrheit dein Dad wäre? Und als dein Dad dich abholen wollte, hast du gebrüllt: ›Dieser Mann will mich entführen!‹ Deinem Dad war das total peinlich.«

»Ja, damals war ich extrem neidisch, weil ihr euch alle gegenseitig hattet und ich überhaupt keine Geschwister.«

»Tja, und jetzt hast du das ganze Irrenhaus am Hals. Du

bist einer von uns, Alter, ob dir's gefällt oder ...« Ich brach ab, weil mir plötzlich klar wurde, warum er mir das mit dem Fahrradfahren erzählt hatte. Es war gar nicht um unser Spiel gegangen. »Moment, ich war vier?«

»Ja.«

»Meine Mom war also noch am Leben, als ich Fahrrad fahren gelernt habe.« Ich kramte in meinem Gedächtnis und bemühte mich nach Kräften, mir vorzustellen, wie sie vor unserem Haus gestanden und mir zugeschaut hatte. An meinen Dad, der neben mir herlief und das Rad hinten festhielt, konnte ich mich ohne Probleme erinnern. Ich hatte die ganze Zeit mit ihm geschimpft, dass er loslassen sollte. Was er nicht getan hatte. Hatte meine Mom uns zugeschaut?

Ich kniff die Augen zu. »Lass mich bitte nur einmal um den Block fahren«, hatte ich gebettelt. »Ich fahre mit ihr mit«, hatte Jerom angeboten. Er fuhr in Kreisen um mich herum. Damals musste er fast neun gewesen sein. Wir radelten um den Block, und erst als wir an der ersten Ecke ankamen, wurde mir klar, dass ich noch gar nicht gelernt hatte, wie man ohne Stützräder um die Kurve fährt. Vor lauter Angst versuchte ich es gar nicht erst, sondern fuhr einfach geradeaus in ein Straßenschild. Jerom half mir hoch, setzte mich wieder aufs Fahrrad und zeigte mir, wo es langging. Ich fiel an jeder Ecke hin, schaffte es aber mit nur einer Schramme am Knie bis nach Hause.

Hatte meine Mom die Wunde versorgt?

Nein. Es war mein Dad gewesen. Das wusste ich. Ich erinnerte mich, wie ich auf der Küchentheke saß, während er auf mein Knie pustete und mir versicherte, wie tapfer ich sei. Wie war es möglich, dass ich mich in allen Einzelheiten daran erinnern konnte, aber nicht an die Gelegenheiten, wenn meine Mom Zeit mit mir verbracht hatte?

»Sie sah fast genauso aus wie du jetzt.«

In meinem Hals bildete sich ein kleiner Kloß. »Ja.« Das wusste ich. Außer dem Hochzeitsfoto im Flur hatten wir eine Schachtel mit Fotos von ihr. Das waren meine Erinnerungen an sie, die unbewegten Schnappschüsse – wie sie neben mir stand, als ich drei Kerzen auf einem Kuchen auspustete, wie sie überrascht vom Sofa aufschaute, auf dem sie saß und las, wie sie mit einer Baseballkappe auf dem Kopf Jerom in der Kindermannschaft beim Baseballspiel anfeuerte. Ich erinnerte mich an die Fotos, aber nicht an das Geschehen. »An was von ihr kannst du dich noch erinnern?«

»Sie war ziemlich ...« Er zögerte. »Manchmal kam sie zu uns rüber und unterhielt sich mit meiner Mom. Einmal platzte ich in die Küche, als sie sich unterhielten, und sie hat geweint.«

»Was?«

»Daran kann ich mich noch genau erinnern, denn ich hatte Angst, dass meine Mom böse werden würde, weil ich sie gestört hatte.«

»Worüber sollte meine Mom traurig gewesen sein?«

»Das weiß ich nicht. Meine Mom streichelte ihr über den Rücken und sie war ...«

»Wie alt warst du?« Ich rückte mich am Zaun zurecht.

»Keine Ahnung. Vermutlich so um die sieben.«

»Wie kannst du dich noch daran erinnern?«

»Das war wohl einfach einer dieser Momente, die einem lebhaft im Gedächtnis bleiben.«

Blinde Wut stieg in mir auf, auch wenn mir selbst nicht klar war, weshalb. »Na ja, vielleicht hat sie sich Sorgen um deine Mom gemacht. Vielleicht hat sie versucht, deine Mom zu überreden, diesen Penner von deinem Dad zu verlassen.«

»Mein Dad hat erst nach seiner Rückenverletzung vor fünf Jahren angefangen zu trinken.« Bradens Stimme klang gepresst, verletzt.

Ich stand auf. »Tja, meine Mom hatte ein perfektes Leben, ich weiß also nicht, worüber sie hätte traurig sein sollen.«

»Charlie.«

»Ich bin müde.« Ich ging zurück ins Haus und ließ die Tür hinter mir lauter ins Schloss fallen als nötig gewesen wäre.

13.

Am nächsten Morgen wachte ich auf, nur um Gage in meinem Zimmer vorzufinden, wie er den Make-up-Katalog durchblätterte, den ich von Amber hatte. »Gibt es irgendetwas, das du mir erzählen möchtest?«, fragte er. »Seit wann ...«

Ich warf ihm mein Kissen an den Kopf. »Vielleicht habe ich beschlossen, mal ein bisschen mädchenhafter zu werden.«

»Als ob! Dad würde durchdrehen, wenn er dich mit so viel Make-up im Gesicht sehen würde. Außerdem bist das nicht du.«

Was sollte das denn heißen? Ich warf einen Blick auf das Covergirl, das vorne auf dem Katalog in seiner Hand abgebildet war. Sie sah sanft und feminin und schön aus – wie das Hochzeitsfoto meiner Mom im Flur. Was davon passte nicht zu mir?

Ich drehte mich auf den Bauch und verschränkte meine Arme über dem Kopf. Wem wollte ich etwas vormachen? Nichts davon passte zu mir. »Den hat bloß neulich jemand auf der Arbeit vorbeigebracht.«

»Amber?«, fragte er, drehte den Katalog um und zeigte auf ihr Foto auf der ersten Seite, wo sie ihren Namen mit blauem Kugelschreiber umkringelt hatte. »Ist sie das? Wenn ja, musst du sie mir unbedingt vorstellen. Sie ist heiß.«

Ich wälzte mich aus dem Bett und riss ihm den Katalog aus den Händen. »Was willst du?«

»Wir spielen am Strand Fußball. Komm, lass uns gehen.«

»Hab keine Lust heute.«

Er blieb wie angewurzelt stehen und schaute sich um, als sei er in einer Parallelwelt gelandet. »Bitte ... was? Du hast keine Lust, Fußball zu spielen?« Er legte seine Hand auf meine Stirn und drehte mich dann einmal um meine eigene Achse. »Was haben Sie mit meiner Schwester gemacht?«

In Wahrheit hatte ich bloß keine Lust, Braden zu sehen, denn ich wusste, dass ich mich letzte Nacht total danebenbenommen hatte. Das, was er gesagt hatte, hatte mich überrumpelt und letzten Endes hatte ich ihn und seine Familie schlechtgemacht, damit ich mich besser fühlte. Und auch wenn ich wusste, dass ich ihn verletzt hatte, ärgerte mich das, was er gesagt hatte, immer noch. Für eine Entschuldigung war ich einfach noch nicht bereit.

»In ein paar Stunden muss ich zur Arbeit.« Ich musste heute überhaupt nicht arbeiten, und selbst wenn, arbeitete ich unter der Woche nur abends. Ihm fiel meine Lüge jedoch gar nicht auf.

»Dieser Job ruiniert dir noch dein ganzes Image. Du musst Dad klarmachen, dass du deine Lektion gelernt hast. Er wollte doch garantiert nur sehen, ob du dir wirklich einen Job suchen würdest.«

»Ja, kann sein. Ich rede mal mit ihm.« Aber nicht gleich. Endlich verdiente ich richtiges Geld ... und der Job war gar nicht so schlimm, wie ich am Anfang gedacht hatte. Es war mal etwas anderes, etwas, das meine Brüder noch nie gemacht hatten, und das gefiel mir irgendwie.

»Im Ernst? Kein Fußball?

»Ja, im Ernst.«

Als ich am nächsten Tag bei der Arbeit T-Shirts zusammenfaltete, gesellte sich Linda zu mir. »Deine Aura ist heute blau. Meistens bedeutet das Traurigkeit. Alles in Ordnung?«

Wow, sogar meine Aura war von meinem Krach mit Braden ganz mitgenommen. »Mir geht's gut.« Ich faltete das nächste Shirt zusammen. »Es ist bloß komisch, wenn etwas, an das man sein ganzes Leben lang geglaubt hat, plötzlich infrage gestellt wird.«

»Und das wäre?«

»Ach, nichts. Ich hatte mir bloß von jemandem ein ganz bestimmtes Bild gemacht und jetzt stimmt das vielleicht alles gar nicht.« Vielleicht hatte ich deshalb keine Erinnerungen an meine Mom, weil sie nie da gewesen war.

»Es ist schwer, wenn jemand nicht unseren Erwartungen entspricht.« Linda ging um den Tisch herum und stellte sich auf die andere Seite. »Manchmal erwarten wir mehr von jemandem, als er uns in einem bestimmten Moment geben kann.«

Sollte eine Mutter nicht in der Lage sein, für ihre Kinder da zu sein? War das etwa zu viel verlangt?

Sie war ja da gewesen. Es waren meine Erinnerungen, die fehlten.

»Schätzchen.« Linda tätschelte meine Hand. Solche sanften Berührungen war ich nicht gewohnt. Ich bekam davon ein ganz hohles Gefühl im Magen. Ich zog meine Hand weg und griff nach dem nächsten Shirt, um mich ihrer Nähe zu entziehen. »Wenn du nach Hause gehen möchtest, habe ich vollstes Verständnis.«

»Nein, nein, das möchte ich nicht. Mir geht es bestens.« Und das stimmte. Es fehlte noch, dass ich mich von diesen blöden Gefühlen aus der Bahn werfen ließ. Da stand ich doch drüber.

»Möchtest du darüber reden? Mir mehr von diesem Menschen erzählen?«

»Nein.«

Sie schwieg, als hoffte sie darauf, dass ich meine Meinung ändern würde. Da konnte sie lange warten.

»Okay. Ich gehe dann mal nach hinten und mache mich an die Buchhaltung.«

»Klingt gut.«

Ich faltete weiter T-Shirts zusammen. Aus dem Augenwinkel heraus nahm ich eine Bewegung am Fenster wahr und schaute auf. Eine Mutter lief mit ihrer Tochter Arm in Arm am Laden vorbei. Die beiden nebeneinander zu sehen, brachte mich darauf, wie mein Leben hätte verlaufen können, wenn es meine Mom noch gegeben hätte. Wir hätten zusammen Zeit verbringen können – hätten reden, lachen, uns Geschichten erzählen können, die nur sie verstanden hätte, und ich hätte ihr Geheimnisse anvertrauen können, die ich mit niemand anderem geteilt hätte. Das leere Gefühl in meinem Bauch schien sich bei diesen Gedanken weiter auszudehnen. Das passte mir gar nicht. Warum hatte ich plötzlich das Gefühl, als würde irgendetwas in meinem Leben fehlen? Ich hatte ein tolles Leben. Es war nicht nötig, dass Linda mit ihren besorgten Blicken und ihrem sanften Gestreichel daherkam und mir einredete, dass mein Leben nicht großartig war. *Ab sofort werde ich morgens dreizehn Kilometer laufen gehen.* Damit sollte das Problem aus der Welt geschafft sein.

14.

Ich kam in die Küche, um mir eine Flasche Wasser für meine Laufrunde zu holen, und sah Nathan gedankenverloren den roten Frisbee anstarren, der vor ihm auf der Küchentheke lag.

»Stimmt etwas nicht?«, fragte ich.

»Ich schaffe es einfach nicht. Ich kann sie nicht anrufen.«

»Du willst ihr den Frisbee zurückgeben, Nathan, und sie nicht fragen, ob sie mit dir ausgeht. Wähl einfach ihre Nummer.«

»Ich weiß, ich weiß. Du hast ja recht.«

Ich öffnete den Kühlschrank und schnappte mir eine Flasche Wasser. Als ich mich wieder umdrehte, hatte sich Nathan immer noch nicht von der Stelle gerührt.

»Nehmen wir an, du wärst Lauren und ein wildfremder Kerl würde dich anrufen und dir sagen, dass er dir deinen Frisbee zurückgeben möchte. Was würdest du denken?«, fragte er.

Ich zog meinen Fuß hoch zum Po, um meinen Oberschenkel zu dehnen. »Ich würde denken, ein wildfremder Kerl ruft an, um mir meinen Frisbee zurückzugeben.«

Er stöhnte. »Ja, aber du bist kein normales Mädchen. Das zählt also nicht.«

Das leere Gefühl in meinem Magen meldete sich mit einem schmerzhaften Stich zurück und ich zuckte zusammen.

»Normale Mädchen lesen in alles etwas hinein.«

Ich wechselte den Fuß und dehnte das andere Bein. »Und was genau machst du gerade?«

»Ich lese nichts hinein, ich mache mich nur fertig.«

Ich schnappte mir das Handy von der Küchentheke und wählte Laurens Nummer. »Bitte sehr. Erledigt.« Ich schob ihm das Handy zu.

Er hielt die Hände hoch und wich vor dem Handy zurück, als ob es das Maskottchen einer gegnerischen Mannschaft wäre oder was weiß ich.

»Himmel. Du bist so ein Weichei.« Ich presste das Handy an mein Ohr.

»Hallo?«, meldete sich eine Mädchenstimme.

»Hi. Spreche ich mit Lauren?«

»Ja.« Sie klang wie ein völlig normales Mädchen – was immer das auch sein mochte.

»Meine Brüder und ich haben vor ein paar Tagen deinen Frisbee beim Frisbee-Golfspielen im Woodward Park gefunden.«

»Oh. Super. Scheint also wirklich zu helfen, wenn man seinen Namen und die Telefonnummer auf die Rückseite schreibt.«

»Genau. Was soll ich damit machen?« Golf-Frisbees waren keine dieser billigen Standarddinger aus Plastik. Sie waren hochwertig verarbeitet und perfekt austariert. Ich wusste, dass sie ihn zurückhaben wollte. Unwillkürlich fiel mein Blick auf Nathan. Er hielt den Frisbee mit beiden Händen fest umklammert und starrte mich an.

»Kann ich vielleicht vorbeikommen und ihn mir abholen?«, fragte Lauren. »Wohnt ihr in der Nähe des Woodward Parks?«

»Nicht wirklich. Wir wohnen ungefähr fünf Minuten östlich vom Einkaufszentrum, am Hillman Park.«

»Oh, wie cool, das ist nicht weit von uns. Kannst du mir deine Adresse schicken?«

»Ja, ich muss aber gleich los. Mein Bruder Nathan ist zu Hause.« Und dafür stand er jetzt tief in meiner Schuld.

»Okay. Danke.«

Ich legte auf und schickte ihr dann eine SMS mit unserer Adresse.

»Klang sie süß?«, fragte er.

»Nein, sie klang wie ein großes, klobiges Pferd. Viel Spaß.«

Ich lag auf meinem Bett und warf wieder und wieder einen Fußball in die Höhe. Es war Mitternacht. Ich konnte es nicht über mich bringen einzuschlafen. Ob Gage, dessen Zimmer direkt neben meinem lag, wohl rüberkommen und mich bitten würde, leise zu sein? Ich fing den Ball mit einem lauten Klatschen und holte weit aus, um ihn diesmal gegen die Wand zu schleudern. Das würde ihn aus dem Schlaf reißen.

Ich seufzte und ließ den Ball stattdessen über meine Fingerspitzen rollen. Er landete mit einem Aufprall auf dem Boden. Ich wollte nicht mit Gage reden. Ich wollte mit Braden reden. Ich musste mich bei ihm entschuldigen. Das war ja auch der Grund, warum das Licht in meinem Zimmer immer noch brannte – ich hoffte, dass er es sehen würde. In seinem Zimmer war es allerdings dunkel. Ich setzte mich auf und schwang meine Füße aus dem Bett. Ich zwang mich, aufzustehen, zum Lichtschalter zu gehen und das Licht auszuschalten. Dann legte ich mich wieder ins Bett.

Die Gardinen in meinem Zimmer waren nicht ganz zugezogen und der Mond warf einen Streifen aus Licht an meine Zimmerdecke. Als wollte er mir sagen, dass ich nicht so starrsinnig sein sollte. Ich stand wieder auf, lief die Treppe hinunter und ging nach draußen. Dort setzte ich mich am Zaun auf den Boden. Ich hätte ihm einfach eine Nachricht schicken sollen, aber das schaffte ich nicht. Was, wenn er die SMS ignorierte? Wenn er nicht kam, konnte ich mir wenigstens einreden, dass er einfach schon schlief.

Ich hatte keine Ahnung, wie lange ich am Zaun gesessen

hatte. Lange genug jedenfalls, um mich zu fragen, warum ich immer noch dort saß. Ich rappelte mich hoch und ging am Zaun auf und ab. Wenn er bei fünfzig immer noch nicht rausgekommen wäre, würde ich wieder hineingehen und die Sache vergessen. Ich fing an zu zählen. Als ich bei neunundvierzig angekommen war, kam ich zu dem Schluss, dass hundert besser wäre. Immerhin musste ich ihm eine reale Chance geben. Fünfzig Sekunden waren kaum mehr als einem Center zustanden, um den Ball an den Quarterback abzugeben.

Im Kopf tickten die Zahlen herunter, eine für jeden Schritt, den ich am Zaun entlangtigerte. »Siebenundsiebzig«, flüsterte ich und trat im nächsten Moment mit meinem nackten Fuß auf einen Stein. »Autsch.« Ich blieb stehen und ballte die Fäuste. Das war doch idiotisch. Gerade, als ich mich umdrehen wollte, um zurück ins Haus zu gehen, hörte ich, wie nebenan die Hintertür leise ins Schloss fiel. Ich wirbelte herum, stellte mich wieder an den Zaun und beobachtete, wie er langsam darauf zukam. Er konnte nicht wissen, dass ich hier war. Sollte ich rufen? Wenn er wusste, dass ich hier war, würde er mir erklären, wie herzlos das gewesen war, was ich neulich Nacht gesagt hatte?

Ich war überrascht, als er direkt auf meine Latte zukam und seine Stirn dagegen lehnte. »Hey«, sagte er. Ich lehnte mich auch an das Holz. »Hi«, flüsterte ich. »Ich dachte nicht, dass du mich sehen kannst.«

»Du trägst weiß. Du leuchtest praktisch durch die Lücken.«

Ich schaute an mir herab auf mein T-Shirt vom Basketballcamp. »Oh.«

»Bist du immer noch böse auf mich?«, fragte er.

»Nein …« Ich schloss die Augen und holte tief Luft. Erleichterung flutete durch meinen Körper. Ich hatte ihn mehr vermisst, als ich mir eingestanden hatte. »Es tut mir leid.«

»Was tut dir leid?«

»Was ich über deine Mom und deinen Dad gesagt habe. Meine Familie ist alles andere als perfekt, das weißt du genauso gut wie alle anderen. Es tut mir leid, dass ich das auf euch projiziert habe. Ich war bloß vor den Kopf gestoßen.«

Ich vergrub die Hände in den Taschen meiner Jogginghose. »Vielleicht war meine Mom anders, als ich sie mir vorgestellt habe.«

»Deine Familie ist ziemlich bewundernswert, Charles.« Ich hörte, wie er tief Luft holte. Vielleicht war auch er erleichtert, dass wir wieder miteinander redeten. »Ich hätte das mit deiner Mom nicht sagen sollen. Ich hab nicht nachgedacht. Du warst so traurig, weil du dich an nichts erinnern konntest, und was mache ich? Belaste dich mit diesen deprimierenden Erinnerungen, die nicht einmal deine eigenen sind. Es gibt so viele Gründe, warum sie traurig gewesen sein könnte. Vielleicht haben sich deine Brüder an jenem Tag zu heftig gestritten und sie wusste nicht mehr weiter. Sie hat innerhalb von sechs Jahren vier Kinder zur Welt gebracht. Das muss ihr ab und zu schon mal zu viel geworden sein.«

Anders als sonst, wenn wir Rücken an Rücken am Zaun saßen, konnte ich seinen Atem spüren. Er drang durch die Ritzen und berührte meine Wangen. Ich hielt meine Augen immer noch geschlossen. Wir standen so dicht beieinander, dass die Luft nach ihm roch. Bis zu diesem Moment war mir gar nicht klar gewesen, wie Braden roch. »Danke.« Ich drehte mich um und versuchte, seinem Duft auszuweichen, von dem mir ganz schwindelig wurde. Daher stellte ich mich mit dem Rücken an den Zaun und schaute nach oben in den Sternenhimmel.

Offenbar tat er es mir nicht nach, denn seine Stimme klang glasklar an meinem Ohr. »Mein Dad ist wirklich ein Penner und meine Mom sollte ihn endlich verlassen.«

»Nein. Das hätte ich nicht sagen sollen. Er ist krank. Wenn er einfach nur aufhören würde zu trinken ...«

»Es hat nicht erst vor fünf Jahren angefangen. Ich meine, das Trinken ja, aber ein Penner war er schon immer. Das weißt du. Der Alkohol hat es nur schlimmer gemacht. Warum, glaubst du wohl, habe ich damals in der Schule behauptet, dass dein Dad meiner sei? Ich wollte, dass es so war. Ich wollte zu eurer Familie gehören.«

»Du bist ein Teil unserer Familie.«

»Nein, bin ich nicht.«

»Doch, das bist du. Zumindest in allen Punkten, auf die es ankommt. Ich hab dir doch schon neulich nachts gesagt, dass du uns am Hals hast, ob du willst oder nicht. Uns wirst du so schnell nicht mehr los.«

»Das will ich auch nicht«, flüsterte er. Mein Herz beschloss, dass dies der geeignete Moment war, um völlig aus dem Takt zu geraten. Ich wollte irgendetwas antworten, aber mir fiel nichts ein. Der Zaun zwischen uns war mir nie wie eine Grenze vorgekommen. Eher wie ein Schutz – der einzige Grund, warum ich ihm hier draußen all die Dinge anvertrauen konnte. Aber heute hätte ich ihn lieber an meiner Seite gehabt ... Ich wollte ihn trösten.

Er holte zweimal tief Luft und sagte dann: »Du hast neulich beim Fußball einen der lustigsten Ausraster aller Zeiten verpasst. Wegen eines angeblichen Fouls.«

Ich entspannte mich, froh, dass er das Thema wechselte. Meine Reaktion hatte eindeutig bewiesen, dass unser Gespräch zu gefühlsnah geworden war. »George?«

»Wer sonst?«

»Wer hat ihn denn gefoult?«

»Das ist es ja. Niemand hat ihn gefoult.«

»Also du. Was hast du angestellt?«

Er lachte. »Ich habe ihn nur ein ganz kleines bisschen zum

Stolpern gebracht. Weniger als ein bisschen! Er ist nicht mal hingeflogen. Ich war hinter dem Ball her. Sein Fuß kam mir dabei in die Quere. Kein anderer hätte das als Foul angesehen.«

»George ist ein Baby.«

»Date nie einen Typen, den du noch nicht auf dem Spielfeld gesehen hast. Das sagt so viel über einen Kerl aus.«

Die Art, wie jemand Ball spielte, konnte tatsächlich eine Menge über ihn aussagen. So wusste ich, dass Jerom Führungsqualitäten hatte, Nathan sich wortgetreu an alle Regeln hielt und dass Gage ziemlich entspannt war und es ihm hauptsächlich um den Spaß ging. Und Braden? Was hatte ich über die Jahre über Braden erfahren, wenn ich ihm beim Spielen zuschaute? Er war ein Teamplayer, ging nicht über Leichen, nur um an den Ball zu kommen, und forderte auch keine Bälle, die er nicht verwerten konnte. Er hielt sich eher im Hintergrund und wartete, bis jemand seine Hilfe brauchte. Er war also ... ja, was? Aufmerksam? Uneigennützig?

»Und date nie, nie einen Typen, der einen auf Ligafinale macht, wenn es sich in Wahrheit bloß um ein harmloses Spiel im Park handelt.«

Darüber hatten wir schon oft gelacht. Leute, die Freundschaftsspiele so ernst nahmen, dass sie wegen der geringsten Kleinigkeiten die Beherrschung verloren oder einen Wutanfall bekamen. »Aber was ist, wenn er *tatsächlich* in einem Ligafinale spielt?«

»Dann ist es völlig okay. Und du solltest zusehen, dass du Freikarten bekommst.«

Ich lachte. »Was mich wieder zu unserem Fakten-Spiel bringt. Ich weiß was: Wenn du nur für eine Sportart Saisonkarten bekommen könntest, dann wäre das Baseball. Und zwar die Oakland Athletics.«

»Bist du dir sicher? Es gibt so viele Sportarten, die ich mag. Das könnte der Fakt sein, mit dem du verlierst.«

»Nur wenn ich falschliege, du kontern kannst und dann richtigliegst. Aber ich bin ganz entspannt. Du sabberst regelrecht den Boden voll, sobald Oakland spielt. Wenn du nur ein einziges Spiel im Coliseum erleben könntest, würde dir vermutlich das Herz stehen bleiben.«

Er blies die Backen auf. »Ja. Das stimmt. Aber ich fürchte, da kann ich nicht kontern.«

»Wusste ich doch, dass ich dich besser kenne. Ich hab bloß eine Weile gebraucht, um es dir zu beweisen.«

»Können wir eine Regel einführen, dass man erst beim dritten Fehler verliert?«

»Nein.«

»Na gut. Dann gib mir eine Minute zum Nachdenken.«

Ich summte die *Jeopardy!*-Titelmelodie. Das Komische daran war, dass ich keine Ahnung hatte, ob *ich* die Frage über mich hätte beantworten können. Ich würde mir so gut wie jede Sportart live anschauen, und zwar liebend gern. Vermutlich würde ich ihm also jede Antwort durchgehen lassen, solange es sich um eine Mannschaft handelte, die ich auch wirklich mochte.

»Dein Bruder.« Er sagte das mit solcher Überzeugung, dass ich es ihm beinahe auf der Stelle abgekauft hätte. Aber dann wurde mir klar, dass das, was er gesagt hatte, keinen Sinn ergab.

»Was?«

»Wenn du für irgendeine Mannschaft Saisonkarten bekommen könntest, wären es ganz eindeutig die UNLV Rebels, denn dann könntest du bei jedem einzelnen Spiel deines Bruders auf der Tribüne sitzen. Du wärst im siebten Himmel.«

Ich wollte gerade einwerfen, dass das ja wohl nicht ganz dasselbe war, weil es sich bei den UNLV Rebels nicht um ein Profiteam handelte, aber dann fiel mir wieder ein, wie traurig ich jedes Mal war, wenn Jerom von einem Spiel erzählte, das ich verpasst hatte.

»Du solltest mal deinen Blick sehen, wenn du deinen Brüdern beim Spielen zuschaust. Ich glaube nicht, dass ich jemals jemanden gesehen habe, der so stolz gewesen wäre.«

Ich konnte nichts sagen. Ich traute meiner Stimme nicht. Er hatte recht. Es gab keine anderen Spiele auf der Welt, die ich lieber gesehen hätte als die, bei denen meine Brüder mitspielten.

»Ich weiß, dass es genau genommen weder Saisonkarten sind noch es sich um eine Profimannschaft handelt, aber das passt am ehesten.«

Das stimmte. Er kannte mich gut. Besser als ich für möglich gehalten hätte. Ich hätte nicht gedacht, dass er über die Jahre so aufmerksam gewesen war. Er war immer da gewesen, und weil ich ein Jahr jünger war, hatte ich mich immer dafür interessiert, was er und meine Brüder machten. Aber ich hatte nicht damit gerechnet, dass das auf Gegenseitigkeit beruhte. »Ja, das zählt«, sagte ich schnell.

»Wie war das?«

»Ja.«

»Deine Stimme klingt komisch.«

»Tja, na ja, dein Gesicht sieht auch komisch aus. Bis morgen dann.« Ich floh vor seinem Gelächter.

»Wer kennt jetzt wen besser?«, rief er mir hinterher.

Ich schüttelte den Kopf und lächelte. Er war verdammt gut. Ich musste mir bessere Fakten einfallen lassen. Denn ich hatte nicht vor, mich von ihm in diesem Spiel schlagen zu lassen.

15.

Ich trat die Füße auf der Fußmatte ab und öffnete die Hintertür. Die Küche war schwach beleuchtet, nur das Licht über dem Herd brannte. Ich zog die Tür langsam hinter mir zu und schloss ab. Dann drehte ich mich um. Gage saß mit einer Schüssel Frühstücksflocken auf der Küchentheke. Ich fuhr zusammen und unterdrückte gerade noch rechtzeitig einen Aufschrei.

»Hast du mich erschreckt.«

Er schaute auf die Tür hinter mir und dann wieder auf mich. »Was hast du gemacht und warum hattest du beim Reinkommen dieses idiotische Grinsen auf dem Gesicht? Treibst du dich etwa heimlich herum? Gibt es irgendeinen Typen, den ich verprügeln muss?«

Meine Wangen liefen rot an, ohne dass ich etwas dagegen tun konnte. Niemand wusste von meinen Unterhaltungen mit Braden am Zaun und ich hatte auch nicht vor, daran etwas zu ändern. »Nein, ich treibe mich nicht heimlich herum. Ich bin im Garten herumgelaufen, weil du heute Abend nicht mit mir laufen gegangen bist und ich nicht schlafen konnte.« Bevor er eine Chance hatte, das näher zu beleuchten, drehte ich den Spieß um. »Bist du eben gerade erst nach Hause gekommen? Dad wird dich umbringen.«

»Nein. Ich war zu Hause. Ich hab bloß Hunger bekommen.«

Ich nahm eine Schüssel aus dem Küchenschrank und schüttete mir ein paar Choco Krispies hinein. Er rutschte ein bisschen zur Seite und ich setzte mich zu ihm auf die Küchentheke.

»Wolltest du etwa andeuten, dass du mich verpetzen würdest, wenn ich eben erst nach Hause gekommen wäre?«

Ich schob mir einen Löffel Choco Krispies in den Mund und nickte. »Ja. Ich habe es satt, diejenige zu sein, die Ärger bekommt. Vielleicht zwingt er dich ja, dir einen Job zu suchen.«

Gage schenkte mir sein breitestes Grinsen. »Oh! Glaubst du, Linda würde mich einstellen? Ich könnte Mädels beim Shoppen helfen. Das liegt mir bestimmt.«

»Mit Mädchen zu flirten, ist nicht dasselbe, wie ihnen zu helfen, Gage.«

Er zuckte mit den Schultern. »Dad würde mich sowieso nie zwingen, mir einen Job zu suchen. Ich bin sein Lieblingskind.«

»Wir wissen alle, dass Nathan sein Lieblingskind ist.«

»Stimmt. Na gut, ich bin mir hundertprozentig sicher, dass ich Moms Lieblingskind war.«

Mein Löffel blieb auf halbem Weg zu meinem Mund hängen und ich warf ihm einen überraschten Blick zu. Es kam nicht häufig vor, dass das Wort *Mom* in unserem Haus benutzt wurde. Gage war nur ein Jahr älter als ich. Ich hielt es für ausgeschlossen, dass er sich an mehr erinnern konnte als ich.

»Warst du das?«, fragte ich mit einer Stimme, die kaum mehr als ein Flüstern war.

Er wuschelte mir durch die Haare und rutschte von der Küchentheke. »Das war doch bloß ein Scherz, Charlie. Ich bin mir sicher, dass Mom kein Lieblingskind hatte.« Er stellte seine leere Schüssel in die Spüle. »Aber falls doch, dann war ich es. Wer kann schon diesem Gesicht widerstehen?«

»Ich zum Beispiel.«

»Ach bitte. Du bist doch diejenige, die sich am allerleichtesten um den Finger wickeln lässt. Du tust alles, worum ich dich bitte.«

Ich trat ihn in die Seite und er ächzte. »Davon träumst du wohl.«

»Nicht treten.«

Ich trat ihn noch einmal, aber diesmal schnappte er sich meinen Fuß. »Im Ernst, das tut weh. Wenn du nicht so kräftige Beine hättest, würde es mir nichts ausmachen.«

»Kräftig?«

»Hast du dir in letzter Zeit mal deine Oberschenkelmuskeln angeschaut? Dein Fußballtrainer wird begeistert sein.«

Ich zerrte meinen Fuß aus seinem Griff. Milch schwappte über meine Hand. Ich wischte sie an meiner Jogginghose ab und schob mir einen weiteren Löffel Choco Krispies in den Mund. »Ist sie je mit dir zu einem deiner Spiele gekommen?«

»Was? Wer?«

Ich bekam den Brei in meinem Mund kaum herunter. »Mom. Ist sie je mit dir zu einem deiner Fußballspiele gegangen?«

»Glaubst du, daran kann ich mich noch erinnern? Ich war sieben, als ...« Er verstummte. Er brauchte den Satz nicht zu Ende zu sprechen. Ich wusste, wie er endete. Wir alle wussten es. *Als sie starb.* Als ihr Auto im Regen von der Straße abkam und in einen Graben rutschte. Und normalerweise schnürte mir dieser Satz die Kehle zu und ließ mich minutenlang nicht aus seinen Fängen. Heute allerdings stürzte sich mein Hirn auf den ersten Teil seiner Antwort. Er konnte sich nicht erinnern. Genau wie ich. Wir waren eben viel zu klein gewesen, um irgendwelche Erinnerungen zu haben. Oder ... ach nichts. Wir waren zu klein gewesen.

»Ich muss ins Bett«, sagte er.

Ich nickte. Ich bereute ein bisschen, ihm das Mom-Thema aufgenötigt zu haben. Das war der Grund, warum ich es normalerweise nicht aufbrachte. Es konnte sogar Gage traurig machen. Ich wünschte, ich hätte die Choco Krispies gar nicht erst angerührt, denn jetzt hatte ich das Gefühl, sie aufessen zu müssen. Und anstelle des Glücksgefühls, das ich nach dem Gespräch mit Braden verspürt hatte, hatte ich jetzt Bauchschmerzen. Gage zögerte, holte Luft, als wollte er etwas sagen, aber dann stockte er. Ich hielt erwartungsvoll den Atem an, doch gleich darauf wanderte sein Blick zur Hintertür. Ich befürchtete, er würde zwei und zwei zusammenzählen und Braden und mir auf die Schliche kommen. Also tat ich das Einzige, was mir einfiel: Ich feuerte einen Löffel Choco Krispies in seine Richtung.

Der Samstagmorgen kam, sehr zum Elend meines Magens. So nervös hatte er das letzte Mal geflattert, als ich mich in der neunten Klasse für das Basketballteam beworben hatte. Ich wusste, dass ich mich vor dem Mittagessen mit Amber und ihren Freundinnen nicht noch einmal drücken konnte. Aber wenn ich mitging, würden sie herausfinden, was für eine Heuchlerin ich war. Dass ich nicht die geringste Ahnung von den Themen hatte, über die sie sich unterhalten wollten. Mädchen wie sie ließen mich in der Schule links liegen. Zugegeben, ich hatte um mich herum selbst eine schier unüberwindliche Mauer aus meinen Brüdern auf der einen Seite und meinen Teamkameradinnen auf der anderen errichtet, aber Mädchen wie Amber und Mädchen wie ich passten nicht wirklich zusammen. Wir hatten nichts gemeinsam. Dementsprechend freute ich mich auch nicht gerade darauf. Ich zog ein paar meiner »süßen« Klamotten aus der hintersten Ecke meines Kleiderschranks und stopfte sie in meinen Rucksack, um mich bei der Arbeit umziehen zu können.

»Charlie, kann ich mal kurz mit dir reden?«, rief mein Dad aus der Küche, als ich schon auf dem Weg zur Tür war.

»Klar.« Ich schwenkte herum, ging zurück und steckte meinen Kopf durch die Küchentür. Eine kleine Welle der Panik schwappte über mich hinweg, weil ich befürchtete, dass Gage Dad von meinen Gartenausflügen um ein Uhr nachts erzählt hatte. Aber dann fiel mir ein, dass ich hier von Gage sprach. Er würde mich nie verpetzten.

»Du hast hart gearbeitet«, sagte mein Dad und zeigte auf den Barhocker vor ihm.

Ich setzte mich. »Ja, kann schon sein.«

»Ich denke, wir haben beide etwas daraus gelernt. Ich weiß, dass dein Basketballcamp bald anfängt.«

Ich nickte. Vier Wochen. Und ich hatte mich bereits gefragt, ob ich würde kämpfen müssen, damit er mich gehen ließ.

»Hast du genug verdient, um deinen letzten Strafzettel abzubezahlen?«

»Ja.«

»Warum lässt du es dann nicht langsam angehen, bis das Camp anfängt?«

»Ich muss nicht mehr arbeiten?«

»Nein.«

Ich lächelte, froh, meine Sommerferien zurückzuhaben, aber dann tauchte Lindas Gesicht vor meinem inneren Auge auf und ich bekam ein schlechtes Gewissen. »Ich kann nicht einfach so aufhören. Ich sollte meiner Chefin vielleicht ein paar Wochen geben, bevor ich gehe.«

»Das wäre sehr verantwortungsbewusst von dir.«

Genau das wollte ich aber gar nicht sein. Am liebsten hätte ich auf der Stelle gekündigt. Bevor ich heute mit den Mädchen, mit denen ich nichts gemeinsam hatte, Mittagessen gehen musste. »Okay, danke Dad. Äh ... ich komme heute ein bisschen später nach Hause.«

»Musst du länger arbeiten?«

»Nein ... ich wollte danach mit jemandem von der Arbeit ausgehen ... wenn das okay ist.«

»Kenne ich ihn?«

»Oh, es ist eine Sie. Wir wollten nach der Arbeit mit ein paar Mädels abhängen.«

Mein Dad warf mir einen verwirrten Blick zu, der mein angeschlagenes Selbstbewusstsein nicht gerade aufrichtete. »Und was habt ihr vor?«

»Na ja, was Mädchen so machen.«

Er lachte. »Du hast keine Ahnung, was das ist, oder?«

»Klar weiß ich das ... so ungefähr.«

»Na ja, versuch wenigstens so zu tun, als würde es dir Spaß machen.«

»Danke.« Ich rutschte vom Hocker.

»Was hast du da in der Tasche?« Mein Dad zeigte auf den Rucksack, der über meiner Schulter hing.

»Äh ... ist bloß ... Mädchenkram. Du weißt schon.«

Er runzelte einen Moment die Stirn, dann wurden seine Augen groß. »Ach so. Richtig. Das hast du im Griff? Alles okay?«

Ich verkniff mir ein Lachen. »Yup. Alles bestens.« Wie mein Dad an jenem Schicksalstag vor vier Jahren versucht hatte, mir die Periode zu erklären, war eine Erfahrung, die ich nie vergessen würde. Er hatte wie ein Biobuch geklungen. Er hatte sich durch den theoretischen Teil gequält, mir dann eine Packung Binden in die Hände gedrückt und mich damit stehen gelassen. Die Gebrauchsanweisung hatte ich mir selbst durchlesen müssen.

Ich verließ die Küche und ging durchs Wohnzimmer. Auf meinem Weg zur Haustür hinaus stieß ich mit Braden zusammen, der gerade hereinkam.

»Mist«, ächzte ich und fiel hintenüber.

Er packte meine Arme, um mich aufzufangen. Das war etwas, das er vor unseren Unterhaltungen am Zaun nie getan hätte. Er hätte mich ungerührt auf den Hintern fallen lassen, woraufhin ich versucht hätte, ihm die Beine wegzuziehen. Unsere Blicke trafen sich für den Bruchteil einer Sekunde und er ließ mich schnell wieder los. Als hätte er gemerkt, dass er ein ungeschriebenes Gesetz gebrochen hatte, packte er mich beim Arm, bückte sich und warf mich über seine Schulter.

Er marschierte mit mir zum Sofa und ließ mich dann kurzerhand auf den Rücken plumpsen. »Bitte schön. Wenn du schon auf deinen *Popo* fallen musst«, sagte er und zwinkerte mir bei dem Wort zu, »such dir einen besseren Platz dafür aus.«

Ich handelte instinktiv. Meine Hand schnellte vor und ich packte ihn am Handgelenk, bevor er sich davonmachen konnte. An dieser Stelle hätte ich ihm normalerweise einen Tritt gegen den Brustkorb verpasst oder ihm den Kopf in den Bauch gerammt und mich dann als Siegerin gefühlt. Stattdessen ließ mich mein Instinkt im Stich und ich blieb starr auf dem Rücken liegen, während ich weiter sein Handgelenk festhielt. Seine Hand war kräftig und vertraut. Seine Haut war heller als meine und ich betrachtete meine Finger, wie sie sich vor seinem Unterarm abhoben. *Loslassen,* brüllte es in meinem Kopf, *das hier ist Braden, Gages bester Freund,* aber meine Hand wollte partout nicht aufgehen.

Ein verwirrter Ausdruck erschien auf seinen Zügen, dann wurden sie weich. Fast sah es aus, als wollte er sich zu mir vorbeugen. Stattdessen biss er die Zähne zusammen und rammte seinen Ellenbogen in meine Magengrube. Der Stoß war nicht sonderlich heftig, kam aber so unerwartet, dass es mir für einen Moment den Atem verschlug. Keuchend schnappte ich nach Luft und ein Gefühl der Erleichterung strömte durch meinen Körper.

»Das macht dann wohl zwei zu null, Schwester«, sagte er, nur wenige Zentimeter von meinem Gesicht entfernt, dann stand er auf und ging.

Was war bloß los mit mir? Insgeheim dankte ich ihm, dass er mich *Schwester* genannt hatte. Das erinnerte mich an unsere gemeinsame Vorgeschichte. Unsere jahrelange Vorgeschichte. Ich ballte meine Hand und öffnete sie wieder. Sie fühlte sich heiß an. Jeder Zentimeter von mir fühlte sich heiß an. Ich musste dringend dafür sorgen, dass ich nicht mehr so auf Braden reagierte, wie ich es in letzter Zeit tat. Wir waren Freunde. Zu enge Freunde, um je diesen bescheuerten neuen Reaktionen auf den Grund zu gehen und zu riskieren, ihn für immer zu verlieren. Ich stand auf und rannte praktisch aus dem Haus.

Ich hatte gedacht, das letzte Mal sei schon schlimm gewesen, aber im Vergleich dazu war dieses Mal die reinste Folter. Zwei Stunden! Diesmal schaute ich auf die Uhr. Wie konnte jemand zwei Stunden damit verbringen, mein Gesicht zu bearbeiten? Zugegeben, es gab jede Menge Fragen und es war auch sehr viel mehr Make-up im Spiel. Ich konnte meine Wimpern sehen, wenn ich blinzelte. Ein seltsames Gefühl. Aber zwei Stunden? In derselben Zeit hätte ich ein ganzes Basketballspiel bestreiten können, mit Time-outs, Halbzeitpause, Freiwürfen und allem Drum und Dran.

Als das Seminar vorbei war, gesellten sich Ambers Freundinnen von letzter Woche zu uns.

»Ich gehe mein Gesicht waschen«, sagte ich und zeigte nach hinten. Vielleicht würden sie mich ja vergessen und verschwinden, während ich hinten war.

»Kommt gar nicht infrage. Wir werden da wie die Schönheitsköniginnen rausgehen, die wir sind«, verkündete Amber und nahm mich beim Arm. »Du siehst umwerfend aus. Lass die Finger von meinem Kunstwerk.«

Oder auch nicht.

16.

Wir saßen in einer Ecke des Cafés, nippten an unseren eisgekühlten Getränken und unterhielten uns. Na ja, Amber, die Olympia-Schnellsprecherin, bestritt den größten Teil der Unterhaltung, aber ich hatte überraschend viel Spaß. Und das nicht bloß, weil im Fernseher oben in der Ecke ein Spiel der Cubs lief. Wir redeten über die letzten Bücher, die wir gelesen hatten, und die Schulfächer, mit denen wir zu kämpfen hatten (für mich war das Mathe). Tatsächlich konnte ich zu diesen Gesprächen sogar etwas beitragen. Vielleicht waren sie ja gar nicht so anders als meine Teamkameradinnen und ich. Dann kam das Thema Jungs auf.

»Ich schwör's, die können an nichts anderes denken als an Essen und Sex«, sagte Savannah.

Ich lachte. »Nein. Das stimmt nicht. Ich hab drei Brüder. Tatsächlich haben die auch anderes im Kopf.«

»Was denn zum Beispiel?«

»Alles Mögliche. Vor ein paar Tagen hat mein Bruder Nathan ganze zehn Minuten gebraucht, bis er sich getraut hat, ein Mädchen anzurufen.«

»Wieso das denn?«

»Weil er unsicher war und sich bis ins kleinste Detail ausmalen musste, was alles hätte schiefgehen können. Und mein Bruder Gage verbirgt seine wahren Gefühle hinter seinem Humor. Und Jerom macht sich ständig über alles Sorgen.«

Amber lächelte. »Super. Ab sofort ist Charlie unsere Typen-Dolmetscherin.«

»Also, ich weiß ja nicht, ob ich schon reif für einen Titel oder so bin.«

»Wo wir gerade beim Thema sind – den Tisch da drüben kann ich echt nicht länger ignorieren«, sagte Amber.

»Ich weiß«, stimmte Savannah zu, »die glotzen uns schon die ganze Zeit an.«

»Ich dachte, wir wollten so tun, als gäbe es sie gar nicht«, fügte Antonia hinzu.

»Wer? Was?«, fragte ich.

Sie lachten. »Die Typen da drüben«, erklärte Amber.

»Okay, die haben mitbekommen, dass wir sie bemerkt haben«, vermeldete Savannah. »Ich gebe ihnen zwei Minuten, bis sie zu uns rüberkommen.«

»Zwei Minuten sind ziemlich großzügig«, warf Antonia ein.

Ich hatte immer noch nicht hingesehen. Was, wenn es Freunde meiner Brüder waren?

»Seht ihr, hab ich's doch gesagt«, meinte Antonia.

Diesmal schaute ich hin und sah einen Typen auf uns zukommen. Unterwegs griff er sich einen Stuhl an der Lehne und schleifte ihn neben sich her an unseren Tisch. Dann setzte er sich. Ich kannte ihn nicht. Schon mal eine Erleichterung.

»Kann ich helfen?«, fragte Amber kühl und professionell.

»Wir wollten fragen, ob die Damen sich zu uns setzen wollen.«

»Tut mir leid, Mädelsrunde«, sagte Amber. »Was logischerweise bedeutet: nur Mädchen erlaubt.«

Ich fragte mich, ob Amber und die anderen ständig so angebaggert wurden. Für mich war es das erste Mal, dass ich das ganze Spiel aus dieser Perspektive miterlebte, und ich fand es ziemlich amüsant. Ich verkniff mir ein Lachen und wartete darauf, was für einen Spruch er bringen würde. Vermutlich hätte ich ihm ein paar Tipps geben können. Meine Brüder waren Experten. Im Moment machte er einen auf

Gage. Gage konnte sich nie zurückhalten. Er musste gleich volles Risiko gehen, selbst wenn Jerom und Braden ihm sagten, er sollte mal ein bisschen runterschrauben.

Ich fragte mich, auf wen von uns er es abgesehen hatte. Wahrscheinlich Amber. Mit ihrem typischen Barbiepuppen-Look war sie die Hübscheste in unserer Gruppe: blonde Haare, blaue Augen, perfekte Zähne, braun gebrannt. Oder vielleicht Antonia; sie hatte diesen wunderschönen mokkafarbenen Hautton.

Er verschränkte die Arme vor der Brust. »Ach so, ich sehe schon. Dann hättet ihr wohl besser mal ein Schild mit ›Jungs verboten‹ aufhängen sollen.«

Ich musste kurz auflachen. Er hätte nicht schon so früh die Verletztes-Ego-Karte spielen sollen. Damit konnte er bei niemandem landen. Er hätte lieber irgendetwas in der Art wie *Ich kann mich in einer Mädelsrunde behaupten, stellt mich auf die Probe* bringen sollen. Vielleicht hätten mich die anderen eher zur Moderatorin küren sollen als zur Dolmetscherin. Ich beschloss, ihm zu helfen, denn er brauchte ganz klar Unterstützung. Und er war eigentlich ganz süß, nur ein bisschen hilflos.

»Ich wette, er würde ohne Probleme in unsere Mädelsrunde hineinpassen«, sagte ich und alle Blicke richteten sich auf mich.

»Aber so was von«, zog er mit und ein Lächeln erhellte sein Gesicht.

»Was haltet ihr von einem Test? Vier Fragen, die jedes Mädchen beantworten könnte. Jede eine. Wenn du sie richtig beantwortest, geben wir dir eine halbe Stunde.«

Amber lächelte. Ihr schien das Spiel zu gefallen.

»Ich fange an«, verkündete ich. »Nenne vier Make-up-Artikel.«

Die Mädchen winkten verächtlich ab. »Zu leicht.«

»Für ein Mädchen«, widersprach er. Ich stimmte ihm zu. Ich glaubte nicht, dass meine Brüder auch nur zwei hätten benennen können.

Er sah auf und biss sich auf die Lippe. »Okay, äh, das schwarze Zeug da, das du auf deinen Wimpern hast.«

»Die richtigen Namen«, forderte ich.

»Moment, ich muss nachdenken.« Er knallte mit der Hand auf den Tisch. »Mascara?«

»Gut.«

»Dann gibt's« – er zeigte auf seine Lippen – »Lippenstift.«

»Das sind zwei.«

»Wangenfarbe.«

Amber lachte. »Ist das deine endgültige Antwort?«

»Nein. Das Zeug heißt ...« Die anderen Jungs kamen näher. »Dieses Zeug für die Wangen, Leute«, sagte er. »Wie nennt man das?«

»Keine Hilfe von deinen Freunden«, mahnte Antonia.

»Vielleicht sollten wir ihnen erlauben, ihren Grips zusammenzutun«, schlug ich vor. Schon allein deshalb, weil einer der Jungs, die rübergekommen waren, ziemlich heiß war und ich nichts dagegen hatte, wenn er eine Weile bleiben würde. Sie steckten für eine Minute ihre Köpfe zusammen, flüsterten und Amber kicherte. »Das macht Spaß«, sagte sie. Während die Jungen sich berieten, schaute ich auf dem Fernseher nach dem Spielstand.

»Okay, wir haben die Antwort«, verkündete unser Kandidat. »Rouge.«

»Sehr gut. Das sind drei. Einer noch.«

»Hattest du schon Mascara?«, fragte der attraktive Typ.

»Ja, und Lippenstift.«

»Gibt es überhaupt noch mehr?«, fragte der dritte. Er hatte rote Haare.

»Viel mehr«, versicherte ihm Amber.

Der erste Typ schnippte mit den Fingern. »Oh, wartet, was ist mit diesem braunen Zeug, das sie benutzen, um ihre Pickel und so zu übermalen?«

Antonia schnappte entrüstet nach Luft und ich lachte. »Und wie heißt das?«

»Keine Ahnung.«

Der attraktive Typ musterte mich für einen Moment und ich rutschte verlegen auf meinem Platz hin und her. »Wie heißt das Zeug auf den Augenlidern?«, fragte er. Ich hätte beinahe vergessen, dass ich Zeug auf meinen Augenlidern hatte. Dass ich Zeug im ganzen Gesicht hatte.

»Irgendetwas mit Schatten ... Lidschatten!«, brüllte der erste Junge. »Bestanden.«

»Ihr habt noch drei weitere Fragen und das hier war die einfache«, kündigte Amber an.

»Schieß los.«

Der Rothaarige holte sich einen weiteren Stuhl. Sie waren zu dritt und wir zu viert. Wie sollte das funktionieren, fragte ich mich, wenn wir so ungleich verteilt waren? Mr Sexy hatte sich in die Nische neben mich gestellt, und weil ich am Ende der Bank saß, rutschte ich zur Seite und bot ihm an, sich neben mich zu setzen. Er nahm an. Er roch wirklich gut, nach Kirsch-Labello und irgendwie frisch ... vielleicht Waschpulver.

»Ich bin dran«, sagte Amber. »Nennt zwei Hochsteckfrisuren.«

»Hochsteckfrisuren?«, fragte der erste Junge.

»Ja, Frisuren, bei denen man seine Haare hochsteckt, anstatt sie offen zu tragen.«

»Pferdeschwanz«, sagte der Rothaarige.

»Okay, das lasse ich gelten. Eine noch.«

»Wie nennt man dieses gezwirbelte Ding?«, fragte der erste.

Alle zuckten mit den Schultern. Ich hatte auch keine Ahnung, wie man das nannte. Es war traurig, dass ich ihren Gedankengängen leichter folgen konnte als denen der Mädchen, die selbstgefällig kicherten.

»Was ist mit diesem Bibliothekarinnendingsda?«

»Ein Dutt. Ganz klar ein Dutt. Nächste Frage.«

Antonias Frage kam wie aus der Pistole geschossen, als hätte sie sich die schon ausgedacht, als ich das Spiel angekündigt hatte. »Wie nennt man diese fast durchsichtige zweite Haut, die wir wie Hosen an den Beinen tragen?«

»Nylonstrumpfhose«, antwortete der Rothaarige wie aus der Pistole geschossen.

Die anderen zwei sahen ihn an und stöhnten.

»Was?«, fragte er. »Ich bin in der Theater-AG.«

»Dann solltest du alle Antworten kennen.«

»Was weiß ich.«

»Okay, letzte Frage«, sagte der erste Junge und schaute Savannah an. Sie spitzte die Lippen, als versuchte sie, auf etwas zu kommen, das die Jungs nie erraten würden. Dann leuchteten ihre Augen auf. »Wer hat *Stolz und Vorurteil* geschrieben?«

Alle wurden auf der Stelle still.

»Hilf mir mal«, bat der Typ neben mir im Flüsterton.

»Ich habe keine Ahnung«, gestand ich.

»Sollten nicht auch alle Mädchen in der Gruppe die Frage beantworten können?«, fragte er laut und lieferte mich ans Messer.

»Ich kann dir versichern, dass jedes Mädchen die Antwort auf diese Frage weiß.«

Ich versuchte, Amber mit Blicken zu verstehen zu geben, dass sie nicht einfach solche Versprechen in den Raum stellen konnte.

»Wenn nicht, wenn ihr sie nicht alle beantworten könnt, gewinnen wir dann automatisch?«

»Du bist echt ein ausgefuchster Mistkerl«, sagte ich. Er lächelte und seine Augen blitzten dabei auf.

»Ja, okay.« Amber stimmte den geänderten Regeln zu.

Ich hob beschämt die Hand. »Ich weiß die Antwort nicht.«

Die Jungs jubelten. Savannah schnaubte entnervt, wenngleich ihr anzusehen war, dass sie es nicht allzu ernst meinte, und bombardierte mich mit einer zerknüllten Serviette.

»Tut mir leid«, sagte ich und hob die Hände, um die anderen Servietten abzuwehren, die in meine Richtung flogen.

»Na gut, was haben wir gewonnen?«, fragte der attraktive Typ.

»Wir dürfen dreißig Minuten bleiben«, antwortete der erste Junge. »Eigentlich wollten sie uns nicht mal den kleinen Finger reichen.«

Der attraktive Typ schaute mir in die Augen. »Und jetzt reicht ihr ihn uns?« Mein Herz machte einen Hüpfer.

»Anscheinend.«

»Was beinhaltet denn dieser kleine Finger?«

Ich zuckte mit den Schultern.

»Ihre Namen, definitiv die Namen«, sagte der erste Typ. »Und Telefonnummern«, fügte er wie aus einer Laune heraus hinzu.

»Kommt gar nicht infrage. Ihr habt euch eine halbe Stunde verdient ... und unsere Namen. Ich heiße Amber.«

»Ich bin Dustin«, stellte sich der erste Junge vor. Dustin hatte weiche blonde Haare, die ihm ins Gesicht fielen, und ein paar vereinzelte Sommersprossen auf der Nase. Er erinnerte mich an jemanden, mit dem ich vor ein paar Jahren mal Softball gespielt hatte.

»Antonia«, sagte Antonia und winkte kurz.

»Savannah.«

Ich nickte einmal kurz. »Charlie.«

Der Rothaarige winkte. »Ich heiße Luke und ...«

Er zeigte auf den attraktiven Typen, der neben mir saß, doch bevor er dessen Namen aussprechen konnte, sah dieser mich direkt an und sagte: »Ich heiße Evan.« Evan hatte wunderschöne olivenfarbene Haut und dunkelbraune Augen.

»Und was haben die Damen heute Morgen so gemacht?«, fragte Dustin und ich richtete meine Aufmerksamkeit von Evan wieder auf ihn.

»Ein Make-up-Seminar«, antwortete Amber, während ich gleichzeitig sagte: »Arbeit.« Diesen Typen wollte ich nicht erzählen, was wir gemacht hatten. Es war mir peinlich. Wenn ich sie davon hätte überzeugen können, dass wir mit unseren vollgespachtelten Gesichtern Fußball gespielt hatten, hätte ich es vielleicht damit versucht.

»Wir arbeiten mit Make-up«, sprang Antonia für mich ein.

Ich brauchte eine Sekunde, bis bei mir ankam, dass das hier irgendwelche Jungs waren und nicht meine Freunde. Typen, die versuchten, uns anzubaggern, und uns nicht fragen wollten, ob wir Lust auf ein spontanes Fußballspiel mit ihnen hätten. Sie hatten nicht vor, sich über mich lustig zu machen.

»Genau, das meinte ich ja«, sagte ich. Das brachte jede Menge Fragen auf, was genau wir eigentlich machten. Mein Blick schweifte immer wieder zum Spiel auf dem Fernseher, während die Jungs die dämlichsten Fragen stellten, die man sich vorstellen konnte. Bei den Cubs war der erste Spieler ausgeschieden und sie waren in der zweiten Hälfte des neunten Innings. Ich stöhnte auf, als Castillo den dritten Strike warf und damit nur noch eine Chance zum Punkten blieb. Und alle wussten, dass Borbon keine weiten Bälle schlagen konnte. Die meisten Leute in der Gegend hier waren Giant-Fans, aber wir waren mit Haut und Haar Anhänger der Oakland Ahtletics und aus diesem Grund fieberte ich für die Cubs mit.

»Das ist ihre letzte Chance zu punkten«, erklärte Evan und zeigte auf den Bildschirm. »Sie hatten schon zwei Outs.«

Beinahe hätte ich gesagt: »Ach nee!« Aber ich biss mir auf die Zunge. Jeroms Stimme hallte durch meinen Kopf: *Ist es denn so schwer, einem Jungen ab und zu mal das Gefühl zu geben, sich nützlich zu machen?* Also nickte ich bloß, weil ich mich nicht überwinden konnte, ihn zu bitten: »Oh bitte, erklär mir das doch näher.« Aber aus irgendeinem Grund glaubte er, dass ich genau das wollte, denn er fing an, mir das Spiel in einer Fassung für Blöde zu erläutern: »Wenn die Typen in den weißen Shirts diesen Ball über den Zaun kriegen, dann sind sie sichere Kandidaten für die Finalrunde.« Beinahe hätte ich gesagt: »In Wirklichkeit sind sie dieses Jahr meilenweit entfernt von den Play-offs, aber wenigstens könnten sie damit ihre Serie von drei Niederlagen in Folge beenden, um wieder ein bisschen Würde und Selbstbewusstsein aufzutanken.« Aber auch das hätte wohl nicht dazu beigetragen, dass er sich sonderlich nützlich gefühlt hätte.

»Hier, jetzt sagt der Coach dem Pitcher, wie er werfen soll.« Die Kamera war auf den Trainer gerichtet.

Ich wusste ganz sicher, dass Posey, der Catcher der Giants, derjenige war, der das Spiel bestimmte. Und selbst wenn der Manager die Würfe bestimmte, wie viele es taten, würde er dem Catcher Anweisungen geben und nicht dem Pitcher. Es brachte mich um, ihn nicht zu korrigieren, aber meine Brüder wären furchtbar stolz auf mich gewesen, dass ich es mir verkniff. Allerdings hatte ich einen leichten Salzgeschmack auf der Zunge, weil ich die Zähne so sehr zusammenbiss.

»Guckst du gerne Baseball?«, fragte Evan.

»Ja.«

»Mein Dad hat vier Saisonkarten für die Oakland Athletics. Wenn du Lust hast, können wir uns ja mal zusammen ein Spiel ansehen. Du kannst auch gerne noch jemanden mitbringen.«

Ich versuchte die jähe Freude, die in mir aufstieg, im Zaum zu halten. »Ja, ich kenne jemanden, der dich auf immer und ewig lieben würde, wenn du uns mitnimmst«, sagte ich und malte mir aus, was ich danach alles bei Braden guthätte. Dann kam mir ganz plötzlich in den Sinn, dass Evan wahrscheinlich eine meiner Freundinnen meinte, die mit am Tisch saßen, und nicht einen meiner Freunde.

»Ja?«

Ich verschränkte meine Arme vor der Brust, weil ich gemerkt hatte, dass ich mich vor lauter Aufregung an der Tischkante festkrallte. »Äh, ich meine, ja, bestimmt kann ich eine Freundin finden, die mitkommen will.«

Er nahm sich eine Serviette aus dem Serviettenhalter. »Wenn du mir deine Nummer gibst, können wir das ja mal in Ruhe organisieren.«

Ich diktierte ihm meine Telefonnummer. Er schrieb sie sich auf und steckte sie dann in die Tasche seiner Jeans. Amber warf mir einen schiefen Blick zu, mit dem sie mir wohl zu verstehen geben wollte, dass ich sie zu bereitwillig rausgerückt hatte. Aber sie war zu sehr mit Reden beschäftigt, um mitzubekommen, dass ich gerade eben Tickets für ein Spiel der Athletics ergattert hatte. Sicher, ich musste mit Mr Ich-werde-dich-mit-meinem-mittelmäßigen-Baseballwissen-beglücken hingehen, aber wenn man bedachte, wie attraktiv und nett er war, war das definitiv ein Opfer, das ich gewillt war zu bringen.

17.

Es war Mitternacht. Ich ging nicht davon aus, dass Evan um Mitternacht anrufen würde, aber ich saß trotzdem in meinem Zimmer am Schreibtisch und starrte ausdauernd auf mein Handy. Statt alle Kontrolle aus den Händen zu geben, hätte ich mir lieber seine Nummer geben lassen sollen. Ich rieb meine Augen, die inzwischen abgeschminkt waren, und fragte mich, ob Evan immer noch meine Telefonnummer hätte haben wollen, wenn er mich jetzt hätte sehen können: Jogginghose, verknotete Haare, müde Augen und so weiter.

Mein Handy piepte und ich zuckte zusammen.

Bist du wach? Es war Braden.

Ich rieb meine Arme, auf denen plötzlich eine Gänsehaut kribbelte. *Ja.* Ich knipste meine Schreibtischlampe aus, hielt mir still und leise vor, dass ich sie überhaupt nur wegen Braden angelassen hatte, und machte mich dann auf den Weg nach draußen.

»Wo hast du denn heute den ganzen Tag gesteckt?«, fragte Braden von der anderen Seite des Zauns.

»Ich musste arbeiten.« Wenn es irgendwen gab, dem ich von meinem Make-up-Seminar hätte erzählen wollen, dann wäre es Braden gewesen – aber ich wollte es niemandem erzählen.

»Den ganzen Tag?«

»Hinterher waren wir noch was trinken.«

»Echt?« Die Verblüffung in seiner Stimme machte mir

klar, dass er von einem Date ausging. »Nein, mit ein paar Mädels«, sagte ich schnell.

»Ach ja?« Er klang noch überraschter als vorher.

Ich lachte. »Ja. Und es war schräg.«

»Warum?«

»Na ja, ich dachte, dass sie mich vielleicht nicht mögen würden, aber sie mochten mich.«

»Warum sollten sie dich nicht mögen?«

»Weil ich nichts über Shopping weiß oder Frisuren oder was weiß ich.«

Er lachte. »Und du glaubst, dass das alles ist, was Mädchen interessiert?«

»Keine Ahnung. Vielleicht bin ich davon ausgegangen, dass normale Mädchen so etwas mögen.« Ich hatte diesbezüglich keinen Vergleich.

»Was meinst du mit ›normale Mädchen‹?«

»Mädchen, die keinen Sport treiben. Die Mädchen, mit denen ich mich sonst treffe, sind wie ich. Groß und klobig«, fügte ich scherzhaft hinzu, um die Stimmung zu heben, die plötzlich gedrückter zu sein schien, als mir lieb war.

»Du bist weder groß noch klobig, Charlie. Du bist hochgewachsen und durchtrainiert. Das ist ein Riesenunterschied. Und vielleicht bist du ja die Normale und diese anderen Mädchen sind *unnormal.«*

Ich lachte, als ich dabei an Amber dachte – der Inbegriff eines jeden Jungstraums. »Was weiß denn ich. Es macht mir nichts aus. So hab ich mich heute nun mal gefühlt. Schräg.« Aber nicht unbedingt schlecht. Eigentlich mochte ich Amber und das war vielleicht auch schräg. »Und du? Was hast du heute gemacht?«

»Ich hab mir ein altes Basketballspiel angeschaut.«

»Igitt. Die hasse ich.«

»Ich weiß.«

Ich lächelte. Es hatte etwas Tröstliches zu wissen, dass Braden mich so gut kannte. Vielleicht lag das daran, dass ich gerade mit Leuten zusammen gewesen war, die mich überhaupt nicht kannten. »Wirklich? Das wusstest du?«

»Ja. Du hasst sie, weil du schon weißt, wer gewinnt. Aber manchmal macht es auch Spaß, sich ein Spiel anzuschauen, wenn bereits feststeht, wer gewinnt.«

»Wo bleibt denn da die Spannung?« Ich biss mir auf die Lippe, die immer noch ein Lächeln umspielte. »Mit Michael Jordan?«

»Na klar.« Ich bildete mir ein, dass ich ein Lächeln in seiner Stimme hörte. Vielleicht machte es ihn ja auch glücklich, dass ich ihn so gut kannte.

»Es ist einfach atemberaubend, ihm zuzuschauen. Diese spektakulären Korbleger.« Ich legte meine Hand aufs Herz, auch wenn er mich nicht sehen konnte.

»Und das sind die Dinge, die ein normales Mädchen wissen sollte«, sagte er.

Ich lachte. »In deinen Träumen.«

»Denen sollte ich mich dann wohl mal hingeben.« Er stand ächzend auf. »Gute Nacht, Charlie.«

»Waren das dann unsere Fakten für heute Nacht?«

»Klar. Aber wenn du noch eine Tatsache über dich haben willst: Du schnarchst.«

Ich schnappte nach Luft. »Was?«

»Gages Zimmer liegt direkt neben deinem. Ich glaube, ich schenke dir mal so eine Antischnarchmaske zum Geburtstag.«

»Antischnarchmaske?«

»Na, du weißt schon, so einen Apparat mit einer Maske, die du nachts trägst, und das hält dich vom Schnarchen ab.«

Mir war klar, dass er Bewegungen mit der Hand machte, um die Maske zu beschreiben, und ich kniff die Lippen zusammen, um nicht loszuprusten. »Ich hab keine Ahnung, wovon du sprichst.«

»Du weißt genau, wovon ich spreche.«

Ich lachte. Natürlich wusste ich es. »Na schön, du sabberst im Schlaf.«

»Nur, wenn ich richtig müde bin.«

»Ich glaube, ich schenke dir eine Antisabbermaske. Das ist ein Apparat mit so einer Maske und Riemen ...«

»Sehr witzig.«

»Finde ich auch.« Ich stand auf, klopfte meine Flanellschlafanzughose ab und machte ein paar Schritte rückwärts, meinen Blick weiterhin auf den Zaun gerichtet.

»Heute war langweilig«, sagte er. »Bitte arbeite nicht wieder den ganzen Tag.«

Mein Herz machte einen Hüpfer und ich rief es gewaltsam zur Ordnung. Er hatte bloß Ball spielen wollen oder so und keinen gefunden, mit dem er spielen konnte ... außer meinen Brüdern und allen anderen. »Gute Nacht, Braden.« Ich drehte mich herum, trabte in Richtung Haus und versuchte, mir das Lächeln zu verkneifen.

Nachdenklich starrte ich die Shirts auf der Stange an, bis deren Farben anfingen, vor meinen Augen ineinanderzufließen. Warum fiel es mir so schwer, Linda zu sagen, dass ich kündigen musste? Vielleicht, weil mir mein Job irgendwie gefiel. Er war entspannend. Die letzte Kundin hatte mir gesagt, dass es angenehm sei, mit mir im Laden einzukaufen, denn ich sei gelassen, habe sie nicht unter Druck gesetzt, sei aber gleichzeitig sehr hilfreich gewesen. So ein Lob hatte ich noch nie bekommen und es fühlte sich gut an.

»Könntest du die Schaufensterpuppe neu anziehen?«, fragte Linda.

»Gerne.« Ich drehte mich um und streckte meine Hand

aus, denn ich hatte erwartet, dass sie bereits Kleider bereithielt, die ich der Puppe anziehen sollte. Verwirrt stellte ich fest, dass dem nicht so war. »Womit?«

»Warum suchst du nicht etwas aus? Sie trägt schon seit ein paar Wochen dasselbe.«

»Sie möchten nicht wirklich, dass ich etwas aussuche.«

»Und ob ich das möchte.« Sie zeigte auf das Outfit, das ich trug. Ich hatte eines ihrer halb durchsichtigen seidigen Shirts, das sie mir aufgezwungen hatte, über ein Tanktop mit anderem Muster gezogen, das ich mir selbst ausgesucht hatte. Ich war mir nicht sicher gewesen, ob es zusammenpasste, aber ich fand, dass es nett aussah. Wollte sie mir gerade sagen, dass die Kombination grausam war? »Das machst du bestimmt sehr gut.«

Ich seufzte, dann machte ich mich daran, den Laden nach etwas Passendem abzusuchen. An der hinteren Wand entdeckte ich einen Rock mit Spitzenbesatz, den ich mit einem sommerlich aussehenden Shirt kombinierte. Während ich die Schaufensterpuppe auszog, sagte ich: »Linda, in den Sommerferien fahre ich immer für eine Woche ins Basketballcamp.«

»Wie nett. Ich wusste gar nicht, dass du Basketball spielst.«

»Ja. Tue ich. Und in ein paar Wochen geht es los.«

»Oh.« Sie holte ihre Handtasche, wühlte darin herum und brachte einen kleinen Terminkalender zum Vorschein. Sie blätterte durch die Seiten. »Wann genau?«

»Vom ersten bis zum achten August.«

Sie notierte sich etwas. »Klingt gut. Ich habe gleich eingetragen, dass du die Woche freihast.«

»Oh.« Ich hatte freibekommen. Der Gedanke gefiel mir noch besser. »Danke.« Ich knöpfte weiter die Bluse der Schaufensterpuppe auf.

»Du glaubst vielleicht nicht, dass du Stil hast, Charlie«,

sagte Linda und begutachtete die Kleidungsstücke, die ich auf dem Haken neben mir aufgehängt hatte, »aber diese Kombination ist alles andere als einfallslos. Du hast das Ganze nach dem Spitzenbesatz zusammengestellt, nicht nach den Farben. Das will viel heißen.«

Das Kompliment hätte mich nicht so stolz machen sollen. Wahrscheinlich hatte ich diese Kombination an einer Kundin gesehen oder was weiß ich.

»Hab ich dir schon erzählt, dass unser Umsatz um zehn Prozent gestiegen ist, seitdem wir das Make-up im Sortiment haben?«

»Nein, das ist toll.« Ich faltete die Kleidungsstücke zusammen, die ich der Puppe ausgezogen hatte, und streifte ihr das neue Shirt über den kopflosen Hals. Dann starrte ich den weißen Arm an, der sich nicht biegen ließ, und fragte mich, wie ich ihn in den Ärmel des Shirts hineinbekommen sollte.

»Ja, allerdings.« Linda verstaute ihre Handtasche wieder unter der Ladentheke.

»Äh ...« Ich versuchte, den Arm hochzudrehen. Er fiel ab und landete scheppernd auf dem Boden.

Linda blickte hoch und lachte, als sie mein Gesicht sah. »Der lässt sich problemlos wieder aufstecken. Das hast du schnell raus. Ich komme gleich wieder.« Und damit verschwand sie im hinteren Teil des Ladens und ließ mich mit einer einarmigen Schaufensterpuppe stehen.

Irgendwann kapierte ich, dass ich die Arme abnehmen musste, um das Shirt überzuziehen, aber ich hatte immer noch keine Ahnung, wie ich den Rock über ihren kurvigen Körper kriegen sollte. Zu guter Letzt legte ich die Puppe auf den Rücken, kniete mich neben sie und ruckelte den Spitzenrock millimeterweise an ihren Beinen hoch.

So fand mich Skye, als sie in den Laden kam. »Hey, Charlie.«

»Hi. Linda ist hinten.«

Wir beiden sahen auf die halb angezogene Puppe auf dem Boden. Dann schauten wir uns wieder an. Skye lachte.

»Irgendwelche Tipps, wie man Schaufensterpuppen anzieht?«

»Kurioserweise habe ich das noch nie gemacht.« Sie trat einen Schritt vor, packte die Puppe an den Beinen und versuchte, sie zusammenzudrücken. »Oh. Die lassen sich nicht bewegen.«

»Genau.«

»Hier. Ich halte sie am Hals fest und du ziehst ihr den Rock über.«

»Das fühlt sich so falsch an«, sagte ich, als wir beide unsere Positionen einnahmen.

»Sie hat keinen Kopf, sie weiß also nicht, dass wir uns an ihr vergreifen.«

Ich lachte und endlich gelang es mir, den Rock bis zur Taille der Puppe hochzuziehen. Wir hievten sie wieder auf ihre Füße und musterten sie eingehend.

Skye legte den Kopf schräg. »Sind ihre Arme schief?« Sie versuchte, den rechten Arm nach oben zu biegen, und er fiel ab.

»Ich hab sie kaputtgemacht.«

»Nein, der lässt sich ganz leicht wieder anstecken.«

Skye schwenkte den Arm durch die Gegend und schlug mir mit der Hand der Puppe auf den Po.

»Hey, ich habe einen Kopf und mir ist vollauf bewusst, wenn man sich an mir vergreift.«

Sie lachte. Ich steckte den Arm wieder an und schob die Schaufensterpuppe ins Fenster, bevor wir noch mehr Schaden anrichteten.

»Danke, dass du mich gerettet hast.«

»Kein Problem.« Skye machte sich auf den Weg nach hinten zu Linda, blieb aber noch einmal stehen. »Ach ja, erinnerst du dich an die Band, von der ich dir erzählt habe? Die von meinem Freund Henry?«

»Ja.«

Sie zog einen Flyer aus ihrer Handtasche und zeigte auf das Bild einer platt gedrückten Kröte auf der Vorderseite. »Diesen Freitag. Einfach nur die Straße hoch. Vielleicht hast du Lust zu kommen.«

»Ja. Ich versuch's. Danke.«

»Kein Problem.« Ich schaute ihr nach, als sie ins Hinterzimmer ging, und fragte mich, worüber sie und Linda sich unterhielten. Wie war es möglich, dass die beiden irgendetwas gemeinsam hatten?

Das Geräusch von raschelndem Papier lenkte meinen Blick nach unten. Ich merkte, dass ich das Flugblatt fest umklammert hielt. Vielleicht sollte ich wirklich zu diesem Konzert gehen. Eigentlich war ich jemand, der lieber zu Sportveranstaltungen ging – nicht zu lauten Musikkonzerten. Wenigstens hatte ich das bisher immer geglaubt. Aber hier stand ich nun in diesem Laden, in diesen Klamotten, hörte das Lachen im Hinterzimmer und mir wurde klar, dass vielleicht mehr in mir steckte, als mir bewusst gewesen war.

18.

Nur weil ich beschlossen hatte, zum Konzert zu gehen, hieß das nicht, dass ich alleine gehen musste. Spontan hatte ich Amber angerufen und sie gefragt, ob sie mitkommen wollte. Von all meinen Bekannten war sie vermutlich am ehesten der Typ, der gerne auf Rockkonzerte ging.

Sie war auf dem Weg zu mir, aber ich versteckte mich immer noch in meinem Zimmer, gefangen durch den Lärm meiner Brüder im Erdgeschoss. Es hätte für mich ein Leichtes sein sollen, in den Klamotten, die ich schon wochenlang zur Arbeit trug, nach unten zu gehen und zu sagen, dass ich zu einem Konzert wollte. War es aber nicht. Sie hatten mich immer noch nicht so gesehen. Und ich kam mir wie eine Betrügerin vor. Als würde ich mir nur selbst etwas vormachen. Und das würden sie durchschauen.

Ihr Lachen drang bis in mein Zimmer, obwohl ich die Tür geschlossen hatte. Sie waren laut. Ich warf noch einmal einen prüfenden Blick auf mein Outfit – hautenge Jeans und dazu ein Top, das mehr von meinem Dekolleté sehen ließ, als ich gewohnt war. Meine Haare trug ich offen. Dank ein paar Tipps, die ich von Amber bekommen hatte, glänzten sie heute tatsächlich und sahen richtig schön füllig aus.

Ich straffte meine Schultern und ging zur Tür. Ich konnte das hier. Der Türgriff fühlte sich bleischwer in meiner Hand an, zu schwer, um sich drehen zu lassen. Normalerweise war eine Niederlage für mich keine Option, aber diesmal wusste ich, dass ich mich geschlagen geben musste. Ich ging zum Kleiderschrank, nahm ein weites Sweatshirt heraus und streifte es mir über den Kopf. Dann schnappte ich mir ein Haargummi von meinem Schreibtisch, band meine Haare in einen Pferdeschwanz und ging nach unten.

»Charlie!«, rief mir Gage schon auf dem Treppenabsatz entgegen. »Beeil dich, komm her. Ich hab gerade mit Braden gewettet, dass ich fünf Popcorn in weniger als dreißig Sekunden in deinen Mund werfen kann.«

»Was?«

»Stell dich dort drüben hin.« Er zeigte auf eine Stelle, drei Meter von ihm entfernt.

Ich warf einen Blick auf Braden, der auf dem Sofa saß, die Füße auf dem Couchtisch. Er verzog seinen Mund und lächelte schief. Wieso brachte mich sein Lächeln dazu, dass ich den Wunsch verspürte mitzumachen?

»Das schafft er nicht«, sagte Braden.

»Warum muss ich das Opfer bei dieser Wette spielen?«

Gage zuckte mit den Schultern. »Keine Ahnung. Braden meinte, so wäre es schwerer oder was weiß ich, und deshalb sollte ich dich runterholen. Ich war gerade dabei, dir eine SMS zu schreiben.«

Braden hatte also gewollt, dass ich runterkam. Ich warf ihm wieder einen Blick zu.

»Ich wollte keine Fettflecken in meinem Gesicht«, sagte er, aber über seine Wangen schien sich ein rosa Hauch zu ziehen. »Mach einfach den Mund auf. Es geht um viel Geld.«

Ich verdrehte die Augen. »Nein. Heute Abend hab ich keine Zeit für euch Deppen. Ich muss weg.«

»Wo willst du hin?«, fragte Gage.

Wenn es nur Braden gewesen wäre, hätte ich ihm vielleicht sogar erzählt, wo ich hinging. Aber Gages Fragen wuchsen mir im Moment über den Kopf. »Zur Arbeit. Inventur.« Es tat weh, ihn so anzulügen. Wir standen uns nahe. Normalerweise erzählte ich ihm alles.

»Euch noch viel Spaß.« Während ich mich in Bewegung setzte, überlegte ich kurz, mich einfach umzudrehen und ihnen zu sagen, dass ich auf ein Konzert wollte. Vielleicht wären sie sogar mitgekommen. Aber dann sagte Gage: »Braden, los, stell dich da drüben hin. Fünf Popcorn schaffe ich locker.«

»Willst du wirklich fünf Dollar verlieren?«

»Mach schon.«

Auf dem Weg zur Tür schaute ich über die Schulter und sah, wie Braden aufstand, um sich zur Zielscheibe von Gages Popcorn zu machen. Unsere Blicke trafen sich für eine Sekunde und normalerweise hätte ich irgendeinen Kommentar abgegeben: »Mit deiner großen Klappe hättest du dich lieber nicht auf diese Wette einlassen sollen.« Oder: »Popcorn in die Augen zu kriegen, muss lustig sein.« Ich starrte ihn aber nur an, bis mein Fuß an der Teppichkante hängen blieb. Ich stolperte und hätte mich beinahe hingelegt. Das schallende Gelächter hinter mir trieb mich förmlich aus der Tür.

Nachdem ich zu Amber in den Wagen gestiegen war, zog ich das Haargummi aus meinen Haaren, streifte das Sweatshirt über meinen Kopf und warf es nach hinten auf die Rückbank. Sie fuhr los.

»Du hast dich kaum geschminkt.«

Normalerweise schminkte ich mich nie. Aber heute Abend hatte ich eine Schicht Mascara aufgetragen und meinen Labello benutzt. Tue ich nie, hätte ich antworten sollen, aber stattdessen sagte ich: »Fürs volle Programm hatte ich keine Zeit mehr.«

»Hinten in meiner Tasche ist ein lila Köfferchen. Du kannst dir ruhig etwas ausleihen.« Sie streckte ihre Hand aus, klappte meine Sonnenblende nach unten und brachte einen Spiegel zum Vorschein.

Ein Bild flackerte vor meinem inneren Auge auf, wie ich auf dem Rücksitz saß und meiner Mom beim Schminken zusah. Sie drehte sich um und schaute mich an, ihr dunkler Haaransatz weiß im Sonnenlicht, und sie lächelte. Sie legte ihre Hand auf mein Knie und wandte sich dann wieder ihrem Make-up zu.

Die Erinnerung traf mich wie ein Schlag. Ich kniff die Augen zusammen und klappte die Sonnenblende wieder hoch. »Ich glaube, das reicht.«

»Okay. Oh, ich wollte dich fragen, ob du Modell für Antonia stehen könntest? Das Mädchen, das sie ursprünglich gefragt hat, ist abgesprungen und es ist ihr erster Kurs in dem Laden.« Sie klappte die Mittelkonsole auf und holte einen Prospekt heraus. »Ich hab ihr gesagt, dass du vielleicht aushelfen könntest. Ich würde es selbst machen, aber ich muss meine Cousine schminken. Sie heiratet diesen Sonntag.«

Ich holte tief Luft, um die Erinnerung abzuschütteln, und starrte auf den Prospekt, jedoch ohne irgendetwas zu sehen. »Wann denn?«

»Am Nachmittag, glaub ich. Steht das nicht im Prospekt?«

Stand es. »Kein Problem. Ich muss morgens in die Kirche, aber um elf sind wir fertig. Das müsste also gehen.«

»Danke. Sie wird so erleichtert sein.«

Amber fand einen Parkplatz am Straßenrand und wir stiegen aus. Die Musik dröhnte aus dem Gebäude in die Nachtluft, bevor wir überhaupt die Tür erreicht hatten. Der Club war gerammelt voll und die Energie all dieser Menschen schlug mir entgegen, als wir uns durch die Menge in den Club kämpften. Solch eine flirrende Dynamik war ich außerhalb einer Sportveranstaltung nicht gewohnt. Ich war mir nicht sicher, wie ich damit umgehen sollte. Gewöhnlich rannte ich los oder schlug zurück oder griff an. Was hier natürlich nicht infrage kam. In der Mitte des Clubs sprang eine Gruppe im Rhythmus der Musik auf und ab. Vielleicht sollte ich das mal versuchen.

Dann verstummte die Musik und ein Kerl auf der Bühne kündigte die nächste Band in fünf Minuten an. Ich hoffte, dass wir nicht die Band verpasst hatten, die Skye mir so ans Herz gelegt hatte – die Band ihres Freundes. Nachdem wir eine Weile nach ihr gesucht hatten, entdeckten wir sie weiter hinten im Raum.

»Charlie! Du bist gekommen!« Sie legte ihren Arm um mich. »Ich war mir nicht sicher.« Sie betrachtete mich. »Du siehst süß aus.«

»Danke.«

»Nicht, dass mich das überrascht. Du hast einen tollen Stil.«

Ich lachte auf und war verblüfft, als weder sie noch Amber mitlachten. Dann war das also kein Witz gewesen.

»Oh, guck mal, Muffelkröte spielt wieder«, sagte Skye.

»Muffelkröte?«, fragte ich.

»Henry.« Sie machte eine Handbewegung in Richtung Bühne. »Das ist sein Spitzname. Er stammt von meiner Freundin und ist hängen geblieben.«

»Ist das der Grund, warum sie sich The Crusty Toads nennen?«

»Nein. Der Spitzname kam danach.«

Ich hatte jede Menge Spitznamen in meinem Leben gehabt. »Muffelkröte« war kaum schlimmer als »Charles Barkley«, der berühmte Basketballspieler. Meine Brüder nannten mich manchmal so.

»Wie heißt der Sänger?«, fragte Amber. »Er sieht wahnsinnig gut aus.«

»Mason«, antwortete Skye, wobei sie sich vorbeugen

musste, um sich über die Musik hinweg verständlich zu machen. »Ich hab übrigens vor ein paar Tagen mit Linda gesprochen und sie hat mir deine Fotos gezeigt. Die sind toll geworden.«

»Ach ja? Tut mir leid, dass du das über dich ergehen lassen musstest. Sie ist bloß stolz.«

»Na klar ist sie stolz. Es dauert nicht mehr lange und dann ist sie auch deine Mama Lou«, sagte Skye und zwinkerte mir zu.

Vor meinem inneren Auge flackerte wieder das Bild meiner Mom im Auto auf, wie sie mich anlächelte. »Sie wird nie meine Mom sein.« Meine Stimme musste scharf geklungen haben, denn Skyes Augen wurden groß. »Ich meinte doch nicht deine echte Mom. Ich meinte damit bloß, dass sie jedermanns Mom ist.«

Meine Haut juckte. »Ich glaube, ich gehe tanzen.« Ich zeigte auf die Gruppe in der Mitte des Raums. Ich musste all die ungenutzte Energie loswerden, die sich um mich herum aufgestaut hatte.

»Ich komme mit«, sagte Amber und heftete sich an meine Fersen.

Tanzen war nicht ganz dasselbe wie Joggen ... oder mit sonst einem Sport zu vergleichen. Mir fehlte der eigentliche Zweck, das Ziel vor Augen. Aber nach einer Weile gelang es mir, mich fallen zu lassen, und mir wurde klar, dass ein Ziel nicht immer notwendig war. Manche Dinge konnte man einfach nur zum Spaß machen. Ich schaute zu Amber hinüber, die neben mir tanzte. Sie lächelte, hakte sich dann bei mir ein und wirbelte mich herum. Die Umgebung verschwamm vor meinen Augen, ich tauchte in den Moment ein und beschloss, dass dieser Abend zu den Erfahrungen zählte, die ich gerne wiederholen würde.

19.

Das Geschäft, in dem Antonias Make-up-Kurs stattfand, war größer als Lindas Laden. Die Vorführungen mussten sich herumgesprochen haben, denn es waren auch mehr Zuschauer da. Vermutlich fast fünfzig. Ich schlängelte mich durch die Grüppchen, bis ich vorne bei Antonia ankam, die leicht panisch wirkte.

Sie griff nach meinem Arm, Erleichterung in ihrem Blick. »Ich dachte schon, du kommst nicht mehr.«

»Tut mir leid. Bin ich zu spät?« Ich warf einen Blick auf mein Handy und vergewisserte mich, dass ich zehn Minuten zu früh war.

»Nein. Ich bin bloß nervös. Es sind so viele Leute. Man könnte fast meinen, dass in der Stadt gerade eine Hochzeitsmesse stattfindet und sämtliche Bräute jetzt hier sind.«

Ich schaute mich um und sah überall Weiß. »Oh, das ist ja ein Brautmodegeschäft.«

Sie lachte. »Ja. Ich führe heute die Braut-Make-up-Serie vor.«

»Okay. Wo soll ich mich hinsetzen?«

Sie zeigte auf eine Art Barhocker und ich nahm darauf Platz. Ein Mann im Anzug kam zu uns und stellte sich als der Ladenbesitzer vor. »Der Fotograf wird gleich hier sein, um ein paar Fotos von der Vorführung zu machen.«

»Fotos?«

Er öffnete den Aktenordner, den er in der Hand hielt, und fuhr mit dem Zeigefinger über die erste Seite. »Die Einverständniserklärung deiner Eltern habe ich doch bekommen, richtig? Du bist …«

Antonia, die schräg hinter ihm stand, riss erschrocken die Augen auf. »Chloe. Das ist Chloe.« Sie warf mir einen flehenden Blick zu.

»Ja«, bestätigte ich. »Ich heiße Chloe.«

»Richtig. Hier hab ich dich. Danke.« Er ging.

»Tut mir leid«, sagte Antonia. »Ich hab die blöde Einverständniserklärung vergessen, die er Chloe in die Hand gedrückt hat, als wir noch dachten, dass sie Modell stehen würde. Er braucht die nur, damit sie Fotos für die Mappe machen können, die neben den Make-up-Artikeln ausliegen wird. Ist das okay für dich?«

»Kein Problem.«

Meine Antwort schien bei ihr nicht angekommen zu sein, denn sie fuhr fort. »Wirklich, das ist keine große Sache. Meistens sind es extreme Nahaufnahmen, von deinen Augen zum Beispiel oder deinen Lippen. Niemand wird dich erkennen.«

Mit extremen Nahaufnahmen konnte man nicht sonderlich gut werben. Aber ich wusste, was sie meinte. »Kein Problem«, wiederholte ich.

»Sie drückte meinen Arm. »Danke.«

Antonia hatte nicht übertrieben, als sie von den extremen Nahaufnahmen gesprochen hatte. Ich hatte das Gefühl, als würde sich der Fotograf während der gesamten Vorführung nur wenige Zentimeter von meinem Gesicht entfernt befinden, um Fotos zu machen, während Antonia die einzelnen Schritte durchging. Als wir fertig waren, sah ich vom vielen Blitzlicht Sterne.

Nachdem die letzten Kundinnen gegangen waren, drehte sich Antonia zu mir um und stieß einen Seufzer der Erleichterung aus. »Ich bin so froh, dass wir das hinter uns haben. Im Training war das viel leichter als in echt.«

Ich lachte. Das war nun etwas, was ich sehr gut nachvollziehen konnte. Meine Nerven flatterten bei einem Spiel auch sehr viel mehr als beim Training.

»Ich lade dich zum Essen ein, weil du mir aus der Klemme geholfen hast.«

Ich lächelte. »Klingt super.«

Es war schon spät, als ich nach Hause kam. Ich war immer noch voll geschminkt (anders als Amber hatte Antonia keine Reinigungstücher dabeigehabt) und ich konnte die dicke Schicht Make-up spüren, die auf meinem Gesicht lag. Meine Wimpern fühlten sich vom vielen Mascara ganz schwer an. Außerdem trug ich meine Haare offen, weil ich vergessen hatte, ein Haargummi mitzunehmen. Ich musste es unbeobachtet ins Haus schaffen.

Verstohlen schlich ich mich den Gehweg hoch, der zu unserem Haus führte. Das Fenster neben der Haustür war dunkel. Erleichtert schob ich den Schlüssel ins Schloss und öffnete vorsichtig die Tür. Gage rekelte sich auf dem Sofa und sah fern. Er warf mir einen kurzen Blick zu und nickte – bevor er herumfuhr und mich noch einmal deutlich ausgiebiger musterte. Offenbar brauchte er einen Moment, um zu erkennen, wer da vor ihm stand.

»Mir sind eben ein paar echt schmutzige Gedanken über meine Schwester durch den Kopf gegangen. Jetzt ekele ich mich vor mir selbst.«

Ich schenkte ihm ein schwaches, entschuldigendes Lächeln.

»Du siehst so anders aus.« Er zeigte auf sein eigenes Haar und Gesicht. »Mann, bist du fett geschminkt. Muss ich mir Sorgen machen, dass du nachts heimlich anschaffen gehst?«

Ich knüllte mein Sweatshirt zusammen und warf es ihm an den Kopf. Da ich seine Frage als rein rhetorisch betrachtete, lief ich die Treppe hoch, schnappte mir meinen Schlafanzug und sprang unter die Dusche.

Ich schrubbte mir das Make-up vom Gesicht. Nichts wie runter mit dem Zeug! Zu Hause schien mir der andere Teil meines Lebens ganz fremd.

Als ich aus dem Badezimmer kam, saßen Gage und Nathan auf meinem Bett.

Ich verdrehte die Augen.

»Ich finde nicht, dass sie anders aussieht«, sagte Nathan.

Gage schüttelte den Kopf und zeigte auf mein Gesicht. »Ihre Haare waren gewellt oder so und sie hatte kiloweise Make-up im Gesicht. Ihre Wimpern und ihre Lippen und ihre Wangen ...«

»Gage. Raus.«

»Erst wenn du uns eine Erklärung geliefert hast.«

»Himmel. Es ist nichts. Ich hab nur die Schminkpuppe für eine Make-up-Präsentation gespielt.« Als ich über meine Wortwahl nachdachte, kam mir die blöde Schaufensterpuppe in Lindas Laden in den Sinn. So fühlte ich mich in letzter Zeit – als wären mir alle Glieder abgenommen und schief wieder zusammengesetzt worden.

»Was?«, fragte Nathan. Als ich nicht antwortete, sah er Gage an. »Was soll das denn bedeuten?«

»Du meinst, wie ein Model? Hast du gemodelt?«, bohrte Gage nach.

»Nicht wirklich. Ich sitze einfach bloß da und werde geschminkt. Jetzt raus mit euch, bevor ich euch beiden eine reinhaue.«

»Weiß Dad davon?«

Ich stöhnte. »Nein. Und er braucht es auch nicht zu erfahren.« Er würde sterben, wenn er rausbekäme, dass ich ihn angelogen hatte. Beide sahen mich skeptisch an. »Kann ich mir euer Schweigen erkaufen? Ich geben jedem von euch fünfzig Dollar, wenn ihr im Gegenzug kein Wort darüber verliert.«

»Bist du jetzt Millionärin geworden? Was für eine Art Model bist du eigentlich genau?«

»Oh. Mein. Gott. Raus.«

In diesem Moment schien Gage ein Licht aufzugehen. Er zeigte auf meine Kommode. »Das Mädchen da. Amber. In Wirklichkeit kennst du sie. Du arbeitest mit ihr.«

»Dein Scharfsinn ist grenzenlos.« Diesmal packte ich ihn am Arm und zerrte ihn zur Tür. Nathan folgte ihm freiwillig. Bevor er mein Zimmer verließ, drehte er sich um und sagte: »Wenn du Dad nichts davon erzählst, dann muss ich es tun, das ist dir klar, oder?«

»Natürlich ist mir das klar, Nathan. Du hast noch nie in deinem Leben gegen irgendeine Regel verstoßen. Bekommst du von meinem Geheimnis Verstopfungen?« Eigentlich war das als Witz gemeint, aber in Wahrheit war ich diejenige, die Bauchschmerzen hatte.

Nathan lächelte, wies meine Anschuldigung jedoch nicht zurück.

Gage, dessen Arm ich immer noch gepackt hielt und den ich aus der Tür schieben wollte, rührte sich endlich vom Fleck, allerdings nicht ohne zu fragen: »Seit wann hast du Geheimnisse vor mir?« Die Art, wie er fragte, und sein trauriger Blick trafen mich. Bevor ich Gelegenheit hatte, mich zu verteidigen, war er bereits verschwunden.

20.

Ich wälzte mich in meinem Bett hin und her, bis mein Wecker Mitternacht anzeigte. Dann schlüpfte ich aus dem Bett, tapste ins Badezimmer und spritzte mir kaltes Wasser ins Gesicht. Ich stützte mich am Waschbecken ab und starrte in meine roten Augen. Das Wasser lief an meinem Gesicht herunter und tropfte ins Waschbecken. Ich nahm mir ein Handtuch und trocknete mich ab.

Unten holte ich mir die Schachtel mit Fotos, die mein Dad in der Schublade unter dem Couchtisch aufbewahrte. Langsam blätterte ich durch die Fotos meiner Mutter. Ich wollte, dass sie mir etwas anderes zeigten. Etwas, das sie mir noch nie zuvor gezeigt hatten. Hinweise auf ihr Leben. Auf ihre Persönlichkeit. Aber sie zeigten nur dasselbe wie immer.

Sie war schön. Alle sagten, dass ich aussähe wie sie, und vielleicht ähnelten sich unsere Gesichter ja tatsächlich, aber ihr Körper war zierlich und weiblich. Selbst auf den Fotos konnte man erkennen, wie anmutig sie war. Vielleicht hätte sie mir beigebracht, anmutig zu sein. Ich fragte mich, ob sie von einer sportlichen Tochter enttäuscht gewesen wäre. Oder vielleicht wäre sie enttäuscht gewesen, wenn sie gewusst hätte, was aus mir in letzter Zeit geworden war – eine Lügnerin und Heuchlerin.

Ich legte die Fotos zurück in die Schachtel und ging wieder in mein Zimmer. Das Licht war aus, deswegen sah ich als Erstes den leuchtenden Bildschirm meines Handys. Es war eine SMS von Braden: *Bist du wach?*

Ja. Bin schon unterwegs.

»Alles in Ordnung?«, fragte ich ihn am Zaun.

Es dauerte ein paar Sekunden, bis er antwortete. »Alles bestens.«

»Braden, lüg mich nicht an.«

Er seufzte. »Dasselbe wie immer. Was bringt's überhaupt noch, darüber zu reden?«

»Dein Dad?«

»Ja.«

Ich biss mir auf die Lippe, unsicher, wie ich ihm helfen konnte. »Warum sprichst du nicht mit ihm?«

»Worüber?«

»Keine Ahnung. Wie er mit dir und deiner Mom umgeht.«

»Das wird nicht helfen.«

»Hast du's versucht?«

»Nein. Aber meine Mom versucht es die ganze Zeit. Was dabei rauskommt, hast du ja gehört.«

»Das tut mir leid.«

»Tja.« Er zuckte mit den Schultern. Ich konnte es zwar nicht sehen, aber ich wusste es. »Könnte schlimmer sein. Was ist mit dir? Warum bist du noch so spät auf? Wieder Albträume?«

»Ja.«

»Werden sie schlimmer?«

Ja. »Keine Ahnung.«

»Du hast neulich gesagt, dass du manchmal vom Unfall träumst. Was passiert in diesen Träumen?«

Ich dachte zurück. Das war definitiv der Traum, den ich am häufigsten hatte. »Jedes Mal etwas anderes. Im Grunde genommen sehe ich bloß den Unfall meiner Mom. Glas. Blut.«

Und ich wollte nicht weiter darüber reden. »Meine Brüder haben heute Abend etwas herausgefunden, was sie nicht wissen sollten, und jetzt muss ich meinem Dad etwas erzählen, was ich ihm nicht erzählen möchte.«

»Kannst du dich bitte noch ein bisschen unklarer ausdrücken? Das war mir zu deutlich.«

»Ich arbeite als Make-up-Model.« Ich würgte das Wort förmlich hervor, sodass er mich gleich zweimal bitten musste, es zu wiederholen.

»Du modelst?«

»Im weitesten Sinne des Wortes.«

»Und warum kannst du das nicht deinem Dad sagen?«

»Ganz zu Anfang hätte ich es ihm noch sagen können. Hab ich aber nicht. Und jetzt ist es, als ob ich ihn angelogen hätte. Er wird sich fragen, warum, und die Angelegenheit dadurch zu etwas aufblasen, was sie gar nicht ist. Bestimmt hält er mich für verrückt.«

»Und? Bist du es?«

Ich lachte.

»Das will ich sehen.«

»Was sehen?«

»Dich bei der Arbeit.«

Ich überlegte. Den körperlosen Braden zuschauen zu lassen, war vielleicht gar nicht so schlimm ... aber ... den echten Braden ...

»Nein, das geht nicht. Das wäre mir viel zu schräg. Ich fühle mich sowieso schon völlig daneben, wenn ich das mache. Und wenn ich mich dann im Spiegel anschaue, hab ich das Gefühl, als wäre das gar nicht mehr ich. Als wäre es mein Anti-Ich. Fast, als führte ich ein Doppelleben.«

»So fühle ich mich auch manchmal.«

»Ja?«

»Das Leben hier, unser Zaunleben. Und dann unser Leben am Tag.«

»Ich weiß, was du meinst.«

»Warum eigentlich? Warum tun wir tagsüber so, als würde das hier gar nicht existieren?« Unsere Rücken mussten sich auf gleicher Höhe befinden, denn ich konnte das Vibrieren seiner Stimme durch die Zaunlatten hindurch spüren.

Ich dachte über seine Frage nach, überlegte, warum ich mit ihm nicht tagsüber so sprechen konnte. »Weil das hier wie ein Traum ist. Es muss gar nicht echt sein. Es fühlt sich beinahe an, als würden wir auf einem schmalen Grat zwischen Wachsein und Tiefschlaf wandeln, sodass wir alles sagen können, was wir wollen, und morgens, genau wie bei einem Traum, verschwindet es einfach langsam wieder. Es ist, als würdest du oben in deinem Bett liegen und ich in meinem und unser Unterbewusstsein würde sich miteinander unterhalten.«

»Und das Ich, was ich tagsüber bin ... mein bewusstes Ich ... diese Version magst du nicht?«

»Was? Doch. Natürlich mag ich die. Ich liebe diese Version. Das ist mein Braden. Und den möchte ich nicht wegen meiner wehleidigen Version hier verlieren.«

»An dir ist wirklich überhaupt nichts Wehleidiges, Charles.«

»Aber dein Unterbewusstsein weiß, dass ich nachts hier draußen schwächer bin, weil du angefangen hast, mich wieder so zu nennen.«

»Wie?«

»Charles. So hast du mich immer genannt, als wir klein waren.«

»Nein, wenn du dich richtig erinnerst, habe ich dich so genannt, als wir uns noch öfter unterhalten haben. Früher haben wir uns nämlich mehr unterhalten.«

Normalerweise konnte ich mir Bradens Gesicht vorstellen, wenn wir am Zaun sprachen, aber im Moment gelang mir das nicht. Seine Stimme klang ruhig, beinahe ausdruckslos, sodass ich nicht sagen konnte, was für Gefühle seine Worte bei ihm auslösten.

»Ich weiß. Was ist passiert?«

»Gage.«

»Was?«

»Du wurdest älter und dann hat Gage mich immer merkwürdig angeschaut, wenn ich dich gesucht habe oder wenn wir allein waren und er dazugekommen ist. So ein Es-wird-Zeit-dass-du-dich-von-meiner-Schwester-fernhältst-Blick.«

»Ach ja?« Das war mir neu.

»Ich glaube, er hat mir nicht über den Weg getraut. Er dachte, ich hätte Hintergedanken.« Schon wieder konnte ich seine ausdruckslose Stimme nicht deuten. Wie stand er jetzt dazu?

Und hattest du Hintergedanken?, hätte ich ihn gerne gefragt. Aber diese Frage wollte mir nicht über die Lippen kommen. Es stand zu viel auf dem Spiel. Zu viel, was ich hätte verlieren können. »Er vertraut dir. Für ihn bist du wie ein Bruder.«

»Aber du bist seine Schwester.«

»Und deine.«

»Du bist nicht meine Schwester, Charlie. Und das wissen deine Brüder. Sie tun alles, um dich zu beschützen. Mehr, als dir vielleicht bewusst ist.«

»Was soll das denn heißen?« Das klang kryptisch.

»Du meintest doch, das hier ist unsere andere Welt, richtig? In der wir uns alles sagen können?«

Ich wurde misstrauisch. »Ja?«

»Ich muss dir etwas sagen ... ich glaube, es könnte vielleicht helfen ...« Er verstummte. »Aber dafür muss ich rüberkommen.« Ohne meine Antwort abzuwarten, sprang er über den Zaun und seine körperlose Stimme stand plötzlich sehr körperlich neben mir. Jetzt begriff ich, warum seine Stimme so ausdruckslos geklungen hatte – weil alle seine Gefühle in seinem Blick lagen. Der Blick war so eindringlich, dass mein Herz in meiner Brust einen Satz machte.

Ich stand auf und wich ein paar Schritte zurück. »Wow. Du solltest Hochspringer werden. Hast du das schon mal in der Schule ausprobiert?« Wenn ich so tat, als wäre all das hier normal, würde mein Herz vielleicht endlich aufhören, mich zur Flucht zu drängen. Ich wollte nicht, dass sich irgendetwas zwischen uns änderte. Ich wollte nicht, dass er irgendetwas sagte, das erklären würde, warum er mit loderndem Blick vor mir stand. Er war mein Freund. Mein bester Freund, wie mir bewusst wurde. Es gab zu viel zu verlieren.

»Nein, hab ich nicht.«

»Das solltest du aber, mit solchen Sprüngen. Dieser Zaun hier ist locker zweieinhalb Meter hoch. Ich nehme mal an, dass du nicht aus dem Stand abgesprungen bist oder so, aber ...«

»Charlie.«

»Hast du einen Fuß auf den Zaun gestellt oder deine Hände benutzt, um rüberzukommen? Denn ...«

»Bitte, Charlie. Ich kann das nicht mehr länger für mich behalten. Du musst es wissen.«

»Stopp. Ich will es nicht wissen.« Ich schlug meine Hände vors Gesicht. So viel Unbekanntes prasselte in letzter Zeit auf mich ein, er brauchte nicht noch mehr hinzuzufügen.

Er packte mich an den Handgelenken und zog meine Hände von meinem Gesicht. »Du brauchst dich nicht davor zu verstecken. Du weißt es bereits. Du musst es wissen.«

»Ich weiß es nicht.«

»Denk nach, Charlie.«

Er ließ meine Handgelenke los, aber ich war so nervös, dass ich etwas brauchte, an dem ich mich festklammern konnte. Ich drückte beide Hände gegen seine Brust. Durch den dünnen Stoff konnte ich seine Muskeln fühlen, sein Herz schlug wie wild.

»Du weißt es.« Das war keine Frage.

»Ich glaube schon, aber ich möchte es nicht wissen.« Ich wollte ihn nicht als Freund verlieren. Nicht jetzt, da ich ihn am nötigsten brauchte. Ich hatte keine Ahnung, was ich im Moment überhaupt fühlte. Ich wusste, dass ich nicht ich selbst war. Ich fühlte mich neben der Spur. Und das war ihm gegenüber nicht fair. Gerade jetzt konnte ich mir nicht über meine Gefühle für ihn klar werden, wenn ich doch nicht mal wusste, wie es mir mit mir selbst ging.

»Es ist an der Zeit. Du bist jetzt älter. Es kann dir nur helfen. Sie halten es für keine gute Idee, aber du bist stark, ich weiß, dass du damit zurechtkommst.«

Jetzt war ich verwirrt. »Wer hält was für keine gute Idee?«

»Deine Brüder.«

»Das geht sie überhaupt nichts an.«

»Natürlich geht sie das etwas an.«

»Sie können dir doch nicht vorschreiben, was für Gefühle du für mich haben darfst.«

Er erstarrte mitten im Nicken. »Wie bitte?« Ein Ausdruck der Verwirrung huschte über sein Gesicht, dann ging ihm offensichtlich ein Licht auf. Er trat einen Schritt zurück und meine Hände glitten von seiner Brust. »Ich … nein. Das ist es nicht. Dachtest du, dass es das sei, was ich dir gerade zu erklären versuche?« Er griff sich an die Stirn. »Mann, das tut mir leid. Nein, es geht um etwas völlig anderes …«

Ich kniff die Augen zusammen und wischte mir die Hände an den Oberschenkeln ab. »Ich bin so eine Idiotin.« Mit einem unsicheren Lachen fügte ich hinzu: »Wie gut, dass das hier in unserer Traumwelt stattgefunden hat, denn sonst wäre es morgen sicher unglaublich peinlich.« Ich wich ihm aus und lief um ihn herum zum Haus hinüber.

»Nein, Charlie, warte bitte.«

Ohne mich umzudrehen, hob ich meine Hand zu einer stummen Verabschiedung und zog die Tür hinter mir zu. Natürlich mochte mich Braden nicht auf diese Weise. Ich war sein Kumpel, seine Kumpanin, seine Schwester. Ein burschikoses Mädchen, das Sport trieb. Wenn es mir jemals gelingen sollte, einen Kerl zu finden, der mich mochte, dann nur mit einer dicken Schicht Schminke im Gesicht. Nicht, dass es mir etwas ausmachte. Ich stand schließlich auch nicht auf ihn. Na ja, vielleicht war ich kurz in ihn verknallt gewesen, aber er hatte es mir gerade ausgesprochen leicht gemacht, diese Gefühle in den Griff zu kriegen.

21.

Am nächsten Tag und auch am Tag darauf ließ sich Braden nicht bei uns blicken. So lange war er noch nie weggeblieben. Ganz offensichtlich ging er mir aus dem Weg. Das war mir nur recht, denn ich mied ihn ebenfalls. Ich fühlte mich wie eine Vollidiotin. Ich hatte gehofft, dass sich das Gefühl nach ein paar Tagen legen würde. Aber wenn überhaupt, kam ich mir mit jeder Minute, die verstrich, nur noch bescheuerter vor. Was hatte er mir in jener Nacht eigentlich wirklich sagen wollen? Und warum hatte ich ihn nicht gezwungen, es auszusprechen? Vielleicht, weil ich es nicht wissen wollte. Es schien etwas Ernstes zu sein. Was, wenn er seine Mom überredet hatte, seinen Dad zu verlassen, und jetzt zogen sie weg? Den Gedanken fand ich schrecklich. Ich wollte nicht, dass Braden wegzog. Nein, das war egoistisch von mir. Wenn er glücklicher war, sobald sie auszogen, dann musste er natürlich gehen. Bei dem Gedanken zog sich mein Herz zusammen.

Ich versuchte, die Spannung zu lösen, indem ich öfter laufen ging, manchmal sogar zweimal am Tag. Es fühlte sich gut an, meine Lunge durchzulüften und meine Beine die Energie abbauen zu lassen, die in meinem Körper pulsierte. Am vierten Tag nach dem Gespräch der Peinlichkeiten kam ich nach einem langen Lauf in die Küche und sah Braden und Gage an der Frühstückstheke sitzen.

»Hey, ihr Loser.« Ich konnte einfach so tun, als sei gar nichts passiert. War ja bloß eine kleine Unterhaltung am

Zaun gewesen. Ich griff mir eine Flasche Wasser aus dem Kühlschrank und nahm mehrere tiefe Züge.

»Braden und ich streiten uns gerade über den Amendola-Deal der Patriots. Ich glaube, dass dieser Wechsel sie zur stärksten Mannschaft in der Liga macht – diese Kombination aus Quarterback und Wide Receiver ist einfach unschlagbar. Gleiche Geschichte wie mit Montana und Rice. Aber Braden findet, dass Rodgers-Cobb stärker sind. Wer hat recht?«

»Keiner von euch. Die Broncos haben Manning. Ende vom Lied.«

»Ein Spieler macht keine Mannschaft aus.«

»Wenn es Manning ist, schon.«

»Manning wird total überbewertet«, erwiderte Gage.

Ich spritzte Gage aus meiner Flasche Wasser ins Gesicht. »Selber überbewertet.« Braden lächelte und mich überkam ein Gefühl der Erleichterung. Ich wollte doch nur, dass alles zwischen uns wieder normal war. Nichts mehr von diesen peinlichen Ausrutschern, keine voreiligen Schlüsse. Nicht mehr darüber nachdenken, was er mir eigentlich hatte erzählen wollen.

»Was ist?«, fragte Gage.

»Nichts.«

»Warst du heute nicht schon mal laufen?« Er legte den Kopf schief und schien verwirrt zu sein. Mein Handy, das zum Laden auf der Küchentheke lag, vibrierte. Jemand rief mich an. Bevor ich es mir schnappen konnte, riss Gage es an sich und hob ab.

»Hallo?« Kleine Pause. »Was meinst du mit ›Wer ist da?‹«

Ich nahm einen Schluck aus meiner Flasche und verdrehte die Augen. Alle, die am anderen Ende sein konnten, hatten es schon einmal mit meinen Bruder zu tun gehabt. Sie wussten, dass er es nicht ernst meinte.

»Und wer bist du?«, erkundigte sich Gage.

Ich hob die Zehen, um meinen Wadenmuskel zu dehnen, als Gage fragte: »Welcher Evan?« Ich hielt abrupt inne und mein Herz machte einen unerwarteten Satz.

Oh. Außer Evan. Der konnte das natürlich nicht wissen. Ich streckte meine Hand nach dem Handy aus.

»Kommt darauf an«, sagte Gage mit dem Handy am Ohr und schien nicht die geringste Absicht zu haben, es mir zu geben.

»Ich bring dich um, Gage. Gib mir das Handy.«

Er lauschte und sprang auf, als er mich um den Küchenblock herumkommen sah, auf dem Weg, ihm das Handy mit Gewalt abzunehmen.

Als ich an Braden vorbeikam, kurz davor, Gage zu fassen zu bekommen, packte mich Braden an der Taille und hielt mich fest. Weil er saß, war sein Gesicht in Höhe meines Nackens.

»Verräter«, fauchte ich, schlug ihm ein paar Mal auf den Kopf und versuchte, mich zappelnd zu befreien. »Ich hoffe, dass dir mein Schweißmief vom Joggen die Nasenhaare versengt.«

Er drückte seine Nase an meinen Nacken und schnupperte. »Riecht nach Sonnenschein und Regenbögen.«

Ich hörte auf zu zappeln, weil mir ein Schauer über den ganzen Körper lief. Ich musste ein Zittern unterdrücken. Sobald ich mich wieder unter Kontrolle hatte, packte ich ihn an den Haaren, um ihn von mir wegzuziehen, erstarrte aber, als Gage wieder anfing zu sprechen.

»Und woher kennst du Charlie?« Er schaute mich schief von der Seite an. »Einem Café? Bist du sicher, dass du die richtige Charlie angerufen hast?«

»Gage Joseph Reynolds. Ich werde heute Abend jedes einzelne Mädchen auf deiner Kontaktliste anrufen und ihnen sagen, dass du schwul bist.« Ich gab Braden einen Schubs und endlich ließ er mich los.

Gage lachte. »Oh, weißt du, was? Charlie ist eben reingekommen. Hier ist sie.«

Ich boxte Gage in den Magen und holte zweimal tief Luft. »Hallo.«

»Hi, Charlie. Ich bin's, Evan.«

Ein Lächeln huschte über mein Gesicht. »Oh. Hi Evan. Wie geht's?«

»Wer war das denn?«

»Mein Bruder. Er ist nicht der Schlauste, aber wir lieben ihn trotzdem.«

»Hey«, brüllte Gage. »Ich bin sehr wohl der Schlauste hier im Haus.«

Ich konnte das Lächeln in Evans Stimme hören, als er sagte: »Ganz offensichtlich wollte er dich bloß ärgern.«

»Machen das große Brüder nicht immer so?«

»Da bin ich überfragt. Ich hab bloß eine Schwester und die ist fünf Jahre älter als ich.«

»Ach so, aber glaub mir.«

Er lachte. »Na gut, ich wollte bloß wissen, ob du immer noch mit mir zum Baseball gehen willst. Mein Dad meinte, wir könnten diesen Samstag seine Karten haben.«

»Diesen Samstag!« Ich merkte, dass ich in meiner Aufregung aufgeschrien hatte. Ich räusperte mich und bemühte mich, meine Stimme in den Griff zu bekommen. »Klar. Ich bin dabei.«

»Super. Äh ... ich hab vier Karten und dachte, wir könnten Dustin mitnehmen. Meinst du, du könntest eines der anderen Mädchen überreden mitzukommen? Amber vielleicht?«

»Klar. Ich werde sie fragen. Wo treffen wir uns?«

»Ich könnte euch abholen. Vielleicht um fünf? Wir brauchen ungefähr anderthalb Stunden, um hinzukommen, je nach Verkehrslage.«

»Klingt gut. Ich texte dir die Wegbeschreibung. Und bloß zur Warnung: Das war nur einer meiner Brüder. Ich habe vier.« Ja, Braden hatte ich mitgezählt, denn anscheinend betrachtete er sich ja als nichts anderes. »Und mein Dad ist Polizist.«

»Wow. Du weißt, wie man einem Kerl richtig Mut macht.«

»Das überlebst du schon. Wir sehen uns Samstag.« Immer noch lächelnd legte ich auf. Nichts hob die Laune eines frisch abservierten Mädchens mehr als ein Date mit einem anderen Kerl.

Hinter mir sagte Gage mit leiser Stimme: »Das überlebt er nicht.« Dann lachte er wie ein Verrückter.

Ich wirbelte herum. »Mach das noch einmal und ich garantiere, dass dir etwas Schreckliches zustößt.«

»Meinst du damit, dass du mir etwas Schreckliches antust oder dass mein Karma für direkten Ausgleich sorgt? Das muss ich unbedingt wissen, denn das hat einen Einfluss auf meine Entscheidung.«

Ich schüttelte den Kopf.

»Wer ist Evan?«, fragte Braden, seine nussbraunen Augen auf mich gerichtet.

»Jemand, der mich diesen Samstag zu einem Major-League-Spiel mitnimmt. Und mir ist klar, dass ihr beide wisst, gegen wen die Athletics spielen. Genau – die Giants.« Ich verfiel in einen schadenfrohen Singsang. »Na, eifersüchtig?« Ich wusste, dass Braden es war. In Wahrheit hatte ich ein ziemlich schlechtes Gewissen deswegen, denn ich wusste nur zu genau, wie gerne er das Spiel gesehen hätte. Ihm das unter die Nase zu reiben, schien der richtige Weg, um mit solchen Gefühlen fertigzuwerden.

Gage ging zur Schublade unter dem Telefon und zog Papier und einen Stift heraus. »Okay, schreib uns seinen vollen Namen auf, damit Dad ihn überprüfen kann.«

Ich seufzte. »Nein.«

»Wie habt ihr euch kennengelernt? Auf welche Schule geht er? Wie alt ist er? Ist er überhaupt ein Athletics-Fan?«

»Ich gehe mal davon aus, dass er ein Athletics-Fan ist, denn er hat Saisonkarten.«

»Ruf ihn zurück und frag, ob er noch ein paar übrig hat.«

»Hat er, aber die sind für meine anderen Freunde. Tja, Pech gehabt.«

»Ist am Samstag nicht die Hochzeit von Wie-hieß-er-doch-gleich?«, fragte Braden.

»Wer ist Wie-hieß-er-doch-gleich?«, fragte ich. »Moment, habe ich irgendeine blödsinnige Hochzeit vergessen, zu der ich muss?«

Gage winkte ab. »Nein. Ein Kerl heiratet, den wir seit Jahren aus dem Fußballcamp kennen. Er ist ein paar Jahre älter als Jerom.«

Ich zeigte auf Braden. »Aber offensichtlich kennst du ihn nicht, sonst wüsstest du ja den Namen von Wie-hieß-er-doch-gleich.«

»Ich war nie im Fußballcamp, Charlie.«

»Ich weiß.« Hatten wir nicht bereits festgestellt, wie gut ich ihn kannte? »Aber das Fußballcamp endet ja irgendwann auch.«

Gage nahm Braden jede Möglichkeit zum Kontern, indem er unterbrach und sagte: »Er heißt Ryan und du hast recht. Er heiratet am Samstag. Mist. Wie können wir denn jetzt Charlies Verehrer vergraulen?« Er klopfte Braden auf die Schulter. »Sieht so aus, als läge das allein in deiner Hand, mein Lieber. Enttäusch uns nicht.«

»Ich werde mein Bestes tun.«

Gage stand auf und ging, Braden schloss sich ihm an.

Als er schon an der Tür war, sagte ich zu Braden: »Bitte, tu Evan nichts.«

Er drehte sich um. »Keine Sorge. Ich halte mich von ihm fern.«

»Danke.« Wenn ich ihm doch nur hätte glauben können.

22.

Am Samstag kam ich gerade rechtzeitig nach Feierabend aus dem Laden, um noch meine Brüder anzutreffen, die sich mit Smokings für die Hochzeit in Schale geworfen hatten. »Schau an, was man mit schicken Klamotten aus euch machen kann!«

»Musst du gerade sagen«, murmelte Gage.

»Viel Spaß«, erwiderte ich, schon auf dem Weg nach oben. Mir blieben nur noch rund zwei Stunden, bis Evan vor der Tür stand, und ich hatte noch nicht entschieden, was ich zu dieser Gelegenheit anziehen sollte. Das letzte Mal, als Evan mich zu Gesicht bekommen hatte, hatte ich meine Arbeitsklamotten getragen und mehr Make-up im Gesicht als je zuvor in meinem Leben. Das wollte ich nicht wiederholen, aber wie weit ich zurückschrauben konnte, war mir schleierhaft.

Mein Handy klingelte und ich nahm ab. »Hallo?«

»Hey, Charlie, ich bin's, Amber. Also, ich hab mir für das Spiel ein echt süßes Athletics-Trikot gekauft; ich hatte nämlich keine Ahnung, was man zu so einer Veranstaltung trägt. Und jetzt frage ich mich, ob man das wirklich anziehen kann, oder bin ich dann die Einzige in einem Athletics-Trikot und muss mir blöd vorkommen?«

Glaubte sie wirklich, dass sie bei einem Spiel der Athletics die Einzige in einem Trikot der Athletics sein würde?

»Deshalb hab ich dir auch eins gekauft. Es sind nicht die gleichen, ich wollte ja nicht im Partnerlook gehen, aber irgendwie sahen sie so langweilig aus, also hab ich sie ein bisschen aufgehübscht.«

Aufgehübscht? Himmel, was meinte sie damit?

»Ich hoffe, das ist okay. Was denkst du?«

»Toll. Trikots sind immer gut. Danke. Was schulde ich dir?«

»Nichts. Schenke ich dir.«

»Bist du dir sicher? Trikots sind teuer.«

»Wirklich, das ist kein Problem. Wann soll ich zu dir kommen? Ich könnte jetzt gleich kommen und dann können wir uns zusammen fertig machen. Oder soll ich lieber erst kommen, kurz bevor die Jungen uns abholen?«

»Ja, warum kommst du nicht gleich? Ich hab mich noch nicht entschieden, was ich mit meinem Gesicht mache. Du kannst mir helfen.«

Ich hörte, wie sie in die Hände klatschte. »Yeah! Ich bringe mein Schminkköfferchen mit.«

Und mit »Schminkköfferchen« meinte sie eine Art riesige Werkzeugkiste mit verschiedenen Etagen und Fächern, die sich beim Öffnen auseinanderziehen ließen. »Diesmal bitte ein bisschen natürlicher, ja?« Immerhin war mein Dad unten. Er würde mich sehen.

»Klar. Ist ja ein Baseballspiel und kein Abend im Club.«

»Genau.«

Sie machte sich ohne Umschweife ans Werk.

»Was stellst du mit deinen Haaren an?«, fragte sie.

»Einfach nur einen Pferdeschwanz, dachte ich.«

»Ja, das sieht bestimmt süß aus. Dann verdecken unsere Haare auch nicht unsere Wahnsinns-Trikots.«

»Stimmt.« Sie hatte mir bis jetzt noch keines dieser angeblichen Wahnsinns-Trikots gezeigt, aber mich beschlich allmählich ein ungutes Gefühl. Und das zu Recht, denn als sie die Trikots hervorholte, musste ich erfahren, was sie mit »aufhübschen« gemeint hatte: etwas Cooles in eine grausame Glitzer-Scheußlichkeit zu verwandeln. Mir stand für eine geschlagene Minute der Mund offen, während ich das schimmernde goldene A auf dem grünen Trikot mit V-Ausschnitt anstarrte.

»Ich weiß, der absolute Hammer, oder?«, sagte sie und warf es mir zu. Dann zog sie ihr Shirt aus und streifte sich ihr eigenes Trikot über. Ihres war schwarz mit einem silbernen A. Es kam nicht infrage, das Trikot abzulehnen, und das wusste ich. Also zog ich das T-Shirt aus, das ich so viel lieber getragen hätte, streifte mir das aufgehübschte Trikot über und dankte den Sternen oder wem auch immer dafür, dass meine Brüder heute bei der Hochzeit von Wie-hieß-er-doch-gleich waren.

»Du siehst so toll aus«, sagte Amber.

Sie drehte sich einmal im Kreis, bevor mir einfiel, dass man unter Mädchen solch ein Kompliment normalerweise zurückgab. »Ja, du aber auch.«

Mein Handy klingelte und ich nahm ab. »Hallo?«

»Charlie, hi, ich bin's, Evan.«

»Hi. Was gibt's?« Ich warf schnell einen Blick auf den Digitalwecker auf meinem Nachttisch. Es war halb fünf.

»Schlechte Nachrichten.«

Für eine Millisekunde hoffte ich, er würde absagen, damit ich dieses Trikot ausziehen konnte.

»Dustin ist krank. Na ja, schlimmer als krank. Übergibt sich und so weiter, das volle Programm halt. Ich hab eine geschlagene Stunde versucht, einen Ersatz für ihn aufzutreiben, hatte aber kein Glück. Glaubst du, dass stattdessen einer deiner Brüder mitkommen kann?«

»Meine Brüder sind auf einer Hochzeit ...« Ich verstummte und sah zu Amber hinüber, die mit einem breiten Lächeln im Gesicht die Rückseite ihres Trikots im Spiegel betrachtete. »Ich finde schon jemanden.«

»Bist du sicher?«

»Klar. Wir sehen uns in einer halben Stunde.«

»Tut mir leid«, fügte er noch hinzu, bevor er auflegte.

»Bin gleich wieder da«, sagte ich zu Amber.

Im Flur presste ich mein Handy ans Ohr und hörte es dreimal klingeln.

»Hallo.«

»Braden.«

»Du brauchst mir nicht zu drohen. Ich hab wirklich nicht vor, dir dein Date heute Abend zu vermiesen.«

»Die Tatsache, dass du nicht vergessen hast, dass ich ein Date habe, lässt mich sehr daran zweifeln.« Moment, wieso erinnerte er sich daran? Machte ihm das etwas aus? Nein. Es spielte keine Rolle. Wir waren Freunde. »Aber ob du's glaubst oder nicht, ich hab die besten Neuigkeiten der Welt. Dafür wirst du mich auf immer und ewig lieben.«

»Oh-oh.«

»Nichts Schlimmes.«

»Okay, was soll ich tun?«

»Einer unserer Freunde ist heute Abend richtig heftig krank geworden ...«

»Wow, das sind echt gute Nachrichten.«

Ich lachte. »Na ja, vermutlich sind das nicht die guten Nachrichten. Aber sein Pech, dein Glück, denn er kann nicht zum Spiel. Willst du mit?«

»Zu den Athletics?« Ich konnte die Aufregung in seiner Stimme hören.

»Ja.«

»Dann springe ich also für einen Kerl ein?«

»Richtig. Dustin. Er war mit Amber verabredet. Sie ist ziemlich heiß. Ein weiterer Grund, warum du auf immer und ewig in meiner Schuld stehst.« Kaum zu fassen, dass ich das gerade machte. Ich verkuppelte Braden mit Amber. Er würde sich bestimmt in sie verlieben. Was ja gut war. Versuchte ich, mir einzureden.

Genau das, was Braden und ich brauchten, damit wir unsere jahrelange großartige Freundschaft fortführen konnten.

Er lachte. »Okay. Überredet.«

»In einer halben Stunde hier bei uns.«

23.

Mein Dad starrte mich an, als würde ich Chinesisch sprechen. Ich war mir sicher, dass er über den ersten Schock, mich geschminkt und in einem aufgehübschten T-Shirt zu sehen, weg und beim nächsten Punkt angelangt war: Er versuchte zu verarbeiten, was ich ihm gerade erzählt hatte. »Warum hast du mir denn nicht schon eher gesagt, dass du nach Oakland fahren willst? So was regelt man nicht gerade zwischen Tür und Angel.«

»Das wusste ich nicht. Ich dachte, es macht dir nichts aus. Es ist ein Spiel der Athletics, Dad. Bitte.« Ich hoffte, dass Amber, die noch oben war und ihrer Frisur den letzten Schliff verlieh, uns nicht hören konnte.

»Tja, es macht mir aber etwas aus.«

Wir holten beide tief Luft. Ich ballte meine Hände zu Fäusten. Er schaute mich wieder an und seine Züge wurden etwas weicher. Er schloss die Augen, und als er sie wieder öffnete, sagte er: »Du siehst ihr so ähnlich.«

Mein Herz setzte ein paar Schläge aus. Das war also der erste Schock für ihn gewesen. Geschminkt sah ich mehr wie meine Mom aus. Es war sicher nicht der geeignete Zeitpunkt, aber mit jeder Faser meines Körpers wartete ich darauf, dass er noch etwas hinzufügen würde. Er tat es nicht. Stattdessen trat dieser schuldbewusste Blick in seine Augen, den ich nur allzu gut kannte. Der Blick, der mir das Gefühl gab, dass er sich wünschte, jemand anders wäre für mich verantwortlich, weil er keine Ahnung hatte, wie er mit mir und dieser Situation hier umgehen sollte, und deswegen ein schlechtes Gewissen hatte. Ich zögerte kurz und fragte dann: »Ist das der Grund, warum dir das mit dem Spiel Sorgen macht? Weil es eine lange Autofahrt ist? Wir fahren vorsichtig.«

Ärgerlich zog er seine Augenbrauen zusammen. »Nein, Charlie. Das ist nicht der Grund. Damit hat es überhaupt nichts zu tun.«

Wieso hatte es überhaupt nichts damit zu tun? Meine Mom war bei einem Autounfall ums Leben gekommen und jetzt machte er sich Sorgen, weil ich anderthalb Stunden im Auto sitzen würde. Ich sah da keinen so großen Unterschied. Er warf einen kurzen Blick die Treppe hoch, als wäre auch ihm klar, wie schlecht der Zeitpunkt gewählt war. Amber konnte jeden Moment nach unten kommen. Er kniff sich in die Falte über der Nase und das schlechte Gewissen in seinem Blick wurde zu Trauer. Na super, jetzt hatte ich ihn dazu gebracht, dass er an meine Mom dachte. Blödes Make-up.

»Ich ruf dich jede Stunde an. Du kannst uns sogar einen Streifenwagen hinterherschicken, wenn du willst.«

Der Vorschlag brachte ihn ein bisschen zum Lächeln, aber er sagte trotzdem: »Mir ist einfach nicht wohl bei dem Gedanken.«

»Dad, du wirst Evan bestimmt mögen. Er ist wirklich verantwortungsbewusst und nett und …« Weitere Adjektive, mit denen Evan sich beschreiben ließ, fielen mir einfach nicht ein, denn ich kannte ihn ja kaum. Ich war mir nicht einmal sicher, ob das erste Adjektiv überhaupt auf ihn zutraf. Okay, vielleicht nicht gerade der genialste Einfall, der mir je gekommen war.

Ich hörte, wie die Haustür hinter mir aufklappte und wieder zufiel. Mein Dad schaute zur Tür.

»Hi Mr R«, sagte Braden.

Resigniert zog ich meinen Pferdeschwanz fester und

seufzte, denn plötzlich war mir klar geworden, dass mich mein Dad niemals zum Spiel gehen lassen würde.

»Hübsches Shirt, Charlie«, bemerkte Braden und zog von hinten dran. Wahrscheinlich musterte er jedes einzelne kitschige Strasssteinchen

»Ja, das ist Ambers Werk.«

»Ich hoffe, du blendest den Pitcher nicht mit dem Funkeln, das von dem Ding ausgeht, denn ich hab keine Lust, dass er sauer auf dich wird und ich ihm dann eine verpassen muss.«

»Moment mal.« Mein Dad zeigte auf Braden. »Fährst du mit?«

»Ja.«

Ich konnte tatsächlich sehen, wie sich die Kiefermuskeln meines Dads entspannten. »Warum hast du das nicht gleich gesagt, Charlie?«

Ja, warum hatte ich das nicht gleich gesagt? Ich hätte wissen müssen, dass das einen Riesenunterschied machte. »Keine Ahnung. Wir dürfen also?«

»Ja. Fahrt vorsichtig und ruf mich an, wenn ihr auf dem Nachhauseweg seid.«

»Danke.« Ich drehte mich um und hauchte Braden ein stummes Danke zu. Seine Augen wurden groß. »Was ist?«, fragte ich, aber dann fiel mir ein, wie anders ich in dem eng sitzenden Trikot mit V-Ausschnitt und mit Make-up im Gesicht aussehen musste. »Wehe, du sagst ein Wort. Ich weiß, dass ich aussehe wie ein Clown.«

Er schüttelte den Kopf mit Nachdruck. »Nein. Du siehst ... anders aus.«

»Danke für das Kompliment.«

»Tut mir leid. Sieht nicht schlecht aus.« Er schaute auf mein Trikot und dann wieder auf mein Gesicht. »Das bist bloß nicht du.«

»Doppelleben, schon vergessen?« Mehr Anspielungen auf

unsere Zaungespräche würde ich tagsüber nicht machen. »Oh, nicht gucken, hier kommt dein heißes Date.« Ich musterte Amber, als sie die Treppe hinunterkam, und selbst ich konnte sehen, wie schön sie war. Mit aufgehübschtem Trikot und allem Drum und Dran. Tatsächlich sah das aufgehübschte Trikot an ihr sogar richtig gut aus.

Braden schenkte ihr sein hinreißendes, schiefes Lächeln und ich sah, wie ihre Züge angenehm überrascht aufleuchteten. Zuerst war sie nicht besonders glücklich gewesen, als ich ihr von dem Date-Tausch erzählt hatte, aber ich hatte sie überzeugen können, dass Braden sehr viel besser für sie war als Dustin. Und jetzt, als Braden so vor uns stand und ich mir vorstellte, wie es wohl sein musste, wenn man ihn zum ersten Mal zu Gesicht bekam, wurde mir klar, wie ausgesprochen attraktiv er war. Seine kastanienbrauen Haare fielen ihm in die Stirn, irgendwie jungenhaft, aber das war auch das einzig Jungenhafte an ihm. Er war erwachsen geworden, groß und kräftig, gereift. Seine Schultern waren breit, seine Gesichtszüge markant.

Ich beobachtete, wie sie mit einem schüchternen Lächeln aufeinander zugingen. Ein heftiges Gefühl der Eifersucht stieg in meiner Brust auf.

Während er Ambers Hand schüttelte und sich vorstellte, versuchte ich, die nicht gerade hilfreichen Gefühle beiseitezuschieben. Das hier würde schwer für mich werden. Ich hätte ihn nicht einladen sollen. Fünf Minuten später klingelte es und ich öffnete die Tür. Evan begrüßte mich mit einem Lächeln, das nicht annähernd so vertraut war wie das von Braden. »Du siehst toll aus«, sagte er.

Er kam mir plötzlich klein vor. Wir hatten uns das erste und einzige Mal im Café getroffen und da hatten wir nebeneinander in einer Nische gesessen. Damals hatte ich gar nicht darauf geachtet, wie groß er war, aber jetzt stellte ich fest, dass wir uns buchstäblich auf Augenhöhe begegneten. Zugegeben, ich war einen Meter achtzig groß und im täglichen Leben von Menschen umgeben, die mich noch mal um mindestens zehn Zentimeter überragten, durchschnittliche Körpergrößen war ich also nicht gewohnt.

»Danke. Komm rein. Mein Dad möchte dich gerne kennenlernen.«

Er holte tief Luft, als müsste er sich auf die Begegnung vorbereiten.

»Dad, das ist Evan.«

Mein Dad ergriff seine Hand und schüttelte sie. »Während du fährst, solltest du einen Gedanken immer im Kopf haben: dass ich dich persönlich dafür verantwortlich machen werde, falls meiner Tochter etwas zustößt.«

»Dad!«

»Das werde ich, Sir.«

»Gut.« Endlich ließ er seine Hand los.

Ich schaffte es gerade so, nicht die Augen zu verdrehen. »Okay, bis später dann.«

Als wir auf dem Weg zur Tür waren, bemerkte ich, wie mein Dad Braden an der Schulter zurückhielt und ihm etwas zuflüsterte. Braden lächelte und nickte, dann gab mein Dad ihm einen freundschaftlichen Klaps auf den Rücken. »Viel Spaß«, sagte er.

»Was sollte das denn eben?«, fragte ich Braden, als wir das Haus verließen.

»Ach, du weißt schon, ein paar Charlie-Schutzanweisungen.«

»Sehr lustig.«

Braden musterte Evan, der auf dem Gehweg vor uns lief. Erst, als sein Blick an Evans Slippern hängen blieb, fiel mir auf, dass er welche trug. Braden sah mich mit hochgezogenen Augenbrauen an und beinahe hätte ich losgelacht.

Evan wartete einen Moment, damit Braden und ich ihn einholen konnten. »Ich bin Evan.«

»Oh, tut mir leid«, sagte ich, als mir einfiel, dass ich die beiden noch gar nicht vorgestellt hatte. »Das ist Braden. Braden, das ist Evan.«

Sie schüttelten sich die Hände und wir liefen weiter zum Auto. Als wir ankamen, blieben wir alle für einen Moment stehen – jeder ganz sicher mit der Frage beschäftigt, wer auf der langen Fahrt wo sitzen sollte.

»Mädchen hinten?«, schlug ich vor, da ich nicht genau wusste, wie das Prozedere in einem solchen Fall war.

»Ich sitze hinten«, verkündete Braden. »Warum nimmst du nicht den Beifahrersitz, Charlie?«

»Bist du dir sicher? Vorne hast du mehr Beinfreiheit.«

Amber warf mir einen vernichtenden Blick zu, der eindeutig besagte: *Lass ihn hinten bei mir sitzen.*

»Ja, ganz sicher«, antwortete er und ich fragte mich, ob er genau wie Amber die Aussicht auf den engen Rücksitz genoss.

Ich nickte und sie stiegen hinten ein, während Evan für mich die Beifahrertür öffnete.

»Du bist ganz schön groß«, sagte er, als ich einsteigen wollte. Es war schwer zu sagen, ob er über meine Größe enttäuscht war oder sie an mir mochte. Ich stieg also lieber ein, ohne ein weiteres Wort zu verlieren.

In solchen Situationen war ich dankbar, dass Amber so redselig war. Sie sorgte dafür, dass wir uns auf der Fahrt ganz ungezwungen unterhielten. Endlich angekommen, achtete ich auf Bradens Reaktion, als wir ins Stadium hineingingen. Seine Augen leuchteten auf und er schien jedes einzelne Detail zu registrieren und sich einzuprägen. Und es war ja auch der Wahnsinn. Jahrelang hatte ich mir Baseball im Fernsehen angeschaut und trotzdem hatte ich nicht annähernd damit gerechnet, wie prächtig und groß das Coliseum war. Das Gras war grüner, als ich je gesehen hatte, und die Bases leuchteten weiß. Reihen über Reihen grüner Plastiksitze erstreckten sich über die Betonstufen nach oben.

Evan lachte neben mir. »Du siehst schwer beeindruckt aus.«

»Das ist der Hammer.«

Wir kämpften uns nach unten zu unseren Plätzen durch, die relativ dicht am Spielfeld waren, gleich neben der ersten Base. Ich stieß Braden an, damit wir diesen Ist-das-super-oder-was-Moment teilen konnten. Er lächelte mich an und drückte dann kurz meine Hand. Die Geste verblüffte mich, und gerade, als ich zu Braden aufsah, um herauszufinden, ob mir sein Blick eine Erklärung dafür verriet, legte Evan seinen Arm um meine Schultern und zeigte auf die Spielerbank der Heimmannschaft. »Dort sitzen die Athletics.«

Ich nickte, als würde er damit meinen Wissensstand um eine neue Erkenntnis bereichern.

»Siehst du das Ding da mit dem Netz? Dort wärmt sich der Pitcher auf.«

»Sie ist ja nicht blöd«, meldete sich Braden zu Wort. »Sie weiß, was ein Bullpen ist.«

Ich warf Braden einen vernichtenden Blick zu, während wir unsere Plätze einnahmen. Das endete damit, dass Amber und ich nebeneinander landeten, während die Jungs außen saßen. Wahrscheinlich war das nur gut, wenn man Bradens Bemerkungen von vorhin einkalkulierte. Ich ertappte mich dabei, wie ich die Schultern ein bisschen einzog, damit ich im Sitzen nicht größer als Evan war.

»Ich hab Durst«, verkündete Amber in dem Moment, als wir uns hingesetzt hatten. »Charlie und ich holen uns noch was zu trinken, bevor das Spiel anfängt.« Sie zog mich an meinem Arm hoch.

»Okay. Sieht so aus, als würden wir Getränke holen. Irgendeinen Wunsch?«, fragte ich Evan.

Er griff in seine Hosentasche und zog einen Zwanziger heraus. »Ja bitte. Kannst du mir ein Dr. Pepper mitbringen?«

»Klar.«

Amber schaute Braden an.

»Danke, ich hab keinen Durst.« Und dann, als wäre ihm gerade erst wieder eingefallen, dass er Ambers Date war, zog er schnell ein paar Scheine aus seinem Portemonnaie und drückte sie ihr in die Hand.

Sie quittierte das mit einem Lächeln, das alles andere überstrahlte. »Danke.«

Mich störte das. Ich hatte Evans Geld nur angenommen, weil er sich ein Getränk bestellt hatte. Das war der einzige Grund gewesen. Ich hatte fest vorgehabt, mein Getränk selber zu bezahlen. Und jetzt hatte ich ein schlechtes Gewissen, weil ich Braden in eine peinliche Situation gebracht hatte und er sich verpflichtet fühlte, Amber Geld zu geben.

Als wir die Treppe zu den Imbissbuden hochliefen, sagte Amber: »Gott, Charlie, als du ständig betont hast, wie nett und lustig und süß Braden sei, dachte ich natürlich, er wäre oberhässlich, weil es immer nur um seinen Charakter ging. Du hättest doch einfach nur sagen müssen, wie heiß er ist, und ich wäre sofort dabei gewesen.«

Ich nickte und gab mir alle Mühe, das nicht an mich heranzulassen. An Braden war so viel mehr als nur sein gutes Aussehen. »Na ja, wir kennen uns schon unser ganzes Leben lang, ich kenne ihn also wirklich gut.«

»Glaubst du, er mag mich?«

Wehe. »Ihr habt euch doch gerade erst kennengelernt.«

»Aber glaubst du nicht an Schicksal? Ich meine, ursprünglich sollte doch Dustin mitkommen und ganz plötzlich wird er krank, und wer nimmt zufällig seinen Platz ein? Niemand anders als der Mann meiner Träume! Das muss doch Schicksal sein.«

»Ja, muss es wohl.«

»Ich werde ihm trotzdem etwas zu trinken kaufen«, sagte sie, als wir an der Reihe waren. »Was mag er am liebsten?«

Beinahe hätte ich gesagt: *Kauft er sich damit nicht gewissermaßen selbst etwas zu trinken?* Aber dann wurde mir klar, dass ich mich ihr gegenüber unfair verhielt, bloß weil sie Bradens Date war. Dabei war ich doch diejenige gewesen, die ihn überhaupt erst eingeladen hatte. Hatte ich allen Ernstes gedacht, dass Amber ihn nicht attraktiv finden würde und umgekehrt? »Eigentlich mag er Limo nicht wirklich. Kauf ihm lieber ein stilles Wasser oder Powerade – dann ist er zufrieden.«

Als sie eine Wild-Cherry-Powerade für ihn bestellte, sagte ich erst nichts. Ich wusste, dass er die am wenigsten mochte. Alles mit Kirschgeschmack erinnerte ihn an Hustensaft. Aber schließlich siegte mein schlechtes Gewissen und ich sagte: »Orange ist sein Lieblingsgeschmack.«

»Danke.« Sie lächelte mich mit ihren absolut ebenmäßigen Zähnen an und änderte die Bestellung. Es war nicht okay, was ich hier machte. Ich musste mich zusammenreißen. Braden und ich waren Freunde. Das hatten wir beide beschlossen. Nicht mehr und nicht weniger. Und seit wann gönnte ich Braden keine tolle Freundin, die noch dazu so nett war? Ich dachte zurück. Es war schon eine Weile her, dass ich ihn überhaupt mit irgendeinem Mädchen gesehen hatte. Klar, er ging hier und da mal mit jemandem aus, aber eine Freundin hatte er schon seit über einem Jahr nicht mehr gehabt. Damals hatte mich das nicht gestört. Jetzt würde es mich auch nicht stören. Denn wir waren ja Freunde.

24.

Amber verbrachte das gesamte Spiel damit, Braden nach den Baseballregeln und -vorschriften zu fragen, und gab ein leuchtendes Beispiel ab, wie man einem Jungen das Gefühl gab, nützlich zu sein. Ich verbrachte das gesamte Spiel damit, so zu tun, als interessierte mich Evans Nonstop-Kommentar, während ich mich eigentlich nur auf das Spiel konzentrieren wollte. Als das Spiel dem Ende zuging, erkundigte sich Amber nach einem der Pitcher und fragte, wie lange er schon in der Mannschaft spielte. »Er sieht so jung aus«, sagte sie.

Braden beugte sich vor und erwiderte: »Hm, da bin ich mir nicht ganz sicher, aber Charlie hat mir vor ein paar Tagen erst von ihm erzählt. Seit wann gehört er noch mal dem Kader an?«

Ich hatte nicht alle Daten der Spieler im Kopf, aber die zufällig schon, und ja, er war noch jung. Alle sahen mich an. Die Stimme des Stadionsprechers schallte über den Lautsprecher: »Auf der Home Plate steht Dunning, der nächste Batter ist Lopez.«

»Äh, ja. Er ist vierundzwanzig. Es ist sein zweites Jahr.«

»Wahrscheinlich kennt sie auch seine Spielerstatistik«, sagte Braden. »Sie ist ein wandelndes Baseballlexikon.« Er lehnte sich zurück, als hätte er erreicht, was er wollte. Und das hatte er auch – ich war so wütend auf ihn!

»Du hättest ruhig etwas sagen können«, meinte Evan. »Wahrscheinlich hab ich dich zu Tode gelangweilt.«

»Nein, überhaupt nicht.« Ich sah ihn an und lächelte schwach. Allein die Tatsache, dass ich hier beim Spiel sein durfte, war mehr, als ich mir je erhofft hatte. Und trotz der Baseball-Aufklärungsstunde auf Grundschulniveau unterhielt ich mich prächtig. Oder hatte ich jedenfalls, bis Braden auf die Idee gekommen war, mich vorführen zu müssen. Mir war klar, dass er das mit Absicht gemacht hatte. Ich hatte den selbstgefälligen Blick in seinem Gesicht gesehen, als er sich zurückgelehnt hatte.

»Schon beeindruckend, dass ein Mädchen mit deinem Aussehen so viel über Baseball weiß.«

Ich hörte Braden leise lachen und hätte ihm am liebsten eine reingehauen. Bloß weil er nicht auf mich stand, hieß das nicht, dass er mich runtermachen musste, wenn jemand anderes Interesse an mir hatte. »Wollen wir vor dem letzten Inning noch ein bisschen rumlaufen?«, fragte ich.

»Gerne«, sagte Evan, stand auf und streckte seine Hand aus. Ich nahm sie und versuchte, mir einzureden, dass ich es nicht nur deshalb tat, um Braden zu ärgern. Auch wenn mir nicht ganz klar war, wieso er sich hätte ärgern sollen. Außer vielleicht, weil Evan in seinen Augen nicht die schier unüberwindbare Hürde nehmen konnte, die er und meine Brüder für meine Dates vorgegeben hatten – immerhin trug er ja Slipper.

Auf dem Weg durch die Reihe zum Mittelgang schaffte Evan es, unbeschadet an Bradens Beinen vorbeizukommen. Ich dagegen stieß erst mit seinem einen Knie zusammen, wäre beinahe gestürzt und kam dann nicht an seinem anderen Knie vorbei. Evan blickte sich um, meine Hand immer noch in seiner. Ich funkelte Braden an, der völlig unschuldig tat. Also trat ich mit aller Kraft auf seinen Fuß. »Oh, tut mir leid, war das dein Fuß?«

Er pfiff leise durch die Zähne und zog endlich sein Bein zurück.

Eigentlich war es gar nicht schlecht, dass Braden mich geoutet hatte (nicht, dass ich mich in nächster Zeit bedanken würde), denn so konnten Evan und ich uns jetzt über andere Dinge als Baseball unterhalten. Wir sprachen über die Schule und er erzählte, dass er später Finanzberater werden wollte, genau wie sein Dad. Finanzen waren nun etwas, womit ich mich so gar nicht auskannte – ich konnte ihm also alle möglichen Fragen stellen. Nach einer Weile warf ich ein: »Okay, als du von diesem Devisen-Leerverkauf-Ding angefangen hast, bin ich ausgestiegen. Ich hab keine Ahnung, wovon du sprichst.«

Er lachte und ich bemerkte, wie fantastisch seine Augen dabei aussahen. Sie leuchteten regelrecht.

»Was ist deine Lieblingssportart?«, fragte ich.

»Was ich am liebsten mache oder was ich mir am liebsten anschaue?«

»Beides, denk ich mal.«

»Ich weiß nicht, ob das für dich als Sport zählt, aber ich mag Wakeboarden.«

»Natürlich zählt das. Wahnsinn. Hast du ein Boot?«

»Mein Dad hat eins. Manchmal erlaubt er uns, damit rauszufahren. Fährst du Wasserski oder Wakeboard?«

»Ich hab's ein paar Mal probiert, aber ich bin nicht sehr gut darin.«

»Dann lass uns das mal zusammen machen. Ich geb dir gerne ein paar Tipps.«

»Das wäre toll. Vielleicht könnten wir meine Brüder mitnehmen. Ich glaube, du würdest dich mit ihnen verstehen.« Und sie wären schwer beeindruckt, wenn er gut im Wakeboarden war.

»Ja, ganz bestimmt. Ich organisiere das.« Er hielt immer noch meine Hand, während wir durch die Fressmeile des Stadions wanderten, wo Nachos, Hotdogs, Eisbecher und

Waffeleis verkauft wurden. Seine Hand fühlte sich gut in meiner an, überhaupt nicht klebrig oder feucht oder so. »Möchtest du etwas essen?«, fragte er.

»Nein, ich hab keinen Hunger.«

Er seufzte. »Ich glaube, Braden mag mich nicht besonders.«

»Braden ist ein Idiot«, erwiderte ich. »Und keine Sorge, er mag dich. Ich denke, er hatte es eher auf mich abgesehen.« Wenn ich es nicht besser gewusst hätte, hätte ich auf Eifersucht getippt.

»Ihr seht euch wirklich kein bisschen ähnlich.«

»Oh. Nein, er ist gar nicht mein Bruder. Tut mir leid, ich hätte mich klarer ausdrücken sollen. Er wohnt bei uns nebenan. Aber ich kenne ihn schon seit zwölf Jahren, deswegen zähle ich ihn schon zu meinen Brüdern, und da er genauso nervt wie sie, passt das ganz gut.«

»Oh.« Er warf einen Blick in die Richtung, in der sich unsere Plätze befanden, als könnte er Braden von hier aus sehen. »Dein Nachbar.« Auf seinem Gesicht tauchte ein Ausdruck auf, den ich nicht einordnen konnte.

»Wollen wir zurück? Das Spiel ist fast vorbei«, sagte ich und drückte seine Hand.

»Klar.«

Wir waren schon fast zu Hause, als Braden sagte: »Hey, Evan, hast du morgen früh schon etwas vor?«

»Äh, nein ... nichts.«

»Spielst du gerne Football? Wir spielen nur so zum Spaß, nichts Offizielles. Wir treffen uns um neun im Park, oben an der Straße.«

»Klar, klingt gut.«

»Wow!«, kreischte Amber auf. »Kommst du auch, Charlie?«

Ich nickte und schäumte innerlich vor Wut, dass Braden ihn eingeladen hatte.

Amber griff nach Bradens Arm. »Darf ich auch kommen?«

»Na klar«, sagte Braden. »Wir gehen aber ziemlich hart ran.«

Ich verdrehte die Augen. Amber kam doch nicht zum Spielen. Sie wollte zuschauen.

Evan umarmte mich zum Abschied und ich sah ihm hinterher, als er losfuhr. Kurz darauf folgte Amber in ihrem Auto. Braden und ich standen nebeneinander, als ihre Rücklichter um die Ecke verschwanden.

»Was sollte der ganze Zirkus eigentlich?«, erkundigte er sich.

Ich trat ein paar Schritte zurück. »Was?«

»Wieso hast du so getan, als hättest du keine Ahnung von Baseball?«

»Ich hab einfach nur das gemacht, was sich für ein gutes Date gehört.«

Er stöhnte und setzte dieses typische Gesicht auf, das immer dann zum Einsatz kam, wenn jemand etwas Dummes gesagt hatte – den Mund nach unten verzogen und kurz davor, die Augen zu verdrehen. »Wirklich? Es sah nämlich aus, als würdest du dich dumm stellen.«

»Wenn du meinst. Deswegen hättest du ihn trotzdem nicht gleich fragen müssen.«

»Was fragen?«

»Ob er morgen mitmachen will.«

»Deine Brüder wollen ihn kennenlernen. Sie haben mir eine SMS geschickt.« Er hielt sein Handy hoch, als würde es das besser machen.

Ich versuchte, mich zu beruhigen, indem ich tief Luft holte.

»Was regst du dich so auf?«

Ich hasste es, dass er den Nagel auf den Kopf getroffen hatte. »Weil du mir gerade das weggenommen hast, was mir am meisten Spaß macht.«

»Ich hab dir überhaupt nichts weggenommen.«

In mir brodelte es und ich verspürte das überwältigende Verlangen, ihn einfach zu schlagen. »Ich kann morgen nicht mitspielen. Ich muss am Spielfeldrand sitzen und darf euch zujubeln.«

»Warum das denn? Du bist eine tolle Footballspielerin.«

»Darum, Braden. Weil Evan dabei ist.«

Er sah ärgerlich aus, was bei ihm nur selten vorkam. »Wenn du in seiner Gegenwart nicht du selbst sein kannst, solltest du besser nicht mit ihm ausgehen.«

Ich stieß ein leises, verächtliches Lachen aus. »Ach ja, ich soll ich selbst sein? Raufen, mich im Matsch wälzen, Touchdowns. Das finden Jungs wirklich anziehend.«

»Manche schon.«

»Ach ja, Braden? Wer denn? Sag mir das bitte! Ich spiele nämlich seit fünf Jahren mit immer denselben zehn Jungs Football und nicht ein einziges Mal hat einer von ihnen versucht, auch nur mit mir zu flirten, ganz zu schweigen davon, dass mich irgendwer auf ein Date eingeladen hätte. Nicht einer! Glaubst du, dass auch nur einer von ihnen in mir eine potentielle Kandidatin für ein Date sieht? Natürlich nicht. Sie betrachten mich als – Moment, lass mich nachdenken, was waren noch einmal die Begriffe, mit denen ihr mich vor ein paar Tagen beim Frisbee-Golf beschrieben habt? Ach ja, richtig. Aggressiv und klobig. Wenn sie mit einem Mädchen ausgehen wollen, gehen sie ins Einkaufszentrum oder in einen Club und suchen sich eine, die enge Klamotten trägt, sich die Nägel lackiert und kichert, wenn sie Witze reißen. Ich sehe doch, wie die Jungs Amber anhimmeln. Ich hab gesehen, wie du Amber angehimmelt hast. Jungs wollen keine Konkurrentin, sie wollen einen Cheerleader. Also entschuldige bitte, wenn ich das Gefühl habe, dass ich mich ein wenig verbiegen muss, damit ein Typ« – ich zeigte die Straße hoch –, »und zwar ein attraktiver, netter Typ in mir etwas anderes sieht als nur einen Kumpel aus seiner Mannschaft.« Meine Augen brannten vor Zorn.

Diesmal war es Braden, der einen Schritt zurücktrat. Dann kniff er für einen Moment die Augen zu, bevor er sie wieder öffnete. »Du kapierst überhaupt nichts. Ich kann es einfach nicht fassen, dass du, das sturste Geschöpf auf dieser Welt, bereit bist, so etwas für einen Typen zu tun, der weder die Zeit noch die Mühe wert ist. Du brauchst dich nicht zu verstellen. Das würde deine Brüder umbringen.«

Die Spannung in meiner Brust war mittlerweile fast unerträglich geworden. Ich musste laufen, sonst würde sie mich die ganze Nacht lang wach halten. Entweder das oder Braden zusammenschlagen, was mir gerade wie eine brillante Idee vorkam. »Er ist mir meine Zeit und Mühe wert. Gute Nacht, Braden«, sagte ich und rannte los. Es machte zwar keinen Spaß, in Jeans joggen zu gehen, aber der atmungsaktive Stoff des Trikots und die Turnschuhe, die ich immer trug, glichen das aus.

Ich wusste, dass Braden mir folgte. Immerhin war es mitten in der Nacht und ihm war klar, dass mein Dad ihn umbringen würde, wenn er mich alleine ziehen lassen würde. Ich konnte ihn hören, wie er sich ungefähr zehn Meter hinter mir hielt. Ich hoffte, dass er in seiner Jeans und seinem Polohemd umkam. Ich hoffte, dass ihm die Füße in seinen Chucks höllisch wehtun würden.

Der lange Anstieg kündigte den Beginn des fünften Kilometers an und ich warf einen kurzen Blick über die Schulter, um zu sehen, ob Braden noch mitkam. Er war um weitere anderthalb Meter zurückgefallen. Ich wusste, dass ich ihn auf diesem Anstieg abhängen konnte, wenn ich wollte. Ich könnte den Hügel hochsprinten und oben einen anderen Weg nehmen. Ich verzichtete. Mittlerweile war das Adrenalin in meine Adern geschossen, hatte die Spannung gelöst und machte es mir schwer, wütend zu bleiben. Ich wurde ein bisschen langsamer und verringerte den Abstand auf etwa sechs Meter, während ich eine Abkürzung durch den Park nahm und meine übliche Elf-Kilometer-Runde auf etwas über acht Kilometer verkürzte.

Als wir nach Hause kamen, marschierte Braden, dessen Kragen und Unterarme vor Schweiß trieften, wortlos ins Haus.

25.

Du musst das nicht tun«, sagte ich am nächsten Morgen zu Evan, als wir Hand in Hand in den Park gingen. »Du weißt doch, worum es hier geht, oder?«

»Ich muss mich bei deinen Brüdern bewähren oder sonst etwas Merkwürdiges?«

»Genau.«

»Und du? Muss ich mich vor dir bewähren?« Er lächelte und mein Herz machte einen kleinen Hüpfer.

»Nein. Überhaupt nicht.«

Evan hatte sich passend für den heutigen Morgen angezogen – T-Shirt und lange Sporthose mit Reißverschlüssen am Bein, die am Knöchel offen waren – und das gefiel mir. Er sah gut aus. Er hatte sogar ein Paar respektable Sportschuhe an. Sie waren zwar ein bisschen zu sauber, aber selbst Braden sollte nichts an ihnen auszusetzen haben.

»Dann ist ja alles in Ordnung. Ich werde einfach nur Spaß haben. Ich bin zwar nicht der Bulligste, aber Football spiele ich trotzdem gern.«

»Die meisten Jungs sind ähnlich groß wie du. Nur meine Brüder sind Riesen.«

»Und das soll mich jetzt trösten?«

»Tut mir leid.«

»Ich dachte, Amber würde auch kommen.«

»Als ich euch beiden die Nachricht geschickt habe, dass wir uns bei mir treffen, meinte sie, dass sie spät dran sei und direkt zum Park käme.«

»Super. Ich hoffe nämlich, dass ein weiteres neues Gesicht vielleicht ein bisschen von mir ablenkt.«

Na ja, die Jungs haben mich bisher weder geschminkt noch in engem Top oder schmal geschnittenen Jeans gesehen, das wird also vermutlich reichen, lag mir auf der Zunge.

Ich drückte seine Hand. »Du schaffst das.«

Die Jungs waren schon fast alle da. Sie stellten bereits die Hütchen auf und warfen den Ball hin und her. Ich erntete ein paar befremdete Blicke auf mein Gesicht und meine Kleidung, danach auf Evans und meine verschlungenen Hände.

»Ich vermute mal, du schleppst nicht allzu oft irgendwelche Typen an«, flüsterte Evan.

Ich lachte bloß.

Meine Brüder kamen Schulter an Schulter zu uns rüber und ich konnte spüren, wie Evan neben mir verkrampfte. Gage war der Einzige, der lächelte. Ich hätte schreien können, so frustrierend fand ich das. Mir wurde klar, dass ich das hier viel zu selten machte. Sie führten sich wie eine geschlossene Abwehrkette auf, die kurz davor war, den Quarterback niederzumetzeln. Mal ehrlich, das konnte ich im Moment überhaupt nicht gebrauchen.

»Hey, hey«, mahnte ich. »Benehmt euch. Das ist Evan. Evan, der, der so böse guckt, ist Jerom, der, der aussieht, als litte er unter Verstopfung, ist Nathan und der Spinner auf der rechten Seite ist Gage.«

Gage lachte. »Verstopfung, Nathan? Wir hatten uns eigentlich auf grimmig geeinigt.« Jetzt lachten sie alle drei und ich entspannte mich, als ich merkte, dass sie uns nur auf den Arm genommen hatten.

»Nett, dich kennenzulernen, Evan«, sagte Jerom und streckte seine Hand aus.

Evan schüttelte sie. Ich sah mich nach Braden um und entdeckte ihn auf der anderen Seite des Spielfeldes, wo er mit George Pässe warf. Also war er immer noch sauer auf mich. Dabei war ich doch diejenige, die auf ihn hätte sauer sein sollen, nicht umgekehrt. Er hatte nicht nur behauptet, ich wäre dickköpfig, sondern auch noch ahnungslos.

»Okay, Leute«, rief Jerom und klatschte kurz in die Hände. »Lasst uns die Mannschaften aufstellen. Gage und ich spielen in einem Team, Nathan und Braden im anderen.« Die vier spielten nie zusammen in einem Team, da hätten die anderen protestiert. Nicht nur, weil sie die größten und besten Spieler waren, sondern, weil sie sich kannten und sich blind untereinander verständigen konnten, sodass sie immer im Vorteil gewesen wären. »Alle anderen: Sucht euch eine Mannschaft aus, aber seht zu, dass ihr euch gleichmäßig verteilt.«

»Welches Team soll ich wählen?«, fragte Evan mich.

»Jerom und Gage«, empfahl ich, denn ich wusste, dass Gage ihn am ehesten miteinbeziehen würde. Er würde sich am meisten bemühen, ihm das Gefühl zu geben dazuzugehören. Evan stellte sich in den Kreis, der sich um die beiden bildete, und ich zog mich an den Spielfeldrand zurück und wartete darauf, dass meine Brüder begriffen, dass ich nicht mitspielte.

Gage kapierte es als Erster und er warf mir einen Was-soll-das-denn-Blick zu. Ich lächelte nur. Braden schüttelte den Kopf, als könnte er immer noch nicht glauben, dass ich nicht mitmachte, und ihm jetzt, als es tatsächlich passierte, regelrecht schlecht davon würde. Endlich schaute auch Jerom rüber.

»Such dir ein Team aus, Charlie«, rief er mir zu.

Eine fröhliche Stimme rettete mich. »Hier bin ich.«

Alle Köpfe drehten sich in Richtung Amber. Gage wäre beinahe über seine eigenen Füße gestolpert. Sie trug Jeans, Flip-Flops und ein eng anliegendes Tanktop mit einer Glitzerschrift quer über der Brust, die ich nicht lesen konnte. Sämtliche Jungs auf dem Spielfeld versuchten offenbar genau wie ich, den Schriftzug zu entziffern. Ambers wellige Haare fielen locker über ihre Schultern.

»Hi, Braden«, rief sie. Jetzt wandten sich alle Köpfe in Bradens Richtung. Er lief ein bisschen rot an und winkte dann. Sie trug einen zusammenklappbaren Campingstuhl über ihre Schulter, den sie jetzt aus der Hülle nahm und neben mir aufbaute. »Hätte ich gewusst, dass du keinen Stuhl hast, hätte ich dir einen mitgebracht.«

»Kein Problem.«

»Schaust du ihnen oft beim Spielen zu?«, fragte sie.

»Ja.«

»Und dabei sitzt du einfach auf dem Boden?«

Was war bloß los mit mir? Warum sagte ich nicht, dass ich normalerweise mitspielte? Weil ich das Gefühl hatte, dass sie mich vielleicht in einem anderen Licht sehen würde, wenn ich das zugegeben hätte? Sie würde mich für merkwürdig halten. Für eine, die mit Jungs Football spielte.

»Spielen wir jetzt oder was?«, fragte Jerom. Und damit begann das Spiel. Dass sie wenigstens ein bisschen Rücksicht auf Evan nehmen würden, war ein Irrtum gewesen. Bei seinen Versuchen, ihm den Ball zuzuwerfen, feuerte Jerom Evan den Ball an die Brust, seitlich gegen den Kopf und mitten auf den Rücken. Evan gelang es, ein paar Bälle zu fangen, doch dann stürzte sich Braden jedes Mal mit solcher Wucht auf ihn, wie ich es bei ihm noch nie zuvor gesehen hatte. Jetzt juckte es mir in den Fingern mitzuspielen, um mich an ihnen rächen zu können.

Amber raunte neben mir: »Mensch, Charlie, du hast mir gar nicht erzählt, dass deine Brüder genauso gut aussehen wie du.«

»Was?«

»Deine Brüder. Die könnten glatt als Models durchgehen, mit ihren grauen Augen und hohen Wangenknochen. Sie sehen fantastisch aus.«

»Äh ... lass sie das bloß nicht hören.«

»Dabei hätte ich mir das mit dem guten Aussehen ja eigentlich denken können, schließlich seid ihr doch verwandt und so.«

Ich knurrte, den Blick aufs Spiel gerichtet. Ich hätte Evan zu Bradens Team raten sollen. Dann hätte Braden ihn nicht so heftig angehen können. »Warte mal kurz«, sagte ich zu Amber und erhob mich vom Rasen, auf dem ich im Schneidersitz gesessen hatte. Nach dem nächsten Spielzug marschierte ich auf Braden zu, und weil ich Evan nicht bloßstellen wollte, zischte ich: »Warum nimmst du ein Freundschaftsspiel im Park so ernst, als wär's der Superbowl? Entweder ihr besorgt euch Helme und Polster oder du hältst dich zurück, Tarzan. Wenn du ihn noch einmal so angreifst, gehen wir.«

Braden vermied es, mich anzusehen, aber sein Kiefermuskel war aufs Äußerste angespannt.

»Warum bist du so sauer auf mich? Wo liegt dein Problem?«, fragte ich.

»Du willst wissen, wo mein Problem liegt?«, erwiderte er.

»Ja.«

»Bist du sicher?«

Jetzt zögerte ich, weil mir bewusst wurde, wo wir uns befanden, aber er war nicht zu bremsen. Er fasste mich an den Schultern und drehte mich um, sodass ich den Jungs gegenüberstand, die uns nun alle anstarrten. »Handzeichen bitte«, rief Braden laut. »Wer von euch wäre in den letzten sechs Monaten gerne mit Charlie ausgegangen, hätte er sich nicht die Wir-bringen-euch-um-wenn-ihr-Charlie-auch-nur-anschaut-Predigt von diesen drei Hohlköpfen da drüben anhören müssen, als sie sechzehn wurde?«

Mein erster Impuls war, mich von Braden loszureißen und nie wieder mit ihm zu reden. Nie, nie wieder. Aber der dünne Faden Neugier, der sich durch meinen Körper schlängelte, schien mich am Rasen festgenäht zu haben, denn ich konnte mich nicht bewegen.

Ein paar der Jungs traten nervös von einem Fuß auf den anderen und schielten zu Jerom rüber. Und gerade als die Sache anfing, schrecklich peinlich zu werden, weil sich keiner rührte, hob Tyler seine Hand. Das schien den anderen Mut zu machen, denn mindestens ein halbes Dutzend von ihnen folgte seinem Beispiel. Sogar Gage, der sich für besonders witzig hielt, zeigte auf. Braden, wurde mir bewusst, hielt mich immer noch fest mit beiden Händen an den Schultern gepackt.

»Was genau der Grund ist, warum wir diese Predigt gehalten haben«, sagte Jerom düster.

»Nur einem Kerl zuliebe brauchst du nichts an dir zu ändern«, flüsterte mir Braden leise ins Ohr.

Wenn er sich in irgendeiner Form eingebildet hatte, dass ich ob dieser öffentlichen Bloßstellung gerührt sein sollte, lag er falsch. »Danke, Oprah. Ich werd's mir merken.« Ich schaute zu Evan hinüber. »Gehen wir?«

Er nickte, wobei er sich den Nacken massierte.

26.

Ich winkte Amber zum Abschied zu, die es überhaupt nicht zu stören schien, dass ich sie sitzen ließ. Auf dem Nachhauseweg musterte ich Evan. Auf der einen Seite seines Nackens prangte eine rote Stelle und eine weitere auf seinem Oberarm – wahrscheinlich dort, wo er vom Football getroffen worden war. Über seinen Handrücken verlief ein langer Kratzer. Beim Football ließen sich blaue Flecken zwar generell nur schwer verhindern, aber er schien mehr Prügel eingesteckt zu haben als bei einem Freundschaftsspiel üblich.

»Wir haben einen Whirlpool«, schlug ich vor. »Das hilft vielleicht.«

»Ich weiß nicht, ob ich von deinen Brüdern mit dir im Whirlpool erwischt werden möchte, wenn sie nach Hause kommen. Ich meine, mir ist die Wir-bringen-euch-um-Predigt ja erspart geblieben, aber so langsam verstehe ich, warum Jungs dir vielleicht lieber aus dem Weg gehen, wenn sie in deren Genuss gekommen sind. Die sind eine richtige Streitmacht, die vier.«

»Ja, das stimmt, oder?« Ich seufzte. »Aber komm schon, das Spiel läuft noch eine ganze Weile. Ich such dir eine Badehose, du bekommst ein paar Aspirin und dann entspannen wir uns.«

»Ich bin nur einverstanden, weil das heißt, dass ich dich im Bikini zu Gesicht bekomme.«

Ich wurde rot und stieß ihn mit der Schulter an.

Oben in meinem Zimmer – nachdem ich eine von Gages Badehosen organisiert hatte und Evan damit ins Badezimmer zum Umziehen geschickt hatte – streifte ich mir meinen Badeanzug über. Evan würde enttäuscht sein. Ich trug Badeanzüge nur zum Schwimmen; der hier war also ziemlich langweilig.

Wir trafen uns im Flur und nach einem kurzen, peinlichen Hin und Her endete das Wollen-wir-auf-dem-Weg-zum-Pool-Händchen-halten-Spiel mit seiner Hand auf meinem Rücken. Ich bemühte mich, nicht zu sehr auf seinen Sixpack zu starren, deswegen hielt ich meinen Blick strikt nach vorn gerichtet, obwohl ich eigentlich hatte abchecken wollen, ob er noch irgendwelche weiteren Verletzungen vom Spiel davongetragen hatte. Nein, ich schaute lieber nicht hin; ich war auch so schon wütend genug auf Braden.

Ich stellte die Düsen an und wir ließen uns in den Whirlpool gleiten.

»Mal ehrlich ...«, sagte Evan, nachdem wir eine Weile schweigend im Wasser gesessen hatten. »Hab ich komplett versagt?«

»Nein. Du warst gut. Wirklich.«

»Ich bin kein so toller Footballspieler. Wäre es Baseball gewesen, hätte ich ein sehr viel besseres Bild abgegeben.« Er tastete unter Wasser nach meiner Hand, ergriff sie und spielte mit meinen Fingern.

»Du brauchst dich wegen so eines dämlichen Freundschaftsspiels nicht zu entschuldigen. Meine Brüder haben dich hart rangenommen.«

»Deine Brüder waren okay ... Es war Braden, der ein Problem mit mir hatte.«

»Nein. Mit dir hat er kein Problem. Wir haben uns gestern Abend gestritten. Er war wütend auf mich und hat es an dir ausgelassen.«

»Kann schon sein. Aber da ist noch mehr.«

»Was meinst du?«

»Ich glaube, er ist eifersüchtig.«

»Worauf?«

»Dass ich mit dir ausgehe. Ich glaube, er steht auf dich.«

Ich lachte, als ich an die Nacht dachte, in der ich ihm genau das vorgeworfen und er ausgesehen hatte, als wollte er im Boden versinken. »Nein, das kann ich dir garantieren. Tut er nicht. Ganz im Ernst, Evan, zwischen uns ist nichts. Er entwickelt nur schnell Vorurteile. Der beruhigt sich schon wieder.«

»Wenn du meinst.« Er beugte sich vor. »Und was, wenn ich das hier mache?« Er küsste meine Wange und streifte sanft mit seinen Lippen über meine Haut. »Würde ihn das schneller dazu bringen, sich zu beruhigen, oder langsamer?«

»Vielleicht würde er es schneller kapieren«, sagte ich.

»Dann würde das hier wohl noch mehr helfen«, flüsterte er, nahm mein Gesicht und drehte es zu sich. Ich wusste, dass er mich küssen würde, und erstarrte vor lauter Panik. Was, wenn ich es falsch machte? Er schaute mir in die Augen, als wolle er um Erlaubnis fragen, aber ich rührte mich immer noch nicht. Er schien das als Zustimmung zu werten, denn gleich darauf spürte ich, wie seine Lippen meine berührten. Sie fühlten sich außergewöhnlich weich an und ich fragte mich, ob das bedeutete, dass meine zu trocken waren. Mir rutschte regelrecht das Herz in die Hose, weil ich nicht so recht wusste, was ich tun sollte. Ich hatte Angst, dass er es merken würde. Also überließ ich ihm die Führung, was ganz gut funktionierte. Ich versuchte, auf alles genau zu achten – die Art, wie er seinen Kopf bewegte, wie seine Unterlippe sich unter meine legte, sein Atem, die Hand in meinem Nacken –, damit ich es beim nächsten Mal besser machen würde.

Gage setzte unserem Kuss ein jähes Ende. Mit einer Arschbombe landete er direkt neben mir im Pool, kaltes Wasser spritzte mir ins Gesicht. Als Gage wieder hochkam, um Luft zu holen, sagte er: »Sah so aus, als könntet ihr eine Abkühlung gebrauchen.« Er war komplett angezogen. Sie mussten das Spiel meinetwegen frühzeitig abgebrochen haben.

»Ja, schönen Dank auch.«

»Und ihr«, brüllte Gage nach hinten in Richtung Schiebetür, »seid bei drei nicht gesprungen. Ihr schuldet mir alle ein Essen.«

Ich warf einen kurzen Blick über die Schulter und sah Braden, Nathan und Jerom neben der Tür stehen. Nathan und Jerom lachten. Braden drehte sich um und ging.

Abends beim Essen sagten mir meine Brüder, was sie von Evan hielten. Ihr Urteil war besser, als ich zu hoffen gewagt hätte. Braden, der zum Essen geblieben war, machte sich über jeden netten Kommentar lustig, bis Jerom ihn irgendwann ansah und fragte: »Braden, hast du ein Problem mit Evan?«

»Ja! Der ist doch total lächerlich. Er verkörpert all das, wovor wir sie bei Jungs gewarnt haben.«

»Trinkt er etwa Gemüsesaft?«, fragte Gage spöttisch.

Braden knurrte. »Er ... egal. Anscheinend ist er ja perfekt. Viel Spaß, Charlie.«

Später am Abend bekam ich eine SMS: *Zaun. Sofort.*

Ich spielte mit dem Gedanken, sie einfach zu ignorieren. Er machte es mir nicht leicht, sein Verhalten zu entschuldigen. Aber vielleicht konnte ich ihn ja zur Vernunft bringen. Er war mein Freund und ich hasste es, wenn wir uns stritten.

»Kannst du dich nicht einfach für mich freuen?«, fragte

ich ihn am Zaun. *Es ist mir wichtig, dass du dich für mich freust,* dachte ich, sprach es aber nicht aus.

»Das könnte ich auch, wenn er der Richtige für dich wäre.«

»Du kennst ihn überhaupt nicht.«

»Er kennt *dich* überhaupt nicht!« Seine Stimme klang gepresst, zornig.

Ich bemühte mich, gelassen und freundlich zu bleiben. »Aber geht es in Beziehungen denn nicht genau darum? Sich gegenseitig kennenzulernen?«

»Wenn du ihm die Wahrheit sagen würdest, dann ja. Aber er denkt, dass du ... Er denkt, du bist wie Amber. Er möchte eine Amber.«

»Was stimmt an Amber nicht?«

»Du bist nicht wie sie.«

Wir schwiegen beide eine ganze Weile. Schließlich setzte ich mich ernüchtert auf den Boden. Braden hatte mir heute gezeigt, dass die Hälfte der Jungs beim Spiel gerne mit mir ausgegangen wären. Doch jetzt behauptete er, dass Evan es mit der Angst zu tun kriegen würde, wenn er mehr über mich wüsste?

»Und du glaubst nicht, dass er mein echtes Ich mögen würde?«

»Nein.«

Ich ließ meine Stirn auf die Knie sinken und zupfte Grasbüschel aus der Rasenkante. Die Leere in meinem Magen wuchs und wuchs, als wollte sie mich mit Haut und Haar verschlingen. Falls Evan mich also nicht so lieben konnte, wie ich war, wollte Braden dann andeuten, dass etwas nicht mit mir stimmte? »Warum tust du mir das an? Warum lässt du mich nicht einfach selbst ausprobieren, was richtig ist?«

»Weil ich nicht möchte, dass jemand dir wehtut.«

»Außer wenn du derjenige bist, der mir wehtut.«

»Das möchte ich nicht, Charlie.«

»Vielleicht bin ich Amber ja ähnlicher, als du denkst. Vielleicht bist du derjenige, der mich nicht kennt.« Ich fühlte mich anders. Als würde ich in letzter Zeit mehr über mich lernen. Ich war nicht bloß der kleine Kumpel meiner Brüder.

»Wenn du so wie sie bist, dann will ich dich vielleicht gar nicht kennen.«

Ein eisiger Schmerz durchbohrte meine Brust. Das Gras in meinen Händen fühlte sich kalt und gummiartig an, und selbst als ich die Hände öffnete, um es fallen zu lassen, blieben mehrere Halme in meinen Handflächen kleben. Ich wischte sie an der Hose ab und stand auf. »Du benimmst dich wie der letzte Penner«, murmelte ich und ging zurück ins Haus.

27.

Ich saß an meinem Schreibtisch und ging die Liste mit den Sachen durch, die ich nächste Woche fürs Camp brauchte. Den Bleistift, mit dem ich die Sachen ankreuzte, die ich noch zu besorgen hatte, musste ich zur Seite legen, denn ich hatte bereits ein Loch durch das erste Kästchen auf der Liste gebohrt. Wie konnte sich Braden das Recht herausnehmen, über Evan zu urteilen? Und wieso? Er kannte ihn nicht einmal. Er wollte ihn noch nicht einmal kennenlernen. Es war nicht Evans Schuld, dass ich ihm nur die eine Seite von mir zeigte. Es war nicht fair von Braden zu behaupten, dass Evan mich nicht akzeptieren würde, solange ich ihm keine Chance dazu gab.

Ich stieß mich vom Schreibtisch ab und stand auf. Ich war dankbar für die Ablenkung, die ich heute auf der Arbeit haben würde. Wenn ich jetzt losfuhr, würde ich eine halbe Stunde zu früh da sein, aber ich musste aus dem Haus.

»Charlie«, sagte Linda lächelnd, als ich den Laden betrat. »Deine Aura sieht heute rot aus. Ärgerst du dich über irgendetwas?«

Langsam ging sie mir mit ihrem Aura-Gelaber, mit dem sie noch dazu meistens genau ins Schwarze traf, auf die Nerven. »Mir geht's gut. Jungs sind doof.«

Sie lachte. »Willst du reden?«

Ich hielt den Rucksack mit Klamotten hoch. Ich musste mich umziehen. Schwer zu sagen, warum ich immer noch wartete, bis ich bei der Arbeit war, bevor ich mich in Schale schmiss. Zu Hause hatten mich bereits alle in meinen neuen Outfits gesehen. Anscheinend war es mir zur Tradition geworden, mich bei der Arbeit umzuziehen. »Nein. Ich darf einfach nur nicht mehr daran denken.« Ich ging ins Hinterzimmer und schlüpfte schnell in meine anderen Klamotten.

Als ich wieder nach vorne kam, nahm Linda meine Hände in ihre. »Ich bin sicher, dass deine Mom dir das ständig sagt, aber man kann es eigentlich nicht oft genug hören: Lass dir von keinem Jungen der Welt vorschreiben, wie du zu sein hast. Erst, wenn du selbst weißt, wer du bist, solltest du dich auf einen von ihnen einlassen.«

Ich bemühte mich, nicht zusammenzuzucken, als sie meine Mom erwähnte. *Meine Mom sagt mir gar nichts,* hätte ich am liebsten erwidert. Aber ich schaffte es nicht. Es war zu spät, um die Sache in Ordnung zu bringen. Und abgesehen davon wusste ich, wer ich war. Zumindest bildete ich mir das ein. Ich war ein Mädchen, das ohne Mutter aufgewachsen war und deshalb keine Ahnung hatte, wie man ein Mädchen war. Hier stand ich nun und spielte Linda, aber auch Amber und ihren Freundinnen etwas vor. Seit wann hatte ich solche Selbstzweifel? Seit wann hatte ich das Bedürfnis, eine andere sein zu müssen? Ich musste hier einfach mal weg. Das Basketballcamp würde mir eine Atempause verschaffen. Ich nickte. »Danke, Linda.«

Sie drückte meine Hände. Dann sagte sie: »Ich muss hinten ein bisschen Papierkram erledigen.«

Nach der Hälfte meiner Schicht kam Skye mit einem Werbeflyer in der Hand herein. »Oh là là, Charlie. Ich wusste gar nicht, dass du modelst.«

Ich dachte, sie hätte bloß einen Scherz gemacht, aber dann schob sie mir den Werbeprospekt für das Brautmodegeschäft zu. Es zeigte mich, auf mehreren Fotos, die für die Make-up-Marke des Ladens warben. Zwei Dinge fielen mir sofort ins Auge. Erstens: Das hier war nicht irgendein Billigflyer, wie Linda ihn ausgedruckt und neben unserer Kasse für die Kunden zum Mitnehmen ausgelegt hatte. Es war ein hübscher, glänzender Farbprospekt, der mehrere Seiten umfasste. Und zweitens: Die Fotos waren keine extremen Nahaufnahmen, wie Antonia versprochen hatte. Man konnte meinen ganzen Körper auf diesem Hocker sehen ... mitsamt meinem äußerst erkennbaren Gesicht.

Ich spürte, wie mir das Blut aus den Wangen wich, als ich den Prospekt anstarrte.

»Alles in Ordnung?«, fragte Skye.

»Ich ...« Unsere Blicke trafen sich. »Das darf doch nicht ...« Mein Gesicht fühlte sich taub an und ich hätte mich am liebsten gleich hinter der Kasse hingesetzt. Wenn mein Dad das sah, würde er mich umbringen. »Wo hast du das her?« Vielleicht hatten sie den Prospekt noch gar nicht verteilt. Das Geschäft war um die Ecke. Vielleicht kannte sie den Besitzer oder so. Und überhaupt, warum sollte Skye Werbung für ein Brautmodegeschäft bekommen?

»Kam mit der Post.«

»Mit der Post? In deinem Briefkasten?«

»Exakt.«

»Mist.« Adrenalin schoss in meine Adern und ich hatte plötzlich das dringende Bedürfnis, durch die Stadt zu rennen und jeden einzelnen Werbeprospekt aus jedem einzelnen Briefkasten zu reißen. »Wann? Heute?«

»Ja. Gerade eben.«

»Darf ich ...« Ich zeigte auf den Prospekt.

»Ja, den kannst du behalten. Da gehe ich sowieso nie hin.«

»Du bist nie dort gewesen? Sie schicken also jedem in der Stadt einfach so einen Prospekt?«

Sie faltete die Broschüre und reichte sie mir. »Nein. Ich war irgendwann mal Brautjungfer und bin auf deren Kundenliste gelandet. Jetzt schicken sie mir ständig ihre Werbung.«

»Ihre Kundenliste? Ihre Kundenliste. Sie haben eine Liste. Und da bist du drauf.«

»Bist du sicher, dass alles in Ordnung mit dir ist?«

»Mir geht's bestens.« Ich stand nicht auf ihrer Kundenliste. Wir bekamen nie Werbung von diesem Laden und auch sonst niemand, den ich kannte. Bevor ich eingesprungen war, hatte ich von dem Laden nicht einmal gehört. Meine Schultern entspannten sich.

Skye machte sich auf den Weg nach hinten, blieb aber auf halbem Wege stehen und drehte sich um. »Charlie, neulich auf dem Konzert wollte ich dich übrigens nicht kränken.«

»Mich kränken?«

Sie hob den Daumen und zeigte damit über ihre Schulter. »Wegen Linda. Ich meinte damit nicht, dass sie deine Mutter ersetzen würde oder so.«

»Ach so.« Plötzlich fiel mir wieder ein, wie sie mir gesagt hatte, dass Linda für mich schon bald so unersetzlich sein würde wie für sie. »Nein, kein Problem. Das weiß ich doch.«

Sie sah auf den Boden. »Linda hat mir ziemlich geholfen. Meine Mom hat uns verlassen, als ich noch klein war ...«

Ich atmete langsam ein. Jetzt war der Zeitpunkt gekommen, wo ich ihr gestand, dass ich auch von klein an keine Mom gehabt hatte. An dem ich ihr das Gefühl gab, jemand würde sie verstehen. An dem jemand mich selbst verstand. An dem ich aufhörte, allen etwas vorzumachen. Ich öffnete den Mund, doch sie drehte sich um, ohne aufzusehen, und ging schnell nach hinten.

Egal, wer brauchte schon Verständnis?

Um auf Nummer sicher zu gehen, schaute ich gleich in den Briefkasten, als ich nach Hause kam, und stellte zu meiner riesengroßen Erleichterung fest, dass ein Berg von Post dort lag – was bedeutete, dass ich heute die Erste war, die die Post durchsah. Ich sammelte die Briefe ein und blätterte den Stapel durch. Ein bisschen Werbung war dabei, allerdings nicht die gefürchtete. Jetzt, nachdem der Schock nachließ, drehten sich meine Gedanken im Kreis.

Die Werbung zeigte mein Bild. Ohne meine Erlaubnis. Das war nicht in Ordnung. Dann erinnerte ich mich an das Formular und dass der Mann mich gefragt hatte, ob ich es unterschrieben hätte. Oh nein! Irgendeine Wildfremde hatte das Formular unterschrieben und ihr Einverständnis erklärt, dass ihr Bild benutzt wurde. Ich war an dem Tag für sie eingesprungen. Das war furchtbar unfair. Ich fragte mich, ob sie dafür bezahlt worden war.

Ich schloss den Briefkasten und ging ein paar Schritte in Richtung Bradens Haus. Ich brauchte jemanden, mit dem ich reden konnte, und sein Gesicht war das erste, das mir in den Sinn kam. Auf halbem Weg zu seiner Haustür blieb ich seufzend stehen. Er war immer noch wütend auf mich und ich war immer noch wütend auf ihn, weil er sich wegen Evan wie ein Riesenbaby aufgeführt hatte. Und richtig fies zu mir gewesen war.

Ich nahm mein Handy aus der Tasche und rief Amber an.

»Was für ein Zufall. Ich hab gerade eben mit Braden telefoniert.«

Mein Kopf schnellte zu Bradens Haus herum, als würde er davorstehen und gerade das Telefon auflegen. Die Veranda war natürlich leer. Ich warf ihr einen bösen Blick zu, ging zu unserer Haustür und trat ins Haus. »Echt? Wie geht's Braden?« Ich hatte nicht vorgehabt, seinen Namen so sarkastisch klingen zu lassen, es rutschte mir einfach so heraus.

»Ihm geht's gut. Er hat mir erzählt, du würdest nächste Woche in irgend so ein Basketballcamp fahren.«

»Ja, das stimmt.«

»Ich wusste gar nicht, dass du Basketball spielst.«

Ich holte Luft. »Das tue ich. Und Fußball.«

»Cool. Ist nur blöd, dass du weg bist, weil ich nächste Woche eine Party gebe. Ich wünschte, du könntest kommen.«

Cool? So einfach war das, ich selbst zu sein? Ich brauchte es ihr einfach nur zu sagen? Ich kam mir dumm vor. »Ja. Da bin ich nicht da. Aber wir machen hier zum Ende der Sommerferien immer eine Art Feier, wenn ich zurück bin. Vielleicht hast du Lust zu kommen?«

»Und ob. Klingt nach Spaß.«

Ich ging die Treppe hoch und die Art, wie ich auftrat, erinnerte mich daran, dass ich mich immer noch wegen des Werbeprospekts aufregte. »Hey, hast du eigentlich schon den Flyer gesehen, den das Brautmodegeschäft heute verschickt hat?«

»Nein. Wieso?«

»Ich bin drin.« Mir wurde bewusst, dass ich den Satz ziemlich laut gesagt hatte, und ich sah mich schnell um, um sicherzugehen, dass mich niemand gehört hatte. Die Luft war rein, also ging ich in mein Zimmer und schloss die Tür hinter mir.

»Was? Ich wusste gar nicht, dass du modelst.«

Ich verkniff es mir, die Augen zu verdrehen, und sagte: »Tue ich nicht. Es sind Fotos für ihre neue Make-up-Linie. Ich bin damals eingesprungen, um Antonia einen Gefallen zu tun. Offenbar hat das Mädchen, das eigentlich da sein sollte, ein Formular unterschrieben. Ich hab behauptet, ich sei sie, weil die an dem Tag so eine Szene gemacht haben, von wegen Einverständniserklärung der Eltern. Jetzt weiß ich auch, warum.«

»So ein Mist. Das ist blöd.«

»Ganz genau. Was soll ich machen?«

»Dummerweise klingt das, als hättest du ... beziehungsweise sie ... mit ihrer Unterschrift so etwas wie alle Rechte auf dein Bild abgegeben. Ich vermute mal, wenn du einen Anwalt einschalten würdest, könntest du die Sache vielleicht anfechten. Aber da du gelogen hast, glaube ich kaum, dass du eine Chance hast, irgendwelche Ansprüche geltend zu machen. Steckst du jetzt in großen Schwierigkeiten?«

»Soll das ein Witz sein? Mein Dad hat den Prospekt nicht gesehen, und das wird er auch nicht, solange ich es verhindern kann.«

»Es ist bloß Werbung für ein Geschäft hier im Ort. Es könnte schlimmer sein.«

Völlig erschlagen ließ ich mich auf mein Bett sinken. »Ich weiß.« Das hier war die Quittung für all die Lügen, die ich in letzter Zeit erzählt hatte.

»Lass dich davon nicht unterkriegen. Die meisten Leute schauen sich so was gar nicht an, bevor sie es in die Altpapiertonne werfen.«

»Du hast recht. Zum Glück fahre ich jetzt erst mal für eine Woche weg. Hoffentlich kann ich das alles dann einfach vergessen.« Und mit »das alles« meinte ich so vieles.

28.

Ich schnappte mir meine Reisetasche, schwang sie mir über die Schulter, griff nach meinem Kopfkissen und rannte zur Treppe.

»Dad, in fünfzehn Minuten müssen wir los«, rief ich durch den Flur. Dann lief ich die Treppe hinunter, immer zwei Stufen auf einmal nehmend, und stellte meine Sachen an der Haustür ab. In der Küche holte ich mir eine Schüssel und schüttete Müsli hinein. Es klingelte, und weil ich die Einzige war, die wach und bereit für den Tag war, ging ich zur Tür, um aufzumachen. »Bereit« war relativ gemeint. Ich war aufgewacht, hatte geduscht, meine Haare zu einem Pferdeschwanz gebunden und mir eine Jogginghose angezogen. Als ich öffnete und Evan vor der Tür stehen sah, versuchte ich, das Bedürfnis zu unterdrücken, mir das Kopfkissen vors Gesicht zu halten. Er hatte mich noch nie ohne Make-up gesehen. Ich kniff die Lippen zusammen. Nein. Das hier war gut. So sah ich normalerweise aus und das würde beweisen, dass es ihm nichts ausmachte.

»Hi«, sagte er lächelnd. »Ich wollte nicht, dass du für eine Woche wegfährst, bevor ich mich persönlich von dir verabschiedet habe.«

»Oh. Wie schön. Komm rein.« Ich trat einen Schritt zur Seite. »Ich wollte gerade frühstücken. Willst du auch was?«

»Nein. Ich hab schon gegessen. Aber lass dich bitte nicht von mir aufhalten.«

Als ich mir Milch auf das Müsli goss, spürte ich, wie Evan

mich anstarrte. Ich zog die Augenbrauen hoch und sah ihn fragend an.

»Morgens siehst du anders aus«, stellte er fest.

Ich wusste nicht genau, ob er mit »anders« gut oder schlecht meinte. »Ich hab mich noch nicht geschminkt«, erwiderte ich. *Weil ich mich normalerweise nämlich nie schminke, außer wenn ich ausgehe,* hätte ich hinzufügen sollen.

»Ach so.« Er räusperte sich. »Also, ist das ein Mädchencamp oder ist es gemischt?«

»Gemischt. Aber natürlich haben wir unsere eigenen Zimmer.« Ich schob mir einen Löffel Müsli in den Mund.

»Oh, na klar. Ich hatte bloß gedacht ... bevor du fährst ... dass wir vielleicht darüber reden sollten, was mit uns beiden ...«

Die Hintertür schwang auf. Braden platzte herein und unsere Blicke trafen sich. Ich wusste nicht, ob er Evan überhaupt bemerkt hatte, der auf einem Barhocker saß. Braden sah völlig fertig aus. Seine Frisur war eine Katastrophe, seine Augen wirkten heute eher grün als braun und waren rot gerändert, als hätte er seit Tagen nicht geschlafen. Sein T-Shirt war zerknittert und er trug eine kurze Sporthose und Flip-Flops. Ihn so zu sehen, tat weh. Ich hätte ihm gerne gesagt, wie leid es mir tat, dass ich ihn als den letzten Penner bezeichnet hatte. Es gab so viel, was ich ihm gerne gesagt hätte, aber das konnte ich nicht, jedenfalls nicht vor Publikum.

»Es tut mir leid wegen neulich abends. Ich möchte die Dinge nicht so auf sich beruhen lassen«, sagte er, es klang aber nicht sehr überzeugend. »Waffenstillstand?«

Ich blickte zu Evan, dann wieder zu Braden. Jetzt hatte Braden Evan endlich bemerkt und sein Gesichtsausdruck verdüsterte sich.

»Hey«, sagte Evan.

Braden nickte bloß und richtete seine Aufmerksamkeit dann wieder auf mich. »Viel Spaß im Camp.« Er verschwand durch die Tür, bevor ich ihn daran hindern konnte. Ich spielte mit dem Gedanken, ihm nachzugehen, um mich mit ihm auszusprechen. Ich fand es schrecklich, wie die Dinge zwischen uns im Moment standen, aber als ich einen Schritt auf die Tür zumachte, kam mein Dad in die Küche.

»Abreisebereit, Charlie?«

»Klar.«

»Oh, hallo, Evan.«

Evan stand auf. »Hi.«

Ich aß noch ein paar Löffel Müsli und stellte die Schüssel in die Spüle. »Fertig. Ich komme gleich raus.«

Mein Dad verließ die Küche. Ich warf Evan einen entschuldigenden Blick zu und zuckte mit den Schultern. Dabei tat es mir in Wirklichkeit nicht leid. Ich wollte nicht, dass er den Satz zu Ende führte, den er vorhin, als Braden hereingekommen war, begonnen hatte. Ich wollte nicht vor meiner Abreise über unsere Beziehung reden. Ich brauchte die Zeit im Camp, um darüber nachzudenken.

»Wenn du zurück bist, möchte ich dich zum Essen einladen«, kündigte Evan an, kam um den Küchenblock herum und nahm mich in die Arme.

»Klingt gut.« Ich löste mich aus seiner Umarmung, doch dann wurde mir klar, dass er mich hatte küssen wollen, und ich trat wieder einen Schritt auf ihn zu, direkt auf seinen Fuß. »Oh, entschuldige.« Ich schaute nach unten, aber anscheinend hatte er es immer noch auf den Kuss abgesehen, denn wir stießen mit unseren Köpfen zusammen. »Ich bin heute Morgen mit dem falschen Fuß aufgestanden.«

Er ließ seine Hand in meinen Nacken gleiten.

»Ah«, sagte ich. »Aller guten Dinge sind drei?« Ich beugte mich vor und endlich trafen sich unsere Lippen. Ich wusste, dass mein Dad im Auto wartete – und mit Bradens Gesichtsausdruck von vorhin im Sinn, den ich nicht aus meinem Kopf verbannen konnte, löste ich mich schneller von Evan, als ich es sonst vielleicht getan hätte. »Danke.«

Er lächelte. »Viel Spaß.« Er drückte meine Hand und hielt sie fest, als wir zur Haustür gingen. Mein Dad musste meine Sachen schon mitgenommen haben, denn sie waren nicht mehr da.

»Charlie!« Ein lauter Schrei schallte durchs Treppenhaus und dem Geräusch nach kam eine ganze Horde die Treppe hinuntergeprescht. Gage schloss mich fest in seine Arme. »Sei ein braves Mädchen. Übernimm dich nicht. Nicht, dass du wieder kotzen musst.«

»Was würde ich nur ohne deine weisen Ratschläge machen?«

»Du musstest kotzen?«, fragte Evan.

Gage löste sich von mir. »Oh, hey, Evan.«

»Hi ...«

»Gage.«

Evan zeigte auf ihn. »Richtig. Ich lerne noch.«

»Wir sollten mal was machen, wenn Charlie weg ist.«

»Äh ja ... warum nicht.«

Ich biss mir auf die Lippe, unsicher, was ich davon halten sollte. Ich wollte, dass meine Brüder Evan kennenlernten. Ich mochte Evan. Aber so richtig sicher war ich nicht. Ich musste mir immer noch über meine Gefühle klar werden. Ich drückte Gages Hand, stellte mich auf die Zehenspitzen und flüsterte ihm ins Ohr: »Unternimm heute irgendetwas mit Braden, ja?« Er nickte an meiner Wange. Ich ging rückwärts in Richtung Auto. »Also dann, wir sehen uns!«

Ich stieg ins Auto und ließ mich laut seufzend in den Sitz sinken.

»Jungsprobleme?«, fragte mein Dad.

Ich rieb meine Hände an meinen Oberschenkeln. Konnte ich mit meinem Dad wirklich über dieses Thema sprechen? Wahrscheinlich würde er sich dabei nicht wohlfühlen. Wenn ich dann aus dem Camp zurückkäme, hätte er bestimmt neue Ratschläge seiner Kollegin Carol parat, die, wie ich fand, sowieso schon ein bisschen zu neugierig wurde. »Keine Ahnung. Das ist alles so neu für mich, dass ich nicht einmal genau weiß, was der Begriff ›Jungsprobleme‹ eigentlich bedeutet.«

Er lachte. »Zerbrich dir nicht zu sehr den Kopf darüber. Und du musst dich nicht gleich mit dem ersten Jungen, der mit dir flirtet, auf eine Beziehung einlassen, Charlie. Wenn du ihn nicht magst, ist das völlig okay.«

»Wie kommst du darauf, dass ich ihn nicht mag?«

»Der panische Blick, als ich vor ein paar Minuten in die Küche kam.«

Ich wollte schon nicken, aber dann fiel mir wieder ein, dass der Blick gar nicht Evan gegolten hatte. Mein Dad war in die Küche gekommen, gleich nachdem Braden gegangen war. »Ich hab keine Ahnung, was genau ich fühle.« Und das entsprach der Wahrheit. Ich hoffte, dass das Camp mir helfen würde, die Dinge ins Lot zu bringen.

29.

Das Camp wurde in einem kleinen Privatcollege an der Küste abgehalten, drei Stunden südlich von unserer Stadt. Die ersten beiden Tage dort blockte ich alle und alles um mich herum ab, ließ nichts und niemanden an mich heran, nicht einmal meine Freunde, die ich seit den letzten Sommerferien nicht gesehen hatte. Ich fokussierte, konzentrierte mich ausschließlich auf das Spiel. Es tat gut, meinem Körper die Führung zu überlassen und mit den Gedanken nur beim Basketball zu sein.

»Wenn du weiter so spielst, Charlie, kannst du dir dein College aussuchen«, bemerkte einer der Trainer, als ich am Abend aus der Turnhalle ging und meinen Ball in den Sammelbehälter warf.

»Danke, Coach.«

Ich verließ die Turnhalle und atmete die Meeresluft ein. Normalerweise ging ich nicht am Strand joggen. Ich wusste selbst nicht, warum. Unser Haus lag sechzehn Kilometer vom Meer entfernt. Ich hatte nicht das Auto für meinen täglichen Lauf in Beschlag nehmen wollen. Aber das Meer half mir, alle Gedanken zu vertreiben. Der monotone Rhythmus und die Beständigkeit beim Laufen ließen mich die Welt um mich herum komplett ausschalten. Ich lief also zum Strand, um vor dem Abendessen noch joggen zu gehen. Es war ein befreiendes Gefühl, beim Laufen nicht auf eine bestimmte Tageszeit beschränkt zu sein. Ein paar andere Campteilnehmer hatten denselben Gedanken gehabt und ich schloss mich einer Gruppe Jungs an, die ich noch vom letzten Sommer her kannte.

Wir grüßten uns, unterbrachen unseren Lauf aber nicht mit Gesprächen. Das gefiel mir so sehr am Camp – jede Menge Menschen, die zusammenkamen und das gleiche Ziel hatten. Das passte zu mir.

Diese Woche hatte mich auf Anfang gesetzt, mich daran erinnert, was mir wichtig war. Das Spiel. Der Wettbewerb. Bedeutete das nun, dass in meinem Leben kein Platz war für andere Dinge?

Nein. Ich musste einfach nur dazu stehen und sehen, ob andere Teil dieses Lebens sein wollten. Braden hatte recht, so schwer es mir auch fiel, es zuzugeben: Evan kannte nicht alles von mir, was mich wirklich ausmachte. Aber er irrte sich mit dem anderen Teil – dass Evan mich nicht mögen würde, wenn er mein wahres Ich kennen würde. Ich glaubte, er würde es mögen. Ich lächelte und zog das Tempo an.

Frisch geduscht mit noch nassen Haaren ging ich in mein Zimmer. Diese Nacht würde ich gut schlafen. Ich öffnete die Tür. Susie sah von ihrem Bett auf, auf dem sie lag und auf ihr Handy starrte. Seit zwei Jahren teilte ich mir mit ihr ein Zimmer.

»Hey, Charlie.«

Dieses Jahr hatten wir unterschiedliche Trainingspläne, weil wir nicht in derselben Mannschaft waren, daher war dies die erste richtige Gelegenheit, um mich mit ihr zu unterhalten. Ich zog meine Schuhe aus und warf meine Sporttasche in die Ecke. »Hi.«

»Du räumst dieses Jahr nur noch ab. Wer auch immer dich trainiert, den will ich auch.«

Ich lächelte. »Man nennt es das Finde-eine-Lösung-für-dein-Jungsproblem-Programm.«

Sie setzte sich im Bett auf und legte ihr Handy auf den Nachttisch. »Ich bin ganz Ohr.«

Ich stöhnte. »Da gibt es nichts zu erzählen. Der eine treibt mich in den Wahnsinn und der andere ist vielleicht nicht der Richtige.« Ich ließ mich mit einem weiteren Stöhnen auf mein Bett sinken.

»Erzähl mir von ihm.«

»Von welchem?«

Sie zuckte mit den Schultern. »Beiden.«

»Evan. Er ist süß und nett und witzig.«

»Aber ...«

Ich lachte. »Aber es kann sein, dass ich ihm gegenüber nicht ganz ich selbst war.«

»Wieso?«

»Keine Ahnung. Ich hatte Angst, dass er mich dann nicht mögen würde.«

»Na ja, das bringt schon mal nichts.«

»Ich weiß.«

»Und was ist mit dem anderen? Auch ein Kandidat im Wettkampf um dein Herz?«

»Ich glaube kaum, dass man das als Wettkampf bezeichnen kann. Aber nein, ist er nicht. Er wohnt bei uns nebenan und glaubt anscheinend, über mich bestimmen zu können. Er ist sauer auf mich, weil ich mit Evan ausgehe. Er kann ihn nicht leiden.«

»Braden?«

Ich drehte ihr meinen Kopf zu.

»Das ist der dritte Sommer, den wir zusammen verbringen, Charlie. Gewisse Dinge weiß ich.«

»Stimmt. Und ja, es ist Braden.«

»Was kann er an ihm nicht leiden?«

»Er findet ihn ...« Ich versuchte, mich an das Wort zu erinnern, mit dem Braden Evan beschrieben hatte. »Lächerlich.«

»Warum?«

»Keine Ahnung. Weil er Slipper trägt oder so was. Nichts wirklich Nennenswertes.«

Sie lächelte verständnisvoll. »Braden ist also eifersüchtig. Du hast mir gar nicht erzählt, dass Braden auf dich steht.«

»Nein. Das tut er nicht.«

»Woher willst du das wissen?«

Ich drehte mich auf die Seite und zog mein Kopfkissen an die Brust. »Er hat es mir gesagt.«

»Autsch.«

»Nein. So ist das nicht. Ich mag Braden gar nicht, zumindest nicht so. Okay, eine Weile war ich in ihn verknallt, aber wir sind Freunde. Wir können uns solche Gefühle nicht leisten. Es war eher peinlich, als dass es wehgetan hat«, sagte ich, während ich an den erniedrigenden Moment in jener Nacht am Zaun zurückdachte.

»Ist er in eine andere verliebt?«

»Nein. Äh, doch. Jemand, den ich ihm vorgestellt habe.«

»Was hat sie, das du nicht hast?«

Ich lachte kurz auf. »Weiblichkeit.«

Sie bewarf mich mit einem zerknüllten Socken. »Wer braucht denn so was?«

»Jungs anscheinend.«

Susie lachte. »Hab ich auch schon gehört.« Sie drehte sich auf den Rücken. »Wenn er dich nicht dafür mag, wer du bist, ist er es nicht wert.«

Hatte Braden nicht exakt das Gleiche über Evan gesagt? Ich lachte. »Susie. Du verstehst mich nicht. Ich will Braden nicht ... jedenfalls nicht mehr. Unsere Freundschaft ist mir wichtiger.« Aber gab es die denn noch? Mir wurde ganz schwer ums Herz bei dem Gedanken, dass ich sie möglicherweise kaputtgemacht hatte. Oder er.

»Dann willst du es also mit Evan versuchen?«

»Keine Ahnung. Er ist ganz in Ordnung. Er kennt aber bloß mein anderes Ich, nicht mein echtes.«

Sie zog eine Augenbraue in die Höhe. »Dein anderes Ich?«

»Ja. Anscheinend hab ich eine gespaltene Persönlichkeit. Lange Geschichte.«

»Wir haben die ganze Nacht.«

Ich klärte sie über meinen Job auf und warum ich arbeiten gehen musste. Wie ich Evan kennengelernt hatte und wie Braden reagiert hatte.

»Moment, wenn Braden ihn aber nicht ausstehen kann, obwohl Evan ein echt netter Kerl ist, glaubst du nicht auch, das bedeutet, Braden ist einfach eifersüchtig?«

»Nein. Braden glaubt, ich würde Evan etwas vormachen.«

»Und tust du das?«

»Manchmal.«

»Aber warum sollte sich Braden überhaupt einmischen, wenn es ihm nichts ausmachen würde? Verstehst du, was ich meine?«

»Es macht ihm ja etwas aus. Bloß nicht so, wie du denkst.« Ich schob mein Kissen zurecht und wechselte meine Position. »Ich bin einfach nur froh, dass ich hier bin. Ich hab mal eine Pause von allen beiden gebraucht.«

»Pausen sind gut. Vielleicht bekommst du über die Zeit hinweg ein bisschen Klarheit.«

Das war genau das, was ich mir erhofft hatte. »Machst du das Licht aus?«, fragte ich sie.

»Du bist näher am Schalter.«

»Bin ich nicht.«

Sie nahm sich einen Basketball, der neben ihr lag, warf ihn quer durch den Raum nach dem Lichtschalter und Dunkelheit senkte sich über uns. »Volltreffer«, lobte ich.

»Danke.«

Susie schnarchte. Das wusste ich, weil ich nicht schlafen konnte. Sie brauchte eine Antischnarchmaske. Das musste ich unbedingt Braden erzählen.

Es war erst elf, aber ich hätte völlig erschöpft sein sollen. Meine Gedanken wollten nicht zur Ruhe kommen. Ich hatte Susie gesagt, dass ich hoffte, diese Woche würde mir Klarheit verschaffen, doch ich merkte, dass ich es nicht mal versucht hatte. Ich versuchte, alles zu verdrängen. Deswegen trainierte ich so intensiv. Wenn ich körperlich erschöpft war, konnte ich vergessen; das Adrenalin, das Hochgefühl des Wettbewerbs half mir, alles andere wegzuschieben.

Was ich wirklich brauchte, war, mit Braden am Zaun zu sitzen und mit ihm über meine Probleme zu sprechen. Ich wollte den Klang seiner Stimme hören, wenn er mir antwortete. Er hatte eine sehr beruhigende Stimme. Und er wusste immer genau, was er sagen musste ... außer dass er in letzter Zeit immer genau das Falsche zu sagen schien und mich wütend machte. Niemand konnte mich so in Rage bringen wie er. Wahrscheinlich lag es daran, dass er mich so gut kannte, dass er wusste, was mich am meisten ärgerte.

Ich sah sein Gesicht genau vor mir – haselnussbraune Augen, kastanienfarbenes Haar, das ihm ins Gesicht fiel, ein leichter Anflug von Sommersprossen. Wie seine Wangen rot wurden, wenn er sich zu sehr anstrengte, genau wie an jenem Abend, als er mir nach unserem Streit acht Kilometer hinterhergerannt war, bloß damit ich nicht allein unterwegs war. Seine Wangen waren danach feuerrot gewesen.

Ich drehte mich auf die Seite und zog meine Bettdecke zurecht. Ich schloss die Augen, aber alles, was ich sehen konnte, war sein Gesicht mit diesem schiefen Lächeln. Diesen Blick mochte ich am liebsten. Als würde er sich über etwas amüsieren, es aber nicht zugeben wollen. Er schaute mich oft so an. Zum Beispiel das eine Mal, als er mich beim Basketball geschlagen hatte, als nur wir beide gespielt hatten. Mir gefiel es, dass er mich nicht hatte gewinnen lassen, aber ich hatte mich trotzdem geärgert, dass ich verloren hatte. Er hatte das sehr lustig gefunden.

Im Moment fand ich überhaupt nichts lustig. Im Moment verletzte es mich immer noch, dass Braden glaubte, Evan würde mich nicht mögen, so wie ich wirklich war. Warum kümmerte ich mich überhaupt darum, was Braden dachte? Das war doch völlig egal. Meine Brüder fanden Evan nett. Das reichte.

Bloß – es reichte eben nicht.

Warum nicht?

Ich stöhnte und drehte mich auf den Rücken, starrte die Schatten an der Decke an und hoffte, dass sie mir die Antwort auf diese Frage geben konnten. Das Einzige, was ich dort allerdings sah, war Bradens Gesicht.

Mein Herz machte einen Satz und ich richtete mich auf. Verdammt.

Ich wusste, warum es mir so viel ausmachte. Warum mir das so wichtig war. Warum seine Meinung das Einzige war, was für mich zählte. Ich war mehr als nur verknallt in Braden. Ich hatte mich in ihn verliebt.

30.

Ich starrte auf mein Handy. Ich wusste, dass ich Braden anrufen konnte. Der Blick, mit dem er mich bei meiner Abfahrt angeschaut hatte, verfolgte mich. Er hatte gequält ausgesehen. Ich wünschte, es würde mir nicht so viel ausmachen. Nein. Ich wünschte, ihm würde es mehr ausmachen. Nein, das war auch falsch. Es war ja offensichtlich, dass es ihm etwas ausmachte. Ich wünschte, es würde ihm auf andere Weise etwas ausmachen.

Ich presste meine Hände auf die Augen und drängte das Brennen dahinter gewaltsam zurück. Wie konnte mir entgangen sein, dass ich Braden liebte? Ich meine, mir war schon klar, dass ich anders auf ihn reagierte. Aber ich hatte einfach nicht erkannt, wie tief meine Gefühle für ihn gingen. Wie lange war ich schon in ihn verliebt? Deswegen hatte es so wehgetan, als er mir am Zaun gesagt hatte, dass er mich nicht auf diese Weise mochte. Dabei wünschte ich mir, dass er mich mochte. So sehr. Ich hatte gedacht, das Ganze wäre mir peinlich gewesen, aber in Wahrheit war ich enttäuscht. Wenn meine Mom noch am Leben wäre, würde ich sie deswegen anrufen? Hätten wir uns überhaupt nahegestanden? Ich hörte immer wieder, wie andere mir erzählten, wie sehr sie ihre Mütter hassten. Würde ich es für selbstverständlich halten, dass sie für mich da war, wenn ich sie all die Jahre gehabt hätte? Meinen Dad konnte ich bestimmt nicht anrufen. Er hätte bestimmt keine Ahnung, was er sagen sollte. Wahrscheinlich würde er mir raten, lieber den Mund zu halten, um meine Freundschaft mit Braden nicht zu zerstören. Und damit hätte er recht. So oder so war die Situation unmöglich. Ich brauchte Braden in meinem Leben. Ich konnte es mir nicht leisten, ihn zu verlieren, indem ich ihm meine Liebe gestand.

Mein Handy piepte und mein Herz machte einen Satz. Ich schaute auf die SMS. Sie war von Gage. Während ich sie las, bemühte ich mich, meine Enttäuschung runterzuschlucken.

Wenn du einen Typen namens Fredrick triffst, richte ihm aus, dass er mir noch zwei Dollar schuldet. Vermisse dich.

Ich simste ihm zurück: *Ich soll Fredrick also ausrichten, dass er dir zwei Dollar schuldet und du ihn vermisst?*

Haha.

Ich lächelte. *Vermisse dich auch.* Ich starrte auf mein Handy und wartete darauf, dass er mir zurückschrieb. Tat er nicht. Zwei Minuten lang herrschte eine nervtötende Stille. Dann tippte ich: *Hast du dich mit Braden getroffen?*

Ja.

Und?

Und was?

Manchmal war mein Bruder ein bisschen schwer von Begriff. Ich wollte doch bloß wissen, ob es Braden gut ging. Aber jetzt, da ich mir eingestanden hatte, dass ich ihn liebte, hatte ich das Gefühl, alle würden es mir anmerken. Vielleicht hatten es auch schon alle gemerkt. Wussten alle außer mir, dass ich in Braden verliebt war?

Ich seufzte. *Ach nichts. Ich hab mich bloß gefragt, ob ihr umkommt, so ohne mich.*

Natürlich tun wir das.

Wahrscheinlich nicht so sehr wie ich. Mann, ich musste morgen die doppelte Strecke joggen gehen. *Gute Nacht, Gage.*

Gute Nacht, Charles Barkley.

Ich hatte mich seit acht Tagen nicht geschminkt. Angenehm. Ich musste meine Augen nicht jeden Abend mit Gesichtsreiniger traktieren. Und es machte Spaß, sich wieder mit anderen zu messen. Vor meiner Abreise zum Camp hatte ich über eine Woche lang kein einziges Mal mit meinen Brüdern im Park gespielt. Es hatte mir gefehlt.

Susie hielt einen Socken hoch. »Gehört der dir?«

»Oh. Ja.«

Sie warf ihn mir zu und ich stopfte ihn in meine Reisetasche; wir packten schon, damit wir morgen früh abfahrbereit waren.

»Halt mich bei Facebook unbedingt auf dem Laufenden, was aus deiner Jungsgeschichte geworden ist.«

Ich lachte. »Ja, da bin ich selbst neugierig.« Ich mochte Susie. Wenn sie näher wohnen würde, wären wir bestimmt enger befreundet. Ich wusste, dass in meinem Leben eine solche Freundschaft fehlte. Vielleicht konnte ich es mit Amber eines Tages so weit bringen ... Ich musste ihr gegenüber nur ehrlicher sein. Und Linda gegenüber auch. Sie hatte etwas in mein Leben gebracht, das ich nie zuvor gehabt hatte. Sie wusste, was in mir vorging, wozu die Männer um mich herum nie in der Lage sein würden. Ich brauchte jemanden, der mich verstand. Jemanden, der mir dabei half, mich selbst zu verstehen. Aber erst musste ich ihr meine Lüge beichten. Sie stand wie ein riesiger Brocken zwischen uns und machte es schwer, einander wirklich nahezukommen.

Aber wenn es eine Erkenntnis gab, die ich aus dem Camp mit nach Hause nahm, dann war es die, dass ich Braden Lewis liebte. Ich war so sehr in ihn verliebt, dass es wehtat. Es tat deshalb weh, weil mir klar war, dass er meine Gefühle nicht so erwiderte, wie ich es mir von ihm wünschte. Und ich musste lernen, damit zu leben, denn ich durfte ihn um keinen Preis verlieren. Ich würde mich mit dem zufriedengeben, was ich bekommen konnte, egal, was es auch war.

Es klopfte am Fenster und Susie sah mich fragend an. Ich zuckte mit den Schultern und öffnete es.

»Charlie. Das ist unsere letzte Nacht. Zeit für einen Streich, hast du gesagt.« Das Flüstern kam unten vom Strand.

Susie stöhnte. »Wir sind zu müde.«

»Stellt euch nicht so an«, rief jemand anderes.

Meine Wettkampfnatur meldete sich. »Wir sind in einer Minute draußen.« Ich schloss das Fenster.

»Echt jetzt?«, fragte mich Susie und rollte sich auf die Seite.

Ich setzte mein fieses Lächeln auf. »Ist Tradition.«

»Na gut. Was machen wir dieses Jahr?«

»Wir füllen Fredricks Zimmer mit Basketbällen. Er schuldet meinem Bruder zwei Dollar. Ich glaube, das ist besser, als die Kohle einzutreiben.«

Sie lachte. »Warum hast du das nicht gleich gesagt?«

»Bin eben erst draufgekommen.«

»Wie kommen wir an die Schlüssel für die Turnhalle?«

»Wir lassen uns etwas einfallen.«

31.

Ich stieß einen glücklichen Seufzer aus, als Jerom in unsere Einfahrt bog. Das Camp hatte Spaß gemacht, aber es war schön, wieder zu Hause zu sein. Ich wollte sehen, was Braden machte, sicher sein, dass es ihm gut ging. Ich hätte ihn anrufen sollen, als ich weg war. Eine gute Freundin hätte so etwas getan. Mein Gewissen meldete sich. Ich war zu sehr damit beschäftigt gewesen, meine Wunden zu lecken, um eine gute Freundin zu sein.

Jerom parkte das Auto in der Garage und wir gingen von dort durch die Küche ins Haus. Nathan saß mit einem Mädchen an der Küchentheke, das ich noch nie gesehen hatte.

»Du bist wieder zu Hause, Charlie.«

»Ich bin wieder zu Hause.«

Jerom drängte sich mit meiner Reisetasche in der Hand an mir vorbei. »Ich bring sie dir in dein Zimmer.«

»Danke. Du bist der Beste.«

»Ich weiß.«

Ich verdrehte die Augen, aber er konnte meine Grimasse nicht mehr sehen, weil er schon aus der Küche war. Ich drehte mich wieder zu der Fremden neben Nathan um. »Wir kennen uns noch nicht.«

Sie lächelte. Sie sah süß aus. Eine zierliche Asiatin mit langen schwarzen Haaren und einem breiten Lächeln.

Nathan stand auf und umarmte mich. »Das ist Lauren. Und Lauren, das ist meine Schwester Charlie.«

»Lauren? Die Lauren vom Frisbee-Golf?«

Nathan nickte. »Ja. Sie ist diejenige, der wir den Frisbee zurückgegeben haben.«

»Wow. Du siehst ja nicht sonderlich groß oder klobig aus«, sagte ich zu ihr. Oder, wie Braden es ausgedrückt hatte, hochgewachsen und durchtrainiert. Und so, wie mein Bruder sie anlächelte, konnte man ihm ansehen, dass es ihn ganz schön erwischt hatte. Mein Herz wurde ein bisschen schwer. Nicht, dass ich es Nathan nicht gönnte, sondern, weil ich kaum glaubte, dass Braden mich jemals so anschauen würde.

»Das verstehe ich nicht.«

»Insiderwitz. Tut mir leid. War nett, dich kennenzulernen, aber ich bin gerade eben vom Camp nach Hause gekommen und wollte ...«

»... unter die Dusche«, unterbrach mich Nathan.

Ich knuffte ihn in den Arm. »Schönen Dank auch. Ich wollte eigentlich sagen: ... mich kurz hinlegen. Wir waren die ganze Nacht auf für den Streich. Aber dann gehe ich wohl erst mal duschen, schätze ich.«

Ich ließ ihn und Frisbee-Lauren in der Küche zurück und trat durch die Wohnzimmertür. Am liebsten hätte ich mich auf der Stelle umgedreht und wäre wieder gegangen. Amber saß eingeklemmt zwischen Braden und Gage auf dem Sofa und sah mit ihnen fern. Braden sah gut aus. Sogar richtig glücklich. Sein Blick war ungetrübt, seine Haare perfekt verwuschelt.

Mein Herz machte einen Freudensprung, als ich ihn sah. Ich musste mich mit Gewalt daran erinnern, wer sehr viel dichter neben ihm saß, als nötig gewesen wäre. Gage sprang sofort auf, als er mich entdeckte, und schloss mich in die Arme.

»Ich hab dich vermisst, Charles Barkley.«

Ich schloss die Augen und versuchte, das Brennen dahinter zu ignorieren. »Hab dich auch vermisst.«

»Du stinkst.«

Ich boxte ihn in den Rücken. »Danke. Oh, ich hab übrigens deine zwei Dollar von Fredrick eingetrieben ... na ja, so in der Art.«

»Erzähl.«

»Gestern Nacht, als er schon schlief, haben wir den gesamten Fußboden seines Zimmers mit Basketbällen aufgefüllt. War echt super.« Ich bemühte mich, locker und fröhlich zu klingen. Als hätte ich im Camp einen Riesenspaß gehabt.

Es schien mir zu gelingen, denn Gage lachte. »Du bist der Hammer ... äh, die Hammerin.«

»Danke«, murmelte ich. Ich winkte Amber und Braden zu. »Hi. Mir wurde nahegelegt zu duschen ... jetzt zum zweiten Mal schon ... aber bleibt ihr noch ein bisschen?«

Beide sagten: »Ja.« Dann schauten sie sich an und lachten. Mein Magen zog sich zusammen. Ich war nur eine Woche lang weg gewesen, aber plötzlich fühlte es sich an, als wären Monate vergangen, in denen jede Menge passiert war. Erst die Sache mit Nathans neuer Freundin und nun auch noch Braden. Es war, als hätte ich meine Chance verpasst. Ich hätte nicht wegfahren sollen. Braden hatte mich gebraucht und ich hatte ihn im Stich gelassen. Vielleicht hatte ihm Amber ja aus seiner Krise geholfen.

»Okay. Ich bin gleich wieder da.«

In der Dusche ließ ich das Wasser über mein Gesicht rinnen. Mein Bauch tat weh und meine Augen taten weh und mein Kopf hämmerte. Ein seltsamer Kloß hatte sich in meinem Hals gebildet und ich fragte mich, ob ich krank wurde. Dann entschlüpfte mir ein Schluchzer. Ein Schluchzer, bei dem mein Herz ins Stocken geriet und mein Innerstes nach außen drängte. Ich lehnte meine Stirn an die Kacheln, wobei mir ein zweiter Laut entwischte. Dann kamen die Tränen. Es tat weh zu weinen. Ich fand es furchtbar. Aber ich konnte einfach nicht aufhören. Was war nur los mit mir? Es war ja nicht so, dass ich etwas verloren hatte. Ich wusste schließlich, dass Braden meine Gefühle nicht erwiderte, die mir endlich klar geworden waren. Aber ich hatte nicht erwartet, dass mir das Ganze schon so bald nach meiner Ankunft unter die Nase gerieben würde.

Ich drehte den Wasserhahn zu, trocknete mich ab und zog mich an. Dann schlich ich durch den Flur zum Zimmer meines Dads und klopfte. Jerom hatte mir gesagt, dass Dad heute Abend Spätschicht hatte, er schlief vermutlich noch. Ich wollte ihn nicht wecken, aber ich brauchte jemanden, dem ich mein Herz ausschütten konnte. Weil ich keine Antwort bekam, trat ich einfach ein. Sein Bett war gemacht und es war leer.

Ich ließ mich hineinsinken und zog mir sein Kopfkissen an die Brust. Meine Hand stieß gegen etwas Hartes. Ein Buch. Ich starrte eine ganze Weile auf den Titel: *Mädchen in der Pubertät – ein Erziehungsratgeber.* Er brauchte ein Buch für mich? Dachte er, dass etwas mit mir nicht stimmte? Das Buch sah abgewetzt aus, die Seiten waren zerlesen und hatten Eselsohren. Und offensichtlich hatte es nicht einmal etwas gebracht. Mit mir stimmte immer noch etwas nicht. Das blöde Mädchen auf dem Cover sah normaler aus als ich. Dann fiel mir der Name der Autorin ins Auge, der unten auf dem Cover stand: Carol Franks. Das war also Carol? Sie war es, die ihm in den letzten Jahren all die Ratschläge gegeben hatte?

Ich brauchte meine Mom. Ein weiterer Tränenschwall drohte, mich zu ersticken. Weinen tat weh, aber es schien auch irgendetwas in meiner Brust zu lösen. Ich schob das Buch wieder unters Kopfkissen und schaute in den Spiegel, um sicherzugehen, dass die Spuren meiner Schwäche nicht sichtbar waren. Ich starrte mein Spiegelbild an. Das war ich. Hoffnungslos.

Ich machte mich auf den Weg zurück nach unten. Alle saßen noch genauso auf der Couch wie vorhin. Ich warf einen Blick auf den Fernseher.

»Was guckt ihr?« Definitiv keinen Sport. Sah aus wie irgendeine Liebeskomödie. War ich in eine Art Zwischenwelt geraten?

Amber lächelte. »Das wird dir bestimmt gefallen. Diese Jungs hier müssen die Mädchen auch mal ab und zu bestimmen lassen, oder? Und heute war ich dran.« Womit sie deutlich machte, dass sie wohl schon mehrere Tage hintereinander hier gewesen war. »Davon abgesehen haben sie eine Wette verloren.«

»Was für eine Wette?«

Amber lachte und konnte sich nicht wieder einkriegen. Gage fiel mit ein. Ich begann, mich zu fragen, ob sie darum gewettet hatten, wer von ihnen am meisten nervte, denn es war offensichtlich, dass Amber diese Wette problemlos gewann.

»Amber hat letzte Woche eine Party gegeben«, erklärte Braden. »Sie haben einen riesigen Garten – und wir haben Golfbälle abgeschlagen und versucht ein ... äh ... ein Ziel zu treffen ...«

Alle drei brachen wieder in Gelächter aus.

»Und sie hat getroffen«, gelang es Braden endlich, seinen Satz zu beenden.

Wahrscheinlich warteten sie jetzt darauf, dass ich nach dem Ziel fragte, aber dann hätten sie nur noch mehr gelacht. Und ich hätte mich noch ausgeschlossener gefühlt. So wie ich meine Brüder kannte, war das Ziel wahrscheinlich irgendjemandes Hintern oder ein Auto gewesen. Ich sagte also: »Wirklich? Sie hat Gage geschlagen?«

»Hab ich!«, brüllte Amber und reckte beide Arme in die Luft.

»Und keiner hat dabei eine Gehirnerschütterung oder sonst irgendeinen Schaden davongetragen, richtig?«

Gage lachte schallend auf. »Wir hatten Helme auf.«

Braden rutschte näher an Amber heran und klopfte auf das Polster neben sich. Ich holte tief Luft. Ja, ich musste mich neben ihn setzen. Um ihm zu zeigen, dass wir weiterhin befreundet bleiben konnten, so wie früher. Dass ich eine gute Freundin war, die sich nicht daran störte, dass er, um mir Platz zu machen, näher an Amber gerückt war, anstatt weiter von ihr weg. Nicht nur würde sich eine gute Freundin nicht daran stören. Sie würde sich sogar für ihn freuen, dass er so ein nettes, tolles Mädchen wie Amber gefunden hatte.

Ich grub meine Fingernägel in meine Handflächen und ging zum Sofa. Er schaute auf und ich bemerkte, dass sein linkes Auge schwarz umrandet war. Ich schnappte nach Luft. »Was hast du denn gemacht?«

Er lächelte.

»Hat der Helm nicht ganz gereicht?«, fragte ich und mir wurde klar, dass er wahrscheinlich als Zielscheibe für den Golfball gedient hatte. Manchmal waren sie echt die allergrößten Deppen.

Ich setzte mich neben ihn. Sein vertrauter Geruch hüllte mich ein und drohte, mir wieder Tränen in die Augen zu treiben. Ich rutschte so weit, wie es ging, ans Ende der Couch, bis ich praktisch halb auf der Armlehne hing. Damit erreichte ich einen Abstand von knapp drei Zentimetern zwischen uns; nicht annähernd genug.

Er berührte meinen Arm. »Alles wieder gut zwischen uns?«

Ich biss auf meine Lippe und nickte.

»Gut, denn ich hab mich geirrt, was Evan angeht. Ich war

voreingenommen und hab mich wie ein Arschloch benommen.«

Nein, hätte ich am liebsten gebrüllt. *Hast du nicht. Und wenn du ihn jetzt magst, dann heißt das ja, dass du gar nicht auf ihn eifersüchtig gewesen bist.*

»Er ist sogar ziemlich cool«, sagte er, als ich nichts erwiderte.

»Ja, wirklich«, mischte sich Amber ein. »Wir haben die Woche über viel zusammen gemacht. Wusstest du, dass Evan ein Boot hat? Du musst unbedingt die Fotos sehen, die er von sich beim Wakeboarden hat. Er hat sogar schon an einem Wasserski-Wettkampf teilgenommen.«

Hatten Braden und ich uns wirklich vor Amber wieder vertragen? Ich fühlte mich betrogen. Ich wollte eine Versöhnung am Zaun. Nur der Mond und die Sterne sollten Zeugen sein; nur wir beide und niemand anderes. Wir hätten uns gegenseitig gesagt, wie blöd wir uns benommen hatten und was für tolle Freunde wir doch waren. »Cool«, war alles, was ich herausbrachte.

»Alles in Ordnung mit dir?«, fragte Braden.

Ich nickte wieder.

»Ich hab dich vermisst.«

Ich konzentrierte mich mit aller Kraft auf den Fernseher, fest entschlossen, nicht zu weinen. Ich wünschte, der Kitschfilm vor mir wäre ein Baseballspiel. Ich schnappte nach Luft. »Wir verpassen hierfür doch nicht gerade die Athletics, oder?«

Braden knurrte.

»Wir nehmen das Spiel auf«, beschwichtigte Amber. »Wette ist Wette.«

Seit wann hatte für Braden eine Wette Vorrang vor einem Spiel? Ich beschloss, mich deswegen nicht aufzuregen. Ich umklammerte die Sofalehne fester. Er ließ eine seiner Hände auf mein Knie wandern und fing an, mit seinem Zeigefinger Buchstaben zu malen. Ich versuchte, mich zu konzentrieren, aber jeder einzelne Buchstabe jagte einen Schauer bis hoch in meinen Rücken. Ich hatte keine Ahnung, was er da buchstabierte. Ich zuckte mit den Schultern und er fing noch einmal von vorne an. Diesmal konzentrierte ich mich mehr. N-I-C-H-T A-U-F-R-E-G-E-N I-C-H W-Ü-R-D-E A-U-C-H L-I-E-B-E-R D-A-S S-P-I-E-L S-E-H-E-N.

Ich nahm seine Hand, legte sie mit der Handfläche nach oben auf mein Knie und buchstabierte: D-U N-E-R-V-S-T.

Er lachte.

Die Heldin im Film hielt ihrer besten Freundin gerade eine Art Vortrag, warum sie um den Typen kämpfen musste. Ich bekam allerdings nichts von dem mit, was sie sagte, denn Braden hatte seine Hand – mit der Handfläche nach oben – auf meinem Knie liegen gelassen, auch wenn ich schon lange mit meiner Botschaft fertig war. Es war der einzige Körperteil von ihm, der mich berührte, und mein Knie stand praktisch in Flammen. Es lenkte mich so ab, dass ich keinen einzigen zusammenhängenden Gedanken fassen konnte. Warum ließ er seine Hand dort liegen? Sollte er sie nicht mal wegnehmen? War er so in den Film vertieft, dass er vergessen hatte, wo seine Hand lag? Wir hatten jahrelang nebeneinander auf dem Sofa gesessen. Wahrscheinlich war ich ihm so vertraut, dass er überhaupt keinen Gedanken an seine Hand auf meinem Knie verschwendete. Und trotzdem war ich ganz besessen von seiner Hand – wahrscheinlich las ich in die Geste sehr viel mehr hinein als angebracht. Es war eine Hand. Es war ein Knie. Zufällig berührten sie sich. Na und?

»Hast du Evan schon angerufen?«, fragte Amber. »Wir sollten ihn einladen. Lasst uns heute Abend etwas Schönes machen.«

»Ich muss morgen zur Arbeit und ich bin wahnsinnig müde«, wiegelte ich ab. »Die Woche war echt anstrengend.« Mir war klar, dass ich mit Evan unter vier Augen sprechen musste, bevor wir irgendetwas zusammen mit der Gruppe unternahmen. Ich musste ihm sagen, dass meine Gefühle für ihn nicht das waren, was sie sein sollten. Ich war nicht mit dem Herzen dabei. Wenn mein Herz sich von Braden lösen könnte, wäre ich vielleicht offener für eine andere Beziehung. Aber im Moment war ich einfach nicht dazu in der Lage.

»Na gut, wir haben ja noch Zeit, bis die Schule wieder anfängt. Vielleicht kann er uns nächste Woche mit dem Boot rausfahren.«

»Das muss aber noch vor unserer großen Sommerferien-Abschiedsparty passieren.« Braden drückte mein Knie; ein Stromstoß fuhr mir durch den ganzen Körper. Dann zog er seine Hand zurück. Ich musste kurz nach Luft geschnappt haben, denn er sah mich fragend an.

Alles bestens, Braden. Mein Körper reagiert bloß auf jede deine Berührungen, weiter nichts. Ich stand auf. »War nett, euch alle zu sehen, aber ich muss mich jetzt echt hinlegen.« Und vor Braden fliehen.

Braden packte mich am Arm und zog mich wieder neben sich auf die Couch zurück. »Kommt nicht infrage. Wir haben dich eine ganze Woche lang nicht gesehen. Du musst unten bleiben.«

»Ich bin müde.«

»Dann schlaf ein bisschen.«

»Das wollte ich ja.«

»Nein. Hier.«

»Genau«, sprang Gage ihm bei. »Du kannst uns hier nicht sitzen lassen.«

»Himmel, ihr seid die totalen Kleinkinder geworden, während ich weg war. Na gut. Dann bleibe ich halt.«

Braden griff hinter sich und zog eines der Sofakissen hervor. Ich platzierte es auf der Armlehne und legte den Kopf darauf. Früher hätte ich meine Beine hochgenommen und auf seine gelegt, aber ich konnte nicht. Es wäre so offensichtlich gewesen. Er hätte sofort Bescheid gewusst.

Er dagegen schien sich nicht darum zu scheren, wie es aussah, sondern zog kurzerhand meine Beine auf seinen Schoß. »Siehst du, gemütlich und nett.«

Ich hoffte, dass er nicht spürte, wie mein Atem darauf reagiert hatte. Ich war mir nicht sicher, ob ich jetzt überhaupt noch schlafen konnte.

32.

Der Regen trommelte gegen die Fensterscheiben und der Wind heulte. Ich wusste, dass es ein Traum war. Ich wusste genau, was für ein Traum es war, und trotzdem gelang es mir nicht aufzuwachen. Mein Hirn wartete wie gelähmt auf den letzten Akt – meine Mom. Nur trat sie diesmal nicht in mein Zimmer wie sonst immer. Stattdessen saß ich in ihrem Auto, auf der Rückbank. Wir rasten die Straße entlang und das Auto schien vom Wind hin und her geworfen zu werden.

Draußen herrschte pechschwarze Finsternis. Ich konnte keine Landschaft erkennen, nur den roten Regen, der gegen die Scheiben trommelte. Ich wollte nicht im Auto sitzen. Zum ersten Mal fiel mir auf, dass das Gesicht meiner Mom tränenüberströmt war. Sie weinte. Schluchzte.

Ich spürte nicht, wie das Auto ins Schleudern geriet, aber ich sah, wie sich alles um mich herum drehte – die Arme meiner Mom flogen hoch, Glasscherben bildeten ein Muster um uns herum, die scharfen Kanten funkelten –, und dann wurde alles still. Der Regen war verschwunden, die Scherben waren verschwunden und alles, was ich zwischen den beiden Vordersitzen sehen konnte, war der blasse Arm meiner Mom, schlaff und blutüberströmt. Ich schrie auf.

Meine Augen flogen auf, meine Kiefer waren zusammengepresst, alles war still. Ich brauchte drei Sekunden, bis mir wieder einfiel, wo ich war. Braden saß immer noch auf dem Sofa, gefangen unter meinen Beinen. Aber alle anderen waren verschwunden. Aus der Küche kam Gelächter und mir wurde klar, dass Gage und Amber rübergegangen sein mussten. Ich holte ein paar Mal tief Luft, um meine Atmung zu beruhigen.

Erst als Braden meine Hand drückte, wurde mir bewusst, dass er sie hielt. Ich ließ sie schnell los, setzte mich hin und wischte mir den Schweiß aus dem Gesicht.

»Sag was«, bat mich Braden. »Hattest du einen Albtraum?«

»Ja.«

»Wieder deine Mom?«

»Ja.« Ich zog die Knie an, legte meine Arme darum und starrte auf die Lücke zwischen uns. »Da gibt's nicht viel zu erzählen. Bloß ein Traum.« Und ich war mir sicher, dass meine Mom diesmal nur deshalb geweint hatte, weil ich heute selbst so viel geweint hatte. Träume sind halt so.

Er holte ein paar Mal tief Luft. »Als du zehn warst, hast du dein Fenster geöffnet, das Fliegengitter rausgenommen und bist aufs Dach geklettert. Erinnerst du dich noch daran?«

Ich dachte zurück und fragte mich, warum er das jetzt erwähnte. »Ja.«

»Hattest du überhaupt keine Angst, Charlie? Denn ich erinnere mich noch, wie wir dich entdeckt haben, nachdem wir stundenlang die Gegend durchkämmt hatten. Du hast einfach nur dagesessen und so getan, als sei nichts Besonderes dabei.«

»Ich kann mich kaum an irgendwelche Gefühle erinnern. Vielleicht hatte ich ein bisschen Angst.«

»Kannst du dich erinnern, warum du aufs Dach geklettert bist?«

»Nein. Wieso, weißt du's?«

»Ja.«

Endlich sah ich ihm in die Augen und der mitleidige Blick, mit dem er mich anschaute, jagte mir Angst ein. »Was? Warum guckst du mich so an? Warum erzählst du mir das?«

Er griff nach meiner Hand und hielt sie fest umschlossen. Das machte mir noch mehr Angst. »Kannst du dich erinnern, wie dein Dad und deine Brüder mit dir reden wollten? Über deine Mom?«

»Meine Mom?« Ich dachte zurück und versuchte, die Bruchteile der Erinnerung von vor sechs Jahren zusammenzufügen. Ich erinnerte mich daran, wie ich die Treppe hoch in mein Zimmer gerannt war. Ich erinnerte mich, wie ich aus meinem Fenster aufs Dach geklettert war. Was allerdings der Grund dafür gewesen war, konnte ich nicht sagen. In meinem Kopf hämmerte es, als ich mich zwang, mich weiter zu erinnern. Mein Dad hatte mich gebeten, mich auf die Couch zu setzen, und angefangen, von meiner Mom zu reden. Ich wusste noch, wie in meinem Kopf alles verschwamm und meine Ohren sich anfühlten, als seien sie voller Watte. Ich musste unbedingt an die frische Luft. Deswegen war ich aus dem Fenster geklettert. »Was hat er mir denn sagen wollen?«

Bradens Stimme wurde weich, während er mit seinem Daumen Kreise auf meinem Handrücken zog. »Dein Dad wollte dir sagen, was mit deiner Mom an jenem Abend wirklich passiert ist.«

»Als sie den Unfall hatte?«

Er sah mich durchdringend an. »Du kannst dich echt nicht mehr daran erinnern, was er erzählt hat? Wenn nicht, Charlie, dann steht es mir nicht zu, es dir zu sagen. Ich dachte bloß, es wäre dir wieder eingefallen und du bräuchtest jemanden, mit dem du darüber reden kannst. Ich dachte, das sei der Grund, warum du die Albträume hast.«

Das Bild eines grauhaarigen Manns mit Brille flackerte in meinem Gedächtnis auf. Ich saß mit baumelnden Füßen auf einem Stuhl. Ich musste noch klein gewesen sein. Er wollte, dass ich Bilder malte. Ich malte Regen und Glasscherben.

Roten Regen. Ich kniff die Augen zu. Das Bild einer blassen, leblosen Hand füllte die Dunkelheit aus. »Sag's mir.«

»Schschsch. Alles wird gut.« Er zog mich an seine Brust und da fühlte ich, wie meine Wangen feucht wurden. Ich wischte die Tränen schnell fort, sie waren mir peinlich.

»Du bist so stark, Charlie. Irgendwann wirst du dich erinnern. Und dann bin ich für dich da.«

Ein Teil von mir wollte ihn beschwören, es mir zu erzählen. Der andere Teil, der Teil, dem die Tränen noch immer peinlich waren, wollte alles wegschieben und nie wieder daran denken. Wollte in ein Auto steigen und der Vergangenheit auf und davon fahren.

Bradens Herz klopfte im gleichmäßigen Rhythmus an meiner Wange. Mit jedem Schlag kam ich ihm näher. Unvermittelt fing er an, mit seiner Hand träge Kreise auf meinen Rücken zu malen. Das war der Inbegriff von Folter, ganz sicher – wenn man in jemanden verliebt war, der nur mit einem befreundet sein wollte.

»Ich will es wissen«, sagte ich irgendwann. Ich hatte das Gefühl, dass ich mit ihm an meiner Seite alles überstehen würde.

»Dann musst du mit deinem Dad reden.«

»Er hat heute Spätschicht. Ich werde ihn erst morgen nach der Arbeit sehen. Kannst du es mir nicht sagen?«

»Nein. Das steht mir nicht zu.«

Aus der Küche kam wieder lautes Gelächter und ich spürte, wie Bradens Blick in Richtung Tür wanderte. Ich fragte mich, ob er sich wünschte, bei Amber zu sein. Ob es ihn nervös machte, dass Gage mit ihr in der Küche saß. Der Gedanke reichte, um mich aufrecht hinzusetzen und ein Stück von Braden wegzurücken.

»Kein Problem«, sagte ich und wischte mir über die Augen, damit nur ja keine Spuren der Tränen zu sehen waren.

»Ich glaube, ich bin einfach nur sehr, sehr müde. Die Woche war lang.«

»Dann willst du heute nicht Fußball spielen? Deine Brüder haben ein Spiel organisiert.« Er versuchte, mich zu trösten. Er dachte, Fußball würde helfen. Und normalerweise tat er das auch, aber jetzt hätte ich lieber meinen Dad angerufen, um herauszufinden, was anscheinend alle vor mir verbargen.

»Es tut mir leid. Du hast im Moment eine ganze Menge zu verarbeiten.«

Ich zwang mich zu einem Lächeln. »Hör auf, mich zu analysieren. Das ist echt unheimlich.«

»Aber man kann in dir lesen wie in einem Buch. Ich hab's dir ja gesagt, ich weiß mehr über dich als du über mich.«

Unsere Blicke trafen sich. Seine Anspielung auf unsere Unterhaltungen am Zaun, ganz offen und am helllichten Tag, ließen meine Wangen für einen Moment heiß werden. Was wollte er mir damit sagen? Dass er wusste, was ich während des Camps entdeckt hatte? Dass meine Gefühle für ihn klar und deutlich auf meinem Gesicht geschrieben standen?

Ambers Lachen sorgte dafür, dass unsere Blicke sich lösten. Sie steckte ihren Kopf durch die Tür. »Braden, Gage macht es schon wieder. Komm bitte und verprügle ihn.«

Noch mehr Insiderwitze, bei denen ich der Außenseiter war. Ich stand abrupt auf. »Ich muss noch ein bisschen schlafen.«

Braden griff nach meinem Handgelenk. »Am Zaun heute Nacht?«

Ich nickte kaum merklich und ging dann nach oben.

33.

Ich spielte mit dem Saum meiner Bettdecke. Ich hatte mehrmals versucht, meinen Dad zu erreichen, aber anscheinend hatte er viel zu tun, denn jedes Mal ging sofort die Mailbox ran. Allerdings hatte ich nicht das Gefühl, dass mein Anliegen etwas war, was man auf die Mailbox sprechen konnte.

Braden hatte keine Zeit mit mir vereinbart, wann wir uns am Zaun treffen wollten. Es war Mitternacht. Alle schliefen. Aber in Bradens Zimmer war es genauso dunkel. Ich umklammerte mein Handy und zog es dicht an meinen Körper, legte mich hin und wartete auf seine SMS oder den Rückruf meines Dads.

Das Nächste, was ich bewusst mitbekam, war ein Sonnenstrahl, der mir in die Augen schien. Ich setzte mich auf und schaute auf den Wecker auf meinem Nachttisch. Mist, ich würde gleich an meinem ersten Arbeitstag nach dem Camp zu spät kommen. Ich suchte in meinem Bett nach meinem Handy und fand es unter der Bettdecke. Der Bildschirm war leer, keine verpassten SMS. Braden musste gestern Nacht auch eingeschlafen sein. Oder vielleicht war er ja mit Amber unterwegs gewesen.

Auf dem Weg durch den Flur steckte ich den Kopf ins Zimmer meines Dads. Er schlief tief und fest. Ich unterdrückte den Drang, ihn zu wecken und ihn zur Rede zu stellen. Aber ich war sowieso schon spät dran. Das musste also noch ein bisschen warten. Anscheinend hatte es ja Jahre warten können; was machten da noch ein paar Stunden aus?

»Charlie. Willkommen zurück.« Linda umarmte mich. »Hat's Spaß gemacht?«

»Es war schön.«

»Du siehst aus, als hättest du Sonne abbekommen.«

»Ich war am Strand joggen.«

»Ach, wenn ich doch nur so fit wäre wie du.«

»Wovon reden Sie, Linda? Sie könnten mich jederzeit locker ausbooten.«

Linda lachte und machte eine wegwerfende Handbewegung.

»Ich gehe mich eben umziehen.«

Im Hinterzimmer schlüpfte ich in meine Arbeitsklamotten. Sie fühlten sich jetzt bequem an, fast schon normal. Vielleicht war es ja mein Körper, in dem ich mich wohler fühlte. Mein Körper, den ich jahrelang versucht hatte, hinter Schlabberklamotten zu verstecken. Ich war kräftiger als andere Mädchen – größer, athletischer –, aber das war nicht schlecht.

Als ich wieder nach vorne kam, nahm ich ihn zunächst gar nicht wahr. Er stand in der Ecke. Erst als Linda mit ihrem Kopf in seine Richtung deutete, fiel mein Blick auf Evan. Er betrachtete das Preisschild einer Kette, die um den Hals einer Schaufensterpuppe hing.

»Hey, Evan.«

Er drehte sich um und lächelte; seine Augen leuchteten auf. »Du bist wieder zurück und hast mich noch gar nicht angerufen.«

»Gestern war ich furchtbar müde. Tut mir leid.« Ich warf Linda einen Blick zu und sie nickte, anscheinend konnte sie meine Gedanken lesen. »Wollt ihr euch kurz im Hinterzimmer unterhalten?«

»Ja bitte.«

Ich lotste Evan in den Lagerraum. »Möchtest du etwas trinken? Wir haben Wasser.«

»Nein, nicht nötig.« Er vergrub seine Hände in den Hosentaschen.

»Wir müssen reden«, sagten wir beide gleichzeitig.

Er lachte. »Fang du an.«

»Nein du.«

»Okay.« Er sah auf den Boden und dann wieder zu mir auf. Plötzlich fiel mir ein, worüber er vor meiner Abreise ins Basketballcamp versucht hatte, mit mir zu sprechen: über unsere Beziehung. Er öffnete den Mund.

»Vielleicht mache ich lieber den Anfang«, platzte ich heraus.

Er lachte. »Bitte sehr.«

»Ich ...« Wow, das war schwer. Für mich war das komplettes Neuland und ich fühlte mich mies. Ich wollte ihn nicht verletzen, aber gleichzeitig wusste ich auch, dass eine Beziehung mit ihm nicht möglich war. Ich war nicht mit ganzem Herzen dabei und das war ihm gegenüber nicht fair. Neben diesem angeblich riesengroßen Geheimnis, das ich meinem Dad entlocken musste, und meinen Gefühlen für Braden war für Evan einfach kein Platz mehr. »Ich bin gerade in einer komischen Lage.«

Er schien zu ahnen, worauf ich hinauswollte, denn seine gesamte Haltung änderte sich. Sein Blick wurde misstrauisch: »Machst du gerade mit mir Schluss?« Er schien schockiert zu sein. Als wäre ihm das noch nie zuvor passiert.

»Ich ...« Waren wir denn zusammen gewesen? »Ja. Tut mir leid. Ich muss mir über ein paar Sachen klar werden. In ein paar Monaten vielleicht, wenn sich für mich alles ...«

Eine donnernde Stimme ertönte in Verkaufsraum und Evan fuhr herum. »Was war das?«

»Keine Ahnung.« Ich horchte. Die Stimme wurde wieder laut, wutentbrannt. »Oh nein. Das ist mein Dad.«

»Dein Dad?«

Ich rannte durch den Flur, blieb dann aber kurz vor der Tür zum Verkaufsraum stehen. Ich wollte erst wissen, weshalb er sich so aufregte, bevor ich hineinstürmte.

»Sie ist sechzehn«, rief er.

Lindas Antwort konnte ich nicht verstehen.

»Sie hatte nicht mein Einverständnis dazu! Sie hätten das nicht erlauben dürfen.«

Nathan musste ihm von meiner Arbeit als Model erzählt haben. Ich musste dort rein und die Wogen glätten. Sobald ich allerdings den Raum betrat, immer noch unbemerkt von meinem Dad und Linda, sah ich, wie mein Dad dahintergekommen war: Er hielt den Prospekt des Brautmodegeschäfts in der Hand und wedelte damit zornig vor Lindas Gesicht herum.

Oh nein.

Und jetzt konnte ich sie endlich auch verstehen. »Der Prospekt ist nicht von mir, Sir. Da müssen Sie Ihre Tochter fragen.«

»Aber sie hat diesen Make-up-Kram doch auch für Sie gemacht.«

»Ja. Sie hatte eine Einverständniserklärung von Ihrer Frau.«

Ich versuchte, den Mund zu öffnen, um etwas zu sagen, aber bevor ich Gelegenheit dazu hatte, spuckte mein Dad aus: »Meine Frau ist tot.«

Ich schnappte nach Luft und beide drehten sich zu mir um.

»Charlie, wir gehen. Jetzt sofort«, knurrte er und marschierte aus der Tür.

Ich spürte Evans Atem auf meiner linken Schulter. Wahrscheinlich war er heilfroh, dass er – nach diesem Auftritt – schon auf dem Weg aus meinem Leben war.

Linda hatte einen leeren Blick. Sie sah verletzt aus und

ärgerlich. Vermutlich war es jetzt nicht mehr nötig zu kündigen. Das würde Linda schon für mich erledigen.

»Es tut mir wahnsinnig leid«, sagte ich und meine Stimme klang leiser, als ich beabsichtigt hatte.

Sie schaute zur Tür, durch die mein Dad verschwunden war. »Du gehst jetzt besser.«

Ich nickte, unfähig, irgendeine Entschuldigung zu finden, die die Sache hätte besser machen können, und folgte meinem Dad.

Er tigerte vor seinem Streifenwagen auf und ab. Ich ging zum Auto, mit dem ich gekommen war.

»Nein«, sagte er und zeigte auf die Beifahrerseite.

»Aber ...«

Er zeigte noch einmal auf sein Auto, diesmal mit mehr Nachdruck, also stieg ich ein. Polizeifunk drang aus dem Lautsprecher. Er drehte ihn leiser und startete den Motor. »Wir müssen reden.«

»Es tut mir leid. Sie hat nach Mom gefragt und ich wollte nicht noch mal jemandem sagen müssen, dass sie tot ist. Ich wollte ihr Mitleid nicht. Ich hab nicht richtig nachgedacht. Das war dumm von mir.«

Er parkte aus und fuhr los.

»Ich hatte keine Ahnung, dass das Brautmodegeschäft einen Prospekt drucken lassen würde. Wenn ich das gewusst hätte, hätte ich dich vorher gefragt, ob das in Ordnung ist.«

Mein Dad bog auf einen Parkplatz am Strand ab, stellte den Motor aus und blickte durch die Windschutzscheibe hinaus aufs Meer. Er schwieg noch immer und das zehrte an meinen Nerven. Ich wartete darauf, dass er wie vorhin im Laden explodierte, aber er saß einfach nur da, unheimlich ruhig. Wahrscheinlich, weil ich ihm ja sowieso schon alles beichtete, ohne dass er zu fragen brauchte. Und es gab noch etwas, das ich ihm beichten musste, etwas, das ich nicht hatte wahrhaben wollen, etwas, vor dem ich seit Jahren davonrannte. Damit war es jetzt vorbei. Ich hörte die Worte aus meinem Mund kommen. Sie waren heraus, bevor ich mir überhaupt Gedanken gemacht hatte, wie ich sie formulieren sollte: »Ich möchte wissen, was an dem Abend passiert ist, als Mom gestorben ist.«

34.

Mit dieser Bitte hatte er nicht gerechnet. Das konnte ich an seinem Gesicht ablesen, aus dem alle Farbe wich. »Okay, was genau willst du wissen?«

»Was ist damals an dem Abend passiert? Es muss da noch mehr geben, als das, was du mir erzählt hast.«

»Charlie, ich habe bereits versucht, mit dir darüber zu reden. Du warst noch nicht so weit. Du wärst daran zugrunde gegangen.«

»Jetzt bin ich so weit.« Meine Stimme klang überzeugt, auch wenn ich das Gegenteil fühlte.

»Ich weiß nicht, wie ich dir das erklären soll.« Er fuhr sich mit der Hand durchs Haar, als wollte er seine Feststellung unterstreichen. »Deine Mutter ...« Er zögerte. »Sie war sehr krank.«

In meinen Ohren begann es zu rauschen und mir wurde schwindelig, genau wie damals mit zehn Jahren. Diesmal hatte ich aber nicht vor, mich davon aufhalten zu lassen. »Ich verstehe nicht.«

Er nahm meine Hand. Sein Griff war sanft, aber bestimmt. Sein Blick wurde glasig und das machte mir Angst. Ich hielt die Luft an.

»Es war kein Unfall.«

Ich kniff die Augen zu. Ich war nicht bereit zu akzeptieren, was er mit diesem kleinen Satz andeutete. »Woher willst du das wissen?«

»Sie hat einen Abschiedsbrief hinterlassen.«

Die Erkenntnis brach wie ein Welle über mich herein und plötzlich ergab alles einen Sinn. Meine Mom war depressiv gewesen. Das verstand ich jetzt. Deswegen hatte ich keine Erinnerungen aus der Kindheit an sie – sie war nie dabei gewesen. Sie hatte nie dabei sein wollen.

Der Polizeifunk knackte in meinen Ohren. Mein Dad drückte auf einen Schalter und stellte ihn aus. Ich presste die Stirn gegen das Armaturenbrett, fester, immer fester, in der Hoffnung, der Schmerz würde die Gedanken vertreiben.

»Charlie.«

Ich schüttelte den Kopf.

»Charlie. Das wusstest du. Komm her.« Er zog mich an seine Brust. »Du wusstest es. Schön ein- und ausatmen. Alles wird gut.«

Ich nickte, aber ich war mir nicht sicher, ob alles je wieder gut werden würde. Mein Mom hatte mich verlassen. Mit Absicht.

Mein Dad roch nach ... meinem Dad – eine Mischung aus moschushaltigem Rasierwasser und Kaugummi mit Zimtgeschmack. Das war der Geruch meiner gesamten Kindheit. Er war meine Kindheit. Mein Leben. Er war bei jedem wichtigen Ereignis dabei gewesen und auch bei jedem unwichtigen. Überall dort, wo sie nie war.

Er bewegte sich ein bisschen, hob die Hand und wischte sich übers Gesicht. Ich wollte nicht hochschauen, um zu sehen, ob er weinte. Ich hätte seinen Schmerz nicht auch noch ertragen können. Meiner war schon unerträglich genug. Aber ich brauchte gar nicht hochzuschauen; ich hörte es an seiner Stimme, als er sagte: »Und sie hätte dich beinahe mit sich genommen.«

Dieser Satz ließ mich schneller hochfahren, als ich beabsichtigt hatte. Das Blut rauschte in meinem Kopf. »Ich saß mit im Auto.« Das war mir sofort klar, aber ich musste die Puzzleteile noch zusammenfügen. Kein Wunder, dass ich mein ganzes Leben lang die Augen vor der Wahrheit verschlossen hatte. Die Träume. Die Tatsache, dass ich vor meinem inneren Auge sehen konnte, wie das Auto ins Schleudern geriet, die Glasscherben überall, alles mit perfekter Klarheit. Ihre schlaffe Hand, wie sie vor mir lag. Es war nicht bloß ein Traum gewesen. Es war eine Erinnerung.

»Sie wusste es nicht«, fügte er schnell hinzu. »Du hast dich heimlich ins Auto geschlichen. Du hättest eigentlich im Bett liegen sollen.«

Ich atmete erleichtert aus. Wenigstens hatte sie nicht versucht, mich mit sich zu nehmen. Der Gedanke half zwar nicht, aber es war immerhin etwas und im Moment fühlte ich so ziemlich gar nichts. Ich war wie betäubt.

Die Rückfahrt zum Laden, vor dem wir das andere Auto zurückgelassen hatten, verlief schweigend. Mein Dad öffnete immer wieder den Mund, um etwas zu sagen, schloss ihn aber gleich wieder. Irgendwann überwand er sich: »Du hast bestimmt Fragen. Was willst du wissen?«

Ich hatte mir noch keine Gedanken über Fragen gemacht, aber ich wusste, dass ich sie stellen musste. »War sie in Behandlung? Hat sie versucht, sich helfen zu lassen?«

»Sie war regelmäßig in Therapie. Aber sie hat immer wieder ihre Medikamente abgesetzt. Sie hat geglaubt, dass es ihr besser ginge. Ich habe dich auch zu einem Therapeuten geschickt, gleich nachdem sie gestorben war. Ich habe euch alle zu einem Therapeuten geschickt.«

Ja, ich konnte mich an den grauhaarigen Mann erinnern, für den ich Bilder malen musste. »Warum hast du mir nicht eher davon erzählt?«

»Das hab ich versucht, Charlie. Du warst noch nicht so weit. Du hast dichtgemacht. Du bist aufs Dach geklettert und hast mich zu Tode erschreckt. Danach habe ich beschlossen zu warten. Dir ging es so gut, ich wollte nicht, dass es dein Leben bestimmte.«

»Ich komme mir dumm vor. Ich bin so schwach.«

»Charlie. Nein.« Er legte seine Hand auf meine Schulter. »Nein, das bist du nicht. Welches Kind möchte so von seiner Mutter denken? Sie war deine Welt.«

Nein, das war sie nicht. Sie war ja kaum Teil meines Lebens gewesen. »Jerom, Nathan ... Gage?«

»Sie wissen es.«

Ich hustete, um den Kloß in meinem Hals loszuwerden, und presste dann meine Wange an das Beifahrerfenster. »Ich komme mir so dumm vor.« Kein Wunder, warum mein Dad und meine Brüder mich für so zerbrechlich hielten. Warum sie mich so beschützten. »Es tut mir leid, dass ich nicht auch ein Junge geworden bin.«

»Was?« Wir fuhren vor dem Laden an den Straßenrand und er stellte den Automatikhebel auf Parken.

»Ich bin irgendwie falsch geraten. Ich bin verkorkst.«

»Oh Charlie. Nein.«

»Ich hab dieses Buch in deinem Zimmer gefunden. Carol, deine Arbeitskollegin.«

Seine Wangen liefen rot an. »Süße, das war doch nur, damit es mir leichter fällt, mit dir über Mädchensachen zu reden. Denn ganz offensichtlich liegt mir das überhaupt nicht. Ich wollte doch nur alles richtig machen. Das für dich sein, was du brauchtest. Ich weiß, dass mir das nicht gelungen ist. Ich bin nicht deine Mom. Sie hätte das besser gekonnt.«

Ich drückte seine Hand ganz fest. Ich würde nicht wieder weinen. »Du hast alles richtig gemacht«, brachte ich mühsam hervor. »Du hast alles richtig gemacht.«

Er nahm mein Gesicht in seine Hände und küsste mich auf die Stirn. »Irgendetwas muss ich ja richtig gemacht haben, denn sieh dir doch nur an, was für ein tolles Mädchen aus dir geworden ist. Selbstbewusst, klug, sportlich und wunderschön. Ich hab dich lieb, Kleines.«

»Ich hab dich auch lieb.«

Er strich mir über die Wange. »Ich muss wieder zur Arbeit. Ich ruf einen deiner Brüder an, damit er dich abholen kommt.«

»Nein, Dad. Bitte nicht. Ich muss selber fahren. Ich muss mit dieser ganzen Mom-Geschichte allein sein.«

Er runzelte die Stirn.

»Bitte. Ich bin vorsichtig. Ich brauche auch nicht lange.«

Er nickte. »Wenn du in einer Stunde nicht zu Hause bist, werde ich eine Fahndung nach dir ausrufen.«

Ich verdrehte die Augen, aber dann merkte ich, dass er das ernst meinte. »Es reicht auch, wenn du mich einfach anrufst.« Ich hielt mein Handy hoch. Ich wusste, dass er sowieso einen von diesen GPS-Trackern auf meinem Handy installiert hatte. Es war kein Geheimnis, wo ich war.

Er nickte. In einer Stunde würde er mir jemanden hinterherschicken. Ich musste also schneller sein.

»Ach, und Charlie?«, sagte er, als ich die Beifahrertür öffnete.

»Ja?«

»Bis zur Party hast du Hausarrest.«

Ich warf einen Blick auf den Prospekt, der zu einem Ball zerknüllt auf der Mittelkonsole zwischen uns lag. »Ich weiß. Es tut mir leid, dass ich dich angelogen habe.«

Er lächelte. Das erste Lächeln, das ich auf seinem Gesicht sah, seit er mich aus dem Laden geholt hatte. »Wir machen alle mal Fehler.«

Ich stieg aus seinem Auto und lief zu meinem. Unterwegs warf ich einen Blick auf Lindas Laden und wusste, dass ich eigentlich hineingehen und ihr alles erklären sollte, aber im

Moment konnte ich mich nicht dazu überwinden. Zuerst musste ich woandershin.

Ich starrte auf ihren Grabstein. Ich hatte ihr Grab seit über einem Jahr nicht besucht und vielleicht, so mein Gedanke, hatte ich es falsch in Erinnerung. Aber da stand es, in Stein gemeißelt: *Liebevolle Mutter.*

Zorn kochte in mir hoch. Diese Worte kamen mir wie die größte Lüge der Welt vor. Wenn sie so liebevoll gewesen war, wieso hatte sie dann getan, was sie getan hatte? Sie war so selbstsüchtig gewesen. Ich kickte gegen einen Stein und er prallte vom Grabstein ab.

Hinter mir hörte ich Knirschen auf dem Schotter.

»Das waren keine dreißig Minuten«, protestierte ich und ärgerte mich, dass mein Dad mir nicht mal eine Stunde gönnte, damit ich damit klarkommen konnte.

»Er hat mir gesagt, dass ich noch nicht gleich losfahren soll. Aber ich hatte Angst um dich.«

Ich drehte mich nach Jerom um. Sein Gesicht war voller Sorge.

Ich war nicht nur auf meine Mom wütend. Ich war auch auf meine Brüder wütend. Sie hatten mir all das vorenthalten. »Mir geht's gut.«

»Wirklich?«

»Nein. Ich bin total verkorkst.«

»Charlie.« Seine Stimme klang schroff. »Sag das nicht. Du bist nicht total verkorkst. Es ist dein gutes Recht, wütend zu sein.«

»Aber ihr glaubt, ich bin schwach. Deswegen kümmert ihr euch ständig um mich. Ihr denkt, ich stehe kurz vor dem Zusammenbruch.«

»Nein, du bist stark. Manchmal zu stark. Du glaubst, dass du damit ganz allein klarkommen musst.« Er legte seinen

Arm um meine Schulter und betrachtete mit mir zusammen den Grabstein. »Lass uns doch für dich da sein.«

»Aber das ist es ja. Wir sind überhaupt nicht füreinander da, oder? Ich dachte immer, wir wären die beste Familie der Welt, aber keiner von euch hat mir je davon erzählt.«

»Dad hat es versucht. Wir dachten, es wäre besser zu warten.«

»Bis wann?«

Er seufzte, ganz offensichtlich genauso frustriert. »Keine Ahnung. Aber Charlie, das hier« – er zeigte auf Moms Grabstein – »ist nicht unsere Familie. Das ist etwas, das unserer Familie zugestoßen ist. Davor war unsere Familie stark und das ist sie immer noch. Daran hat sich nichts geändert.«

Ich las die Inschrift auf ihrem Grabstein wieder und wieder. *Liebevolle Mutter.* »Mein ganzes Leben lang habe ich geglaubt, sie hätte meine beste Freundin sein können. Hätte mir all die Dinge beigebracht, die man als Frau wissen muss. Und irgendwie hab ich angefangen, Dad übel zu nehmen, dass er nicht wie sie sein konnte. Und jetzt erfahre ich, dass sie gar kein Interesse daran hatte. Sie wollte nicht meine Mom sein. Ich bin so wütend auf sie.«

Er drückte meine Schulter, sein Atem stockte. Ich hatte noch nie gesehen, dass mein Bruder auch nur ansatzweise den Tränen nahe gewesen wäre; es traf mich völlig unerwartet. »Das ist dein gutes Recht.«

»Ich weiß nicht, wie ich darüber hinwegkommen soll.«

»So etwas kann man nur durchstehen.«

Schlaf war mein Freund. Ich konnte mich nicht erinnern, wann ich das letzte Mal so viel geschlafen hatte. Dabei hatte ich an diesem Tag noch nicht einmal besonders viel getan. Ich hatte befürchtet, dass ich ständig diesen Albtraum von meiner Mutter haben würde, aber nein. Ich träumte überhaupt nichts. Eine Art Nebel hatte sich in meinem Kopf festgesetzt und ich wollte mich darin verlieren.

Mein Dad musste meine Brüder gebeten haben, mich in Ruhe zu lassen, denn schon seit Stunden hatte mich keiner von ihnen gestört. Ein Streifen Sonne war im Verlauf des Tages an meinem Körper hochgewandert und hatte es zu guter Letzt bis in mein Gesicht geschafft. Ich hätte nur die Vorhänge schließen müssen, um ihn loszuwerden, doch mir fehlte die Energie aufzustehen. Ich war so müde. Stattdessen zog ich mir einfach mein Kissen über den Kopf.

Es klopfte an meiner Zimmertür. Ich rührte mich nicht. Wenn es Gage war, würde er sowieso reinkommen. Die Tür ging einen Spalt auf.

»Was?«, knurrte ich mit gedämpfter Stimme unter dem Kopfkissen hervor. Ich fragte mich, ob sie reihum bei mir auf der Matte stehen würden, um mich wieder aufzubauen.

»Hey.« Es war Braden.

Ich war froh, dass mein Kopf unter dem Kissen steckte, denn in seiner Anwesenheit wurden meine Wangen rot. Ich wartete, bis ich mich einigermaßen unter Kontrolle hatte, dann schob ich das Kopfkissen weg. »Hi.«

Er kam vorsichtig ins Zimmer. »Was war denn vorgestern Nacht?«

Vorgestern Nacht? Ich kramte in meinem Gedächtnis und fragte mich, was er meinte, aber dann fiel mir ein, dass wir uns ja am Zaun hatten treffen wollen. »Ich bin eingeschlafen. Tut mir leid.« Wahrscheinlich klang ich nicht so reuevoll, wie ich hätte klingen sollen, denn ich war viel zu sehr damit beschäftigt, mich selbst zu bemitleiden.

Er hatte einen Fußball mitgebracht und fing an, ihn von einem Knie zum anderen zu kicken. »Lust auf ein Spielchen?«

Er versuchte, mich aufzumuntern, doch auch wenn ich

das süß von ihm fand, war ich im Moment nicht in der Stimmung, etwas mit Braden zu unternehmen. Eine Sache mehr, die mich daran erinnern würde, was ich alles nicht haben konnte und wie beschissen mein Leben zurzeit war. »Nicht wirklich. Aber grüß alle schön von mir.«

»Tja, das dürfte schwer werden, denn außer mir ist keiner da.«

Das war ja noch schlimmer. »Gage ist zu Hause, glaube ich. Bestimmt hat er Lust zu spielen.«

Er stieß den Ball mit dem Knie in die Luft, woraufhin dieser im hohen Bogen auf meinem Fußende landete. »Gage ist nicht da. Außerdem will ich nur dich.«

Diesmal konnte ich nicht verhindern, dass ich rot wurde. Er musste mehr darauf achten, was er sagte. Ihm schien das allerdings nicht aufzufallen, denn er fügte hinzu: »Na, komm schon. Bitte.« Er ging zu meinem Kleiderschrank und holte meine Schuhe raus.

»Mir geht's gut, Braden. Du brauchst mich nicht aufzuheitern. Ich verspreche es dir.«

Er setzte sich neben mich aufs Bett und strubbelte mir meine Haare ins Gesicht. »Warum sollte ich dich aufheitern müssen? Ist irgendetwas passiert?«

Hatte er noch nichts gehört? Ich stieß seine Hand weg und strich meine Haare zurück. »Nichts, was ich gerade wieder aufwärmen möchte.«

»Tja, siehst du, ich bin ja auch nicht gekommen, um dich aufzuheitern. Ich bin aus rein egoistischen Gründen hier.« Er streckte seine Hand nach mir aus und schaute mich mit seinem treuen Hundeblick an. »Bitte zwing mich nicht, dich auf Knien anzuflehen.«

Irgendwie hätte ich ja gern gesehen, dass er bettelte. Ich starrte seine Hand an. Ganz ruhig hielt er sie. Sie schwebte sozusagen zwischen uns in der Luft. Ich nahm sie.

35.

Ich konnte nicht sagen, ob Braden gehört hatte, was passiert war, oder nicht, in jedem Fall musste er aber gewusst haben, dass ich mich von allem ablenken konnte, wenn ich übers Spielfeld rannte und einen Ball vor mir herkickte. Na gut, von fast allem. Anscheinend nicht von ihm, wenn wir Seite an Seite spielten. Im Lauf versetzte ich ihm einen Stoß und klaute mir den Ball.

»Foul«, verkündete er lachend.

»Wenn du mich kriegst, lasse ich das Foul gelten.«

Ich dribbelte den Ball schneller in Richtung Netz. Ich konnte spüren, wie er näher kam. Als ich schon so gut wie vor dem Tor stand, holte er mich ein, schlang einen Arm um meine Taille und stoppte mich. Dann drehte er mich vom Ball weg, ließ mich los und nahm den Ball wieder an sich. Ich sprang auf seinen Rücken.

»Ergib dich, Lewis.«

»Glaubst du im Ernst, das hält mich davon ab, ein Tor zu schießen?« Er hielt mich an den Unterschenkeln fest, sodass ich nicht von seinem Rücken springen konnte, und dribbelte den Ball dabei weiter.

»Lass mich runter.«

»Du bist diejenige, die hochgesprungen ist.«

»Zwing mich nicht, dich zu beißen.« Ich öffnete den Mund und grub meine Zähne sanft in seinen Nacken. Er wurde langsamer und blieb stehen. »Das wagst du nicht, du Schummlerin!«

»Aber so was von«, nuschelte ich mit meinen Zähnen in seinem Nacken und verstärkte den Druck. Ich hätte damit lieber gar nicht erst anfangen sollen; mein Herz begann zu rasen, als ich seine Haut an meinen Lippen spürte und Salz schmeckte.

»Charles«, warnte er mich mit leiser Stimme.

Ich lachte. »Du brauchst einfach nur meine Beine loszulassen.«

Er ließ sie los. Ich biss trotzdem ganz leicht zu, nur so zum Spaß, dann sprang ich ab und wollte mir den Ball schnappen. Doch er packte mich und zog mich an sich. »Du kleines Luder.«

Ich lachte. »Gleich liegst du auf dem Boden.« Ich nahm mein Bein zu Hilfe, um seins wegzuziehen. Er stolperte, ließ mich allerdings nicht los, wie ich gedacht hatte, sodass wir beide zu Boden stürzten. Er rollte herum, bis er mich unter seiner Hüfte und seinem rechten Arm festgeklemmt hatte.

»Du solltest nicht in der Lage sein, mich so locker umzulegen. Du bist unglaublich stark, wusstest du das? Das ist der Hammer.«

Ich erstarrte, mein gesamter Körper stand in Flammen. Wenn ich mich auch nur irgendwie bewegte, würde das den Schauer verstärken, der von überall dort, wo er mich berührte, durch mich hindurchlief.

»Was hast du?«, fragte er und wurde plötzlich ernst. »Hab ich dir wehgetan?«

»Nein, lass mich einfach los.«

Erst sah er verwirrt aus. Dann verzogen sich seine Lippen langsam zu einem Lächeln. »Warum?«

»Du hast gewonnen. Lass mich los.«

»Ich hab gewonnen? Du hast eben deine Niederlage eingestanden? Ist das jemals in der Weltgeschichte vorgekommen?«

»Ja. Du hast gewonnen. Braden. Bitte.« Ich war außer Atem und meine Stimme klang gepresst.

»Aber ich schulde dir noch einen Biss.« Er beugte sich vor und näherte sich meinem Nacken. Mein Herz pochte gegen die Rippen. »Das ist nur fair.«

Ja, so definierte man also Folter. Wenn er gewusst hätte, was er damit in mir auslöste, hätte er bestimmt nicht weitergemacht. Seine Zähne streiften sanft meine Haut und sein Atem wärmte meinen Nacken. Ich grub meine Finger in seine Schultern.

»Bringen wir es hinter uns«, stieß ich mit angehaltenem Atem hervor.

Er lachte leise mit rauchiger Stimme und biss dann etwas fester zu. Ich schaffte es gerade so, ein Aufstöhnen zu unterdrücken, konnte aber nicht verhindern, dass sich meine Augen schlossen.

Er hob den Kopf. »Ich muss dir etwas sagen.«

Ich riss die Augen auf und unsere Blicke trafen sich.

Sofort wurde ich wieder misstrauisch. Er wollte mir von meiner Mom erzählen. Er konnte ja nicht ahnen, dass ich es bereits wusste. Ich fragte mich, ob es besser gewesen wäre, wenn Braden es mir damals in der Nacht am Zaun erzählt hätte. Wäre es weniger vernichtend gewesen? Wahrscheinlich nicht. Egal, jetzt war es sowieso zu spät und ich hatte wirklich keine Lust, darüber zu sprechen. »Ich weiß es schon.«

»Du weißt es?«

»Ja. Mein Dad hat es mir gesagt.«

»Dein Dad?«

»Ja.«

»Gage«, knurrte er, rollte dann auf seinen Rücken und ließ mich endlich frei. »Und will er mich jetzt umbringen?«

Ohne ihn fühlte sich mein ganzer Körper kalt an. »Nein. Warum sollte er? Du kannst ja nichts dafür.«

»Stimmt, aber das heißt ja nicht, dass er möchte, dass ich es dir erzähle.«

»Ich dachte, du wolltest es mir nicht erzählen. Du meintest, es stünde dir nicht zu.« Meine Augen fingen an zu brennen und am liebsten wäre ich aufgestanden und hätte einfach weitergespielt.

Er stützte sich auf seinen Ellenbogen. »Moment. Wovon redest du eigentlich?«

»Wovon redest du?«

»Du zuerst.«

»Ich weiß über meine Mom Bescheid.«

Er holte kurz Luft und kniete sich hin. Besorgt runzelte er die Stirn. »Dein Dad hat dir von deiner Mom erzählt ... wie sie ...«

»Ja.« Ich strich mir mit dem Handrücken über die Wange und schauderte.

Er legte sich wieder neben mich und zog mich an sich. »Warum hast du mir das nicht gesagt?«

»Ich dachte, du wüsstest es. Und ich wollte nicht mehr daran denken.«

»Das tut mir leid. Willst du nach Hause?«

Ich schüttelte den Kopf und vergrub mein Gesicht an seiner Brust. Ich wollte nirgendwohin. »Das war es also nicht, was du mir sagen wolltest?«

»Nein. Ich meine, das wollte ich dir damals nachts am Zaun erzählen, bevor mir klar wurde, dass ich nicht das Recht dazu hatte. Vielleicht hätte ich es dir doch sagen sollen. Vielleicht hätte ich es dir schon vor Jahren erzählen sollen. Es tut mir leid.«

»Du kannst nichts dafür. Du hast dafür gesorgt, dass ich meinen Dad gefragt habe.« Ich löste mich von ihm, damit ich ihm in die Augen schauen konnte. »Was ist es dann? Was wolltest du mir heute sagen?«

»Das ist jetzt kein guter Zeitpunkt dafür. Ich erzähl's dir ein andermal.«

»Nein, bitte. Ich will es jetzt wissen. Ich hab die Nase voll von all den Geheimnissen.«

Er sah mich ziemlich lange an, als versuchte er zu beurteilen, wie ernst es mir damit war. Sein Atem streifte meine Lippen. Ich musste mich beinahe mit Gewalt dazu zwingen, mich nicht vorzulehnen. Als seine Lippen meine berührten, schnappte ich unwillkürlich nach Luft. War ich das gewesen?

»Deute ich dich vielleicht falsch?«, fragte er.

Ich schüttelte den Kopf. Ich konnte nichts sagen, konnte nicht glauben, dass das hier das bedeutete, wonach es aussah.

Er atmete langsam aus; sein Atem roch so vertraut. »Das wollte ich dir sagen.«

»Du wolltest mir sagen, dass du mich küssen willst?«

Er nickte. »Ändert das jetzt alles?«

»Das hoffe ich sehr.«

Er lächelte und sein Blick wanderte von meinen Augen zu meinem Mund und weiter zu meinen Haaren. Er strich eine Strähne hinter mein Ohr. »Du bist so schön.«

Meine Wangen wurden heiß. »Müssten wir das nicht eigentlich am Zaun machen?«

»Nein. Ich möchte nicht, dass das in unserer anderen Welt geschieht. Ich möchte, dass es in unserer wirklichen Welt geschieht.« Seine Lippen trafen auf meine. Mein Herz fühlte sich an, als hätte ich mehrere Sprints absolviert; es raste wie wild. Ich packte seine Schultern und zog ihn näher heran. Mit dem Mund auf meinen Lippen sagte er noch: »Aber wir können es heute Nacht am Zaun wiederholen, wenn du möchtest.«

Ich lächelte. »Moment. Was ist mit Amber?«

»Was soll mit ihr sein?«

»Ich dachte, du und sie ...«

Er löste sich von mir und seine Augen wurden groß. »Was? Nein! Dein Bruder ist ganz verrückt nach ihr.«

»Gage?«

»Ja, die beiden sind zusammengekommen, als du weg warst. Hat er dir das nicht gesagt?«

»Nein.«

»Du dachtest ... Amber und ich?«

»Ja, du hast dich mit ihr getroffen. Und auf dem Sofa gestern bist du zu ihr rübergerutscht, als du für mich Platz gemacht hast.«

Nachdenklich schaute er gen Himmel. »Ach so. Das hab ich gemacht, weil du so genervt von ihr warst. Ich dachte, ich erspare dir, dass du neben ihr sitzen musst.«

Ich lachte kurz auf. »Hör auf, mich zu analysieren.«

Er verzog das Gesicht. »Amber? Also wirklich, Charlie. Traust du mir so wenig Geschmack zu?« Er griff nach dem Saum meines T-Shirts. »Sie trägt Glitzerschrift quer über ihren Hintern. Du hast mir gesagt, so jemanden soll ich niemals daten.« Er küsste mich erneut. »Was ist mit Evan?«

»Äh, nein.« Ich zog die Buchstaben auf seinem T-Shirt mit meinem Finger nach. »Es würde mir ziemlich schwerfallen, mit jemandem zusammen zu sein, wenn ich dabei die ganze Zeit an einen anderen denken müsste.«

»In jener Nacht am Zaun, als du dachtest, ich wollte dir sagen, dass ich mich in dich verliebt hätte ...«

»Du musst mir das nicht erklären.«

Er schüttelte den Kopf. »Das will ich aber. Du hattest recht: Ich war in dich verliebt. Aber ich hatte mir eingeredet, dass ich dir das nicht sagen dürfte. Ich wollte unsere Freundschaft nicht zerstören. Du hast mich in jener Nacht völlig durcheinandergebracht, denn ich wollte dir ja etwas ganz anderes sagen. Ich hatte ziemliche Angst, dass du trotzdem mitbekommen hättest, wie es um mich stand. Ich war mir nicht sicher, wie du es aufnehmen würdest. Oder wie deine Familie es aufnehmen würde.«

»Und jetzt?«

»Und jetzt bin ich mir immer noch nicht sicher, wie deine Familie es aufnehmen wird, aber in jener Nacht hast du so verletzt reagiert, dass ich die Hoffnung hatte, du könntest damit doch ganz gut klarkommen. Ich dachte, vielleicht wolltest du mir auf diese Weise zu verstehen geben, dass du mich auch magst, und dadurch kam mir zum ersten Mal überhaupt der Gedanke, dass doch noch alles gut werden würde.«

»Ich weiß zwar nicht, wie meine Brüder reagieren werden, aber mein Dad vergöttert dich.«

Er vergrub sein Gesicht in meinem Nacken. »Gage weiß es schon.«

Ich versuchte, ihn wegzudrücken, damit ich sein Gesicht sehen konnte. Er rührte sich nicht. »Was hat er gesagt?«

»Er ist sauer.«

Endlich gelang es mir, ihn von mir wegzuschieben und ihn anzusehen. Das Erste, worauf mein Blick fiel, war der blaue Fleck unter seinem rechten Auge. »Warte mal. War das etwa Gage?«

»Was?«

Ich strich sanft mit meinem Finger über die Stelle.

»Ach so. Nein.«

»Dann war es also doch ein Golfball?«

Er schüttelte den Kopf. »Das war ...« Sein Blick wanderte durch die Gegend, damit er mich nicht ansehen musste. »Mein Dad.«

Ich fuhr so ruckartig hoch, dass mir ganz schwindelig wurde. »Dein Dad hat dich geschlagen?«

Er lächelte, was so ziemlich die letzte Reaktion war, die ich auf meine Frage erwartet hätte. »Ja. Ich hab ihm endlich die Meinung gesagt. Er hat mich geschlagen. Meine Mom hat ihn rausgeschmissen.«

»Braden! Warum hast du mir nichts erzählt? Geht es dir gut?«

»Ja. Seit Jahren wünsche ich mir, dass sie ihn endlich rausschmeißt. Wenn ich gewusst hätte, dass er mich erst schlagen muss, bevor sie sich dazu überwindet, hätte ich ihm schon vor langer Zeit die Meinung gegeigt.« Er lächelte immer noch, aber ich kannte ihn besser. Ich sah den Schmerz in seinen Augen. Er hatte nicht gewollt, dass sein Dad ging. Er wollte, dass sein Dad sich aus Liebe zu ihm änderte.

»Das tut mir leid.« Ich strich ihm durch die Haare und er legte seinen Kopf auf meinen Schoß. So blieben wir eine Weile sitzen, er mit seinem Kopf auf meinem Schoß und ich mit meinen Fingern in seinen Haaren. »Und warum ist Gage sauer auf dich?«

»Du bist seine Schwester, Charlie.«

»Das ergibt doch keinen Sinn. Auf Evan war er nicht wütend.«

»Ich glaube, er wusste, dass du in Evan nie richtig verliebt warst.«

»Aber er dachte, ich wäre in dich verliebt?«

»Keine Ahnung. Wahrscheinlich hat er geglaubt, dass bei mir die Gefahr größer wäre, dich ernsthaft zu verletzen. Aber das werde ich nicht. Das verspreche ich dir ... Ich liebe dich.«

Mein Herz schlug gegen meine Rippen und mir stockte der Atem. Ich beugte mich vor und suchte seine Lippen. »Ich liebe dich auch.«

36.

Beim Football mach ich dich aber trotzdem fertig«, sagte ich und sah Braden an, der in meinem Schoß lag, als wollte er nie mehr aufstehen.

»Was? Kriege ich als dein Freund keine Sonderbehandlung?«

Die Worte *dein Freund* aus seinem Mund zu hören, ließ mein Herz vor Freude fast platzen. Gleich darauf überfiel mich ein schlechtes Gewissen, weil ich so glücklich war, obwohl ich gerade erst erfahren hatte, wie meine Mom wirklich gestorben war. Ich blickte hinauf in den wolkenlosen Himmel.

»Ist das zu krass? Zu schnell?«

Ich nahm seine Hand. »Nein.« In diesem Moment war er mein ganzes Glück. Das würde ich mir nicht nehmen lassen.

Er streckte seine Hand nach meinem Gesicht aus und fuhr mit dem Finger eine Falte zwischen meinen Augenbrauen nach. Ich fragte mich, ob mein Gesicht finster wirkte.

»Ich hab ein schlechtes Gewissen.«

»Wegen deiner Mom?«

Ich nickte. »Ich hab das Gefühl, ich sollte eigentlich trauern.«

»Charlie, du trauerst seit zehn Jahren.«

»Auch wieder wahr.« Die Sonnenstrahlen trafen auf die Spitzen seiner dunklen Haare und seine Augen waren haselnussbraun, ohne den geringsten Sprenkel Grün.

Er lächelte mich träge an. »Was?«

»Wir haben uns geküsst.«

Er lachte, richtete sich auf und setzte sich hinter mich. Dann legte er von hinten seine Arme um mich und zog mich an seine Brust. »Küsse ich besser als Evan?«

»Hmmm ...«

Er knurrte entrüstet.

»Ist das hier ein Wettbewerb?«

»Aber klar doch.«

Diesmal lachte ich, drehte mich zu ihm um und drückte meine Lippen auf seine. »Ja, Braden, du gewinnst.« Er küsste großartig.

Es dämmerte bereits, als wir zurück nach Hause gingen; beim Laufen kickten wir den Fußball zwischen uns hin und her.

»Also ...«

Fragend zog er eine Augenbraue hoch. »Was?«

»Willst du meine Familie über uns aufklären oder soll ich es tun?«

»Wahrscheinlich ist es besser, wenn du das tust. Ich hab schon ein blaues Auge.«

»Sehr komisch ... Moment, du glaubst doch nicht, meine Brüder würden dich verprügeln, oder?«

»Ich hoffe nicht.«

Jetzt war ich besorgt. Braden hatte recht; das hier war etwas anderes. Er war nicht bloß irgendein Kerl, der mir zufällig über den Weg gelaufen war. Das hier war Braden. Er gehörte praktisch zur Familie. Ich wusste, unter welchem Druck wir dadurch standen. Mir war klar, dass meine Brüder und mein Vater das auch wussten.

Braden musterte mich prüfend. »Na toll. Du hast Angst. Wenn du dich schon fürchtest, wie soll ich mich erst fühlen?«

»Ich hab dir doch gesagt, dass du aufhören sollst, mich zu analysieren.«

»Ich kann dich analysieren, weil ich dich besser kenne.«

»Und wovon träumst du nachts?«

»Von dir.«

Ich verpasste ihm mit dem Handrücken einen Klaps auf den Bauch, konnte mir ein Lächeln aber nicht verkneifen.

Als wir ins Haus kamen, eine Handbreit Abstand zwischen uns, blickte mein Dad vom Fernseher auf, wo er einen NBA-Klassiker anschaute.

»Vergiss es«, sagte ich zu Braden, dessen Augen aufleuchteten, als er sah, was im Fernsehen lief.

»Wo warst du, Charlie?«, fragte mein Dad. »Du hast Hausarrest.«

»Ach ja, stimmt. Hab ich vergessen.«

»Du hast Hausarrest?«, fragte Braden. Sein Blick schien zu sagen: *Wenn du sowieso schon Hausarrest hast, sollten wir es ihm vielleicht später erzählen.*

Ich war der gegenteiligen Meinung – wenn ich schon Hausarrest hatte, konnte ich die Bombe ebenso gut gleich platzen lassen. Noch schlimmer konnte es nicht werden.

»Können wir mit dir reden?«, fragte ich.

Der Blick meines Vaters schnellte zu Braden, als würde er nach Hinweisen suchen, worum es ging. Diesmal würde er seine Antworten allerdings nicht bei Braden finden.

»Vielleicht sollten wir alle zusammentrommeln«, schlug ich vor.

»Alle?«, fragte Braden. »Jetzt? Willst du nicht lieber erst mit deinem Dad sprechen?«

»Nein. Wir können genauso gut gleich mit allen auf einmal sprechen.«

»Das klingt ernst«, sagte mein Dad und griff endlich nach der Fernbedienung, um das Spiel abzuschalten.

»Es ist ernst. Aber ernst in einem guten Sinn.«

Er runzelte die Stirn. »Okay.«

Ich stellte mich an die Treppe und rief nach meinen Brüdern und kurz darauf saßen alle drei, plus mein Dad, dicht gedrängt auf unserer breiten Couch. Sie hatten kaum ausreichend Platz, um Schulter an Schulter zu sitzen. Ich stand vor ihnen, Braden hinter mir.

Ich ließ meine Knöchel knacken und holte tief Luft. »Okay. Also ...« Ich hatte keine Ahnung, wo ich beginnen sollte. Irgendwie schien mir eine Einleitung angebracht, aber was konnte ich ihnen groß erzählen, was sie nicht schon wussten?

Moment. Gage wusste bereits, wie Braden zu mir stand. Hatte er die anderen eingeweiht? Ich warf Gage einen prüfenden Blick zu, doch der musterte mich ungewohnt streng, als wolle er mich regelrecht herausfordern, der ganzen Familie zu beichten, was er bereits wusste.

Mein Mund fühlte sich trocken an und ich versuchte zu schlucken. Meine Zunge kam mir doppelt so dick vor wie sonst. Irgendwann kniff ich die Augen zusammen und brachte es hinter mich. »Ich liebe ihn.« Ich zeigte über meine Schulter nach hinten und öffnete im selben Moment die Augen.

Gages Kiefermuskeln verkrampften sich. Er hatte sich also immer noch nicht damit anfreunden können. Alle anderen starrten mich an, als warteten sie auf den Rest meiner Rede. Sie alle liebten Braden. Sie verstanden nicht, worauf ich hinauswollte.

Blind streckte ich meine Hand nach hinten aus, in der Hoffnung, dass Braden mir helfen würde. Er dauerte keine Sekunde, bevor er sie ergriff. »Wir sind zusammen«, verkündete ich.

Schwer zu sagen, wer zuerst explodierte, jedenfalls redeten kurz darauf alle durcheinander und es klang nicht so, als wollten sie uns gratulieren. Jerom war der Erste, der aufsprang und rief: »Wie kannst du es wagen, die Situation so schamlos auszunutzen?« Sein eiskalter Blick war auf Braden gerichtet. Wie auf Kommando standen auch die anderen auf.

Ich hob meine Hand, bevor noch irgendjemand anderes etwas Verletzendes sagen konnte. »Stopp. Er war der Einzige, der den Mut hatte, wenigstens anzudeuten, dass die Sache mit Mom mehr war als bloß ein Unfall. Wagt es also nicht, so zu tun, als würde er die Situation jetzt ausnutzen.«

Jerom ballte seine Hände zu Fäusten. »Es sieht aber ganz danach aus.«

»Ich bin nicht so zerbrechlich. Begreift ihr das denn nicht? Ich komme allein klar. Ich kann meine eigenen Entscheidungen treffen. Es ist ja nicht erst heute passiert. Ich mag ihn seit einer ganzen Weile. Wir haben es uns heute bloß erst eingestanden.«

»Ich liebe sie, Leute«, sagte Braden.

Nathan trat einen Schritt vor, als wollte er Bradens blauem Auge ein zweites hinzuzufügen. Mein Dad packte ihn am Arm. »Das reicht, Jungs«, mahnte er und alle hielten den Mund. »Ich habe diesen jungen Mann hier bei zahlreichen Gelegenheiten gebeten, ein Auge auf Charlie zu haben. Wie kann ich jetzt guten Gewissens behaupten, dass ich ihm nicht traue?«

Ich konnte spüren, wie die Anspannung von Braden wich.

Mein Vater nahm ihn ins Visier und sagte mit eisiger Stimme: »Sorg dafür, dass du mein Vertrauen nicht missbrauchst.«

»Nein, Sir.«

»Dann wäre das geklärt. Aber du hast immer noch Hausarrest, Charlie. Bis zur Party.« Er warf Braden einen Blick zu. »Also ab mit dir.«

Dass Braden rausgeworfen wurde, während ich Hausarrest hatte, war noch nie vorgekommen. Allerdings war er auch noch nie mein fester Freund gewesen. Ich drückte seine Hand und er ging. Sobald die Tür hinter ihm ins Schloss gefallen war, lächelten meine Brüder wieder.

»Ich hab mich schon gefragt, wann er endlich den Mund aufmachen würde.«

»Das war ja so offensichtlich.«

»Aber Charlie«, wandte Gage ein, »ich hatte keine Ahnung, dass es dir genauso ging.«

Ich nickte, woraufhin sie damit fortfuhren, wer was wann gewusst hatte. Dann verstummten sie einer nach dem anderen. Es war das erste Mal, dass wir uns alle zur selben Zeit im selben Raum befanden, seit ich die Sache mit meiner Mom erfahren hatte. Ich hatte es bis jetzt vermieden.

Ich sah meinen Dad an. »Ich denke, es ist an der Zeit, dass wir uns alle über Mom unterhalten. Gemeinsam.« Ich holte die Schachtel mit den Fotos aus der Schublade unter dem Sofatisch hervor. Ich war immer noch unfassbar wütend auf sie, aber ich wusste, dass ich meine Wut nur überwinden konnte, indem ich mehr über sie in Erfahrung brachte, und zwar von Menschen, die sie besser gekannt hatten als ich.

Daher setzte ich mich aufs Sofa und klappte die Schachtel auf. Die anderen standen immer noch da und starrten mich an, als hätte ich sie gefragt, wer *Stolz und Vorurteil* geschrieben hatte. Dann schnappte Gage sich ein Foto aus der Kiste und hielt es in die Höhe. »Das war an dem Tag, als Nathan mich gegen den Baum gedrückt hat, weil er meinte, dass ich beim Verstecken geschummelt hätte. Mom war übrigens ganz auf meiner Seite.«

»Klar hast du geschummelt. Du schummelst immer«,

entgegnete Nathan, während er sich neben mich setzte, in die Schachtel griff und einen Packen Fotos herausangelte. Wenig später hatten alle meine Brüder ihre Hände in der Schachtel und übertönten sich gegenseitig. Ich schaute auf und sah, wie mein Dad vor dem Tisch stand und den Haufen mit Fotos anstarrte. Auf den meisten davon war sie zu sehen. Sein Gesichtsausdruck war wie versteinert. Scheinbar war auch er immer noch wütend auf meine Mom. Aber dann fiel sein Blick auf mich, und als er lächelte, leuchtete seine ganze Aura auf. Seine Aura schien sagen zu wollen: *Sie hat mir dich geschenkt, Charlie, und dafür werde ich sie immer lieben.* Das waren natürlich ziemlich viele Worte für eine Aura, aber ich war mir sicher, dass Linda zugestimmt hätte.

37.

Ich hielt den Atem an und betrat den Laden. Ich hatte es viel zu lange aufgeschoben, aber jetzt war ich hier. Linda stand am Ladentisch hinter der Kasse und sah auf.

»Es tut mir leid.« Ich wusste nicht, was ich sonst hätte sagen sollen. Es gab keine gute Entschuldigung, um meine Lüge zu rechtfertigen. Als sie nicht antwortete, kam ich ein paar Schritte näher. »Ich glaube, meine Aura ist heute blau.«

Das entlockte ihr ein kleines Lächeln. »Ich begreife es nicht, Charlie.«

»Ich auch nicht. Vermutlich wollte ich bloß nicht, dass Sie Mitleid mit mir haben. Es war lange her, dass ich jemanden getroffen hatte, der nicht über den Tod meiner Mutter Bescheid wusste.« Linda brauchte die Einzelheiten über den Tod meiner Mom nicht zu wissen. Das war etwas, das zwischen meiner Familie und mir bleiben sollte. Aber die Lüge, die ich ihr aufgetischt hatte, hatte sie nicht verdient. Niemand verdiente das.

»Dürfen die Leute deswegen kein Mitleid mit dir haben?«

Ich zuckte mit den Schultern. »Anscheinend kann ich nicht gut mit Gefühlen umgehen.«

Sie kam auf mich zu. Ich verkrampfte und wartete auf ihre Strafpredigt oder darauf, dass sie mich bat, den Laden zu verlassen ... oder was auch immer. Sie musterte mich von oben bis unten. »In diesen Klamotten kannst du nicht arbeiten.«

»Ich ...« Ich warf einen Blick auf meine Basketballshorts. »Ich darf hier weiterarbeiten?«

Sie legte mir sanft die Hände auf die Arme und sah mir in die Augen: »Charlie, es tut mir so leid, dass du deine Mutter verloren hast.«

Meine Augen fingen an zu brennen. »Mir auch.«

»Wann immer du jemanden brauchst – ich bin für dich da.«

»Danke.«

»Mit der letzten Lieferung habe ich ein paar neue Seidenblusen bekommen, die dir bestimmt sehr gut stehen würden. Möchtest du deine Arbeitsgarderobe erweitern, weil du heute nichts zum Umziehen mitgebracht hast?«

Ich nickte. »Ich brauche auch noch ein Paar Jeans ... oder einen Rock.«

Ihr Kopf fuhr zu mir herum und ich lachte. Ich hatte zwar nicht vorgehabt, heute zu arbeiten, aber aufhören wollte ich auch nicht. Sie holte mir eine der Blusen und ein Paar Jeans und brachte die Kleidungsstücke zur Kasse. Ich folgte ihr. In einem Regal neben mir standen Ambers Make-up-Artikel. Zum Spaß griff ich mir eine Tube mit schimmerndem Lipgloss und legte sie auf den Ladentisch.

Linda zog ihre Augenbrauen in die Höhe, verlor aber kein Wort, als sie alles zusammenrechnete.

Ich bezahlte und drückte die Kleidung an meine Brust. »Morgen Abend veranstalten wir eine Grillparty bei mir zu Hause. Das machen wir jedes Jahr, bevor die Schule wieder losgeht.«

»Für morgen stehst du nicht auf dem Plan.«

»Nein, nein. Ich wollte Sie einladen. Haben Sie Lust zu kommen?«

Sie lachte. »Ja, ich würde sehr gerne kommen.«

»Schön.« Ich ging nach hinten, um mich umzuziehen.

Kurz vor Feierabend steckte Skye ihren Kopf aus dem Hinterzimmer. »Charlie! Kommst du mit zum Strand, wenn du hier fertig bist? Spontanes Konzert mit Lagerfeuer.«

»Ich kann nicht. Ich hab Hausarrest.«

Sie lachte. »So ein Mist. Nächstes Mal, dann.«

»Ja. Wir veranstalten eine Party morgen, bei mir zu Hause. Willst du kommen?«

»Klar doch.« Sie verschwand wieder im Hinterzimmer. Ich lächelte. Es war echt erstaunlich, was passierte, wenn man neuen Dingen gegenüber offen war.

Ich liebte unsere Sommerabschlusspartys. Alle waren wieder aus dem Urlaub zurück und freuten sich, dass es noch einen letzten Höhepunkt des Sommers gab. Sie kamen in Scharen, mindestens fünfzig Leute hatten sich bei uns im Garten versammelt. Sogar mehr als letztes Jahr. Ich zog meine Vorhänge zu und drehte mich zu Amber um.

Sie hatte mich dazu überredet, mich von ihr für die Party schminken zu lassen. Ich musste ja nicht immer so stark geschminkt sein, aber bei besonderen Gelegenheiten wäre es sicher schön, erklärte sie. Ich ließ sie machen, denn sie hatte recht. Es war nett, ab und zu mal etwas zu wagen.

»Du siehst toll aus«, sagte sie, als ich mir die Haare mit einem Haargummi zusammenband.

Ich lächelte. »Danke.«

Sie kicherte in sich hinein und sagte dann: »Beim Baseballspiel musst du mich ganz schön gehasst haben, oder?«

»Was? Nein.«

»Ich war mit Braden dort, hab ihn angeflirtet und die ganze Zeit davon geschwärmt, wie süß er sei.«

»Okay, vielleicht ein kleines bisschen.«

Sie lachte. »Tja, ich hatte sowieso keine Chance bei ihm. Hab ich dir je erzählt, wie er all die Zeit, während du im

Basketballcamp warst, pausenlos von dir geredet hat?« Mit tiefer Stimme ahmte sie ihn nach: »Charlie liebt Golf. Wenn Charlie hier wäre, würde sie sich die Pizza mit Fleischbällchen bestellen. Charlie hasst Liebeskomödien.« Sie lächelte. »Letzten Endes ist doch alles gut ausgegangen. Gage passt sowieso viel besser zu mir.«

Ich lachte. »Komm, lass uns runtergehen.«

»Okay.«

Wir gingen in den Garten. Mein Dad und Jerom kümmerten sich um den Grill. Nathan und Gage spielten im hinteren Teil des Gartens Ball. Die Gäste schwammen im Pool und aßen und unterhielten sich. Ich war überglücklich.

Jemand legte von hinten seine Arme um mich. »Football nachher?«

Ich lehnte mich zurück und schmiegte mich an Braden. »Ja.«

»Ich hab dich die ganze Woche vermisst.«

»Ich dich auch.«

Er küsste mich auf die Wange. »Ich hol mir was zu essen. Bin gleich wieder zurück.« Er lief durch den Garten und gesellte sich zu meinem Dad und Jerom an den Grill.

Dave kam mit seiner Cola in der Hand über den Rasen geschlendert. Ich nickte Amber zu und sagte: »Ich geh mal ein bisschen herum.«

»Okay.«

»Du solltest dich Gage anschließen. Ein bisschen Ball spielen.«

»Aber klar doch.«

Ich zeigte auf mein Gesicht und das Make-up.

Sie lachte. »Na gut. Ich werde es versuchen.«

»Sehr schön.«

Ich ging zu Dave hinüber, die längst überfällige Entschuldigung schon auf den Lippen, doch das Erste, was er sagte, war: »Vor deinen Brüdern hab ich nie Angst gehabt.«

»Äh ... was?«

»Das war nicht der Grund, warum ich dich nie um ein Date gebeten habe. Ich hatte Angst vor Braden.«

Ich lachte. »Kann ich verstehen.« Ich trat mit der Fußspitze gegen die Grasnarbe, während ich darum rang, die richtigen Worte zu finden. »Es tut mir leid wegen deiner Grandma, Dave.« Vielleicht hatte er nicht gewusst, wie ich mich damals gefühlt hatte, aber es stand außer Frage, dass ich mich entschuldigen musste. Ich war herzlos gewesen.

Er lächelte. »Danke, Charlie. Das bedeutet mir wirklich viel.«

Ich nickte. Dann wirbelte ich herum. Fast hätte ich Braden seinen gefüllten Teller aus der Hand geschlagen.

»Hoppla«, sagte er, hob ihn über seinen Kopf und rettete sein Essen.

»Tut mir leid.«

Er nickte Dave zu, der sagte: »Hey, Braden. Danke noch mal, Charlie.«

»Keine Ursache.«

Dave lief zum Pool hinüber.

Braden grinste spöttisch. »Das war nett von dir.«

»Manchmal kann ich auch nett sein.«

Er streckte mir den Teller entgegen. »Ich hab dir was zu essen mitgebracht.«

»Wie süß von dir. Du weißt offensichtlich, wie man mich glücklich macht.«

Wir setzten uns an einen Tisch und teilten uns das Essen auf seinem Teller.

»Oh-oh«, sagte Braden, als ich mir den letzten Kartoffelchip schnappte.

»Wolltest du den?«

»Nein. Es ist nur ... deine Brüder kommen direkt auf uns zu und haben ein hinterhältiges Grinsen im Gesicht.«

Ich drehte mich um und mir blieben weniger als drei Sekunden, um mir ein Bild zu machen, bevor Gage mich am Arm packte. Noch bevor Nathan sich den anderen schnappte, wusste ich bereits, was sie vorhatten.

»Nein! Ihr ruiniert mein ganzes Make-up.«

Jerom fasste lachend meine Füße. »Habt ihr diese Worte jemals zuvor aus ihrem Mund gehört?« Sie hoben mich hoch und trugen mich in Richtung Pool.

»Ganz im Ernst. Ihr landet alle im Pool, wenn ihr das macht.«

»Braden? Willst du uns nicht helfen?«, fragte Gage.

Er hielt beide Hände hoch. »Und ihren Zorn zu spüren zu bekommen? Ich bin doch nicht verrückt.«

»Willst du mir nicht helfen?«, fragte ich.

In seinen Augen funkelte es. »Nein.«

»Tot. Ihr seid alle tot.«

»Ich wollte bloß sehen, ob ich gelernt habe, wie man jemanden ins Wasser wirft«, sagte Jerom. »Ich hatte letzten Monat ein Seminar dazu und wollte das jetzt mal austesten.«

Mir gelang es, meinen Fuß zu befreien und ihn in die Brust zu treten.

Er fasste sich an den Brustmuskel. »Autsch. Das tut mehr weh, als man denkt.«

»Ja, oder?«, fragte Gage. »Rate mal, warum ich mir diesmal den Arm geschnappt habe.«

»Ich hasse euch alle.«

»Du liebst uns.« Sie hatten den Rand des Pools erreicht und warfen mich im hohen Bogen hinein.

Prustend kam ich wieder nach oben. »Als Nächstes ist Amber dran.«

Ich hörte einen spitzen Aufschrei und lachte. Braden landete mit einer Arschbombe neben mir, mit Klamotten und allem. Ich tauchte ihn wieder unter, als er hochkam.

Als er zum zweiten Mal mit seinem schiefen Lächeln an die Wasseroberfläche kam, umarmte ich ihn. »Du wusstest, dass du sowieso hier drin gelandet wärst; dachtest wohl, du stellst dich lieber freiwillig?«

»Nein. Du hättest mich nie gekriegt. Mir war nur heiß.«

»Jaja, blabla. Ich hätte dich so was von gekriegt.«

Er zuckte mit den Schultern; das Wasser spiegelte sich in seinen Augen und ließ sie grün schimmern. »Vermutlich werden wir das nie herausfinden.«

»Was bedeutet, dass ich gewonnen habe«, sagten wir beide gleichzeitig.

Er küsste mich. »Wie kommt es dann, dass ich mich wie der Sieger fühle?«

Es war noch dunkel, als ich meine Augen aufschlug. Ich starrte für eine Weile an die Decke und war mir nicht sicher, was mich geweckt hatte. Ein Albtraum war es nicht gewesen. Mein Handy piepte auf meinem Schreibtisch. Ich schwang die Füße aus dem Bett und stand auf. Die SMS brauchte ich gar nicht erst zu lesen. Mit einem Lächeln rannte ich nach draußen zum Zaun. Heute Nacht war Vollmond – perfekt für eine kleine Unterhaltung.

Kasie West

Blaubeertage

Reiche Typen brechen dir das Herz. Das ist eine der Lebensweisheiten, die Caymen bisher vor Liebeskummer bewahrt haben. Und deswegen ist es mehr als logisch, dass sie sich in den zutätowierten Rocker Mason verlieben sollte statt in den gut aussehenden und privilegierten Xander. Schließlich passt Xander absolut nicht zu ihr. Doch so sehr sie auch versucht, vernünftig zu sein und sich Xander aus dem Kopf zu schlagen: Er lacht über ihre Witze, stellt ihr Leben auf den Kopf und versteht sie wie kein anderer. Muss Caymen ein gebrochenes Herz riskieren, um ihre wahre Liebe zu finden?

Holly Goldberg Sloan

Sam und Emily

Kleine Geschichte vom Glück des Zufalls

Sam Border ist immer auf der Flucht. Wenn es einen Gott gibt, dann hat der schon vor langer Zeit beschlossen, ihn im Stich zu lassen.
Emily Bell sammelt die Geschichten anderer Menschen. An nichts glaubt sie so fest wie an das Schicksal. Als Sam und Emily einander zum ersten Mal begegnen, wissen sie, dass sie zusammengehören. Doch das Schicksal ist launisch. Die eigene Vergangenheit lässt sich nicht so einfach abschütteln. Und Glück und Unglück liegen nah beieinander.

432 Seiten • Klappenbroschur
ISBN 978-3-401-50654-8

Bis zum Ende des Sommers

Das endlose Glück eines Sommers liegt vor Sam und Emily. Doch ihr Vertrauen wird schon bald auf eine harte Probe gestellt, als Emily bei ihrem Sommerjob Destiny kennenlernt. Das verrückte Aussteigermädchen drängt sich zwischen sie und Sam, noch bevor sie es so recht bemerken kann. Doch noch etwas geschieht im Verborgenen und die Vergangenheit bringt Emily schon bald in echte Gefahr.

Arena

360 Seiten • Gebunden
ISBN 978-3-401-60095-6
www.arena-verlag.de

Katja Millay

Irgendwann für immer

Kein Wort hat Nastya seit einem Jahr gesprochen, seit dem schrecklichen Überfall. Sie weiß, dass es nie wieder so werden wird wie vorher, und doch will sie es mit ihrem neuen Leben aufnehmen. Sie ahnt nicht, dass sie schon bald Josh begegnen wird. Josh ist der geborene Außenseiter, der Meister der Unnahbarkeit. Als Nastya an seine Schule kommt, ahnt er nicht, dass er seine Schutzhülle nach und nach für sie fallen lassen wird. Nastya und Josh werden Teile eines Ganzen. Bis Nastyas Trauma ihre Liebe zu zerstören droht.

Arena

Auch als E-Book erhältlich

472 Seiten • Gebunden
ISBN 978-3-401-06997-5
www.arena-verlag.de